Wie ich einfach mal 83 Kilo verlor

A.Weiß

Herstellung und Verlag:
BoD-Books on Demand, Norderstedt
ISBN: 978-3-7460-8950-8

Es war ein Sonntag im Jahr 2016 als mein Mann plötzlich aus meinem Leben verschwand. Jeder kennt den Begriff „Sturzgeburt" – er wählte für sich an diesem Tag das „Sturzverlassen". Eine feige Art alles hinter sich zu lassen und die neue Perspektive des glücklich seins zu wählen.

Kennengelernt haben wir uns im November 1985. Ich war nicht einmal 15 Jahre alt, da wusste ich: Ich habe den Mann fürs Leben gefunden. Roland war damals 19 Jahre und genauso verliebt. Wir waren uns sicher füreinander geschaffen zu sein. Deshalb verbrachten wir unsere Freizeit nur noch gemeinsam und es gab nichts, was uns auseinander bringen konnte. Nicht einmal meine Mutter, die bei der ersten Übernachtungsgelegenheit an Silvester 1985 schreiend in meiner Zimmertüre stand: „Wenn das meine Mutter wüsste – das geht ja gar nicht. Roland muss im Gästezimmer schlafen!" Das war der erste Auszug von Roland, der aber am gleichen Abend wieder ausgebügelt war, da er tatsächlich im Gästezimmer übernachtet hat. Natürlich nicht ohne, dass ich mich nachts zu ihm rüber geschlichen hatte. Hoffe heute noch, dass Oma dies vom Himmel aus mit einem Augenzwinkern verbuchte. Gott hab` sie selig. Als ich 18 Jahre alt war, zogen wir in unsere erste gemeinsame Wohnung. Mit einigen finanziellen Zuschüssen von unseren Eltern konnten wir unsere Wohnungseinrichtung schnell vervollständigen. Die eine Partei zahlte die Waschmaschine, die andere die Wohnzimmerwand. Wir genossen in dieser Wohnung unsere Freiheit und fühlten uns wie die Größten. Man konnte in dieser Wohnung wegen der Dachschräge zwar kaum stehen, aber die an richtiger Stelle platzierten Dachfenster, erlaubten einem stellenweise sogar das Aufrichten und Strecken – in der Küche auf Höhe des Herds, im Bad genau auf der Höhe vom Klo. Es war für uns ein Palast. Auch, dass die Wohnung keinen Balkon hatte, störte uns nicht. Ach ja und im Winter war sie arschkalt, aber was soll`s, wir hatten uns zum Wärmen und das war das Wichtigste auf dieser Welt. Damals waren wir sowieso noch oft bei den Eltern, da wir die Vorzüge zu schätzen wussten: Essen von Mutti, im Garten sitzen, im Winter den warmen Kachelofen oder Kamin genießen. Deshalb war uns auch klar, dass wir selbst einmal ein Haus haben möchten, am Besten in der Nähe, da man in kurzer Distanz zu den elterlichen Nestern bleiben wollte.

Nach unserem Zusammenziehen haben wir am 02. Juli 1990 geheiratet. Unser Glück wurde durch die Geburt von unserem Sohn Marcel besiegelt. 1 Jahr und 8 Monate später folgte mit gleicher Glückseligkeit die Geburt unserer Tochter Julia. Da die Kinder im Winter von der Kälte in der Wohnung ganz blaue Händchen hatten, war uns klar, dass sich etwas ändern muss. Wir haben nicht lange überlegt, als uns meine Schwiegereltern das Grundstück unterhalb vom eigenen Haus zum Bebauen angeboten hatten. Ein idyllisches Dörfchen mit heute 1400 Einwohnern sollte unser neues Zuhause werden. Bis es soweit war, dass wir ein genauso hübsches Familiennest wie unsere Eltern besitzen, hatten wir eine wirklich anstrengende Phase zu meistern. Zwei kleine Kinder, Roland absolvierte neben seinem Job - bei einer großen Firma in unserer Region - eine Weiterbildung und dazu noch die Baustelle, auf der wir mit viel Eigenleistung jede freie Minute verbrachten - oft bis in die Nacht. Die Kinder schliefen dann immer in unserem alten Opel Kombi. Im Kofferraum bauten wir Ihnen ein Lager. War gut, dass beide so problemlos mit der Schlafsituation auf der Baustelle zurechtkamen, sonst hätten wir die kurze

Bauzeit von 8 Monaten nicht geschafft. Es gab auch fast keine Verletzten: Der Onkel von Roland wär nur fast den Treppenschacht hinunter gefallen, unser Schwager Jürgen hat beim Dachdecken gerade noch eine Dachlatte zum Festhalten erwischt, als sich die Latte löste, auf der er stand (zu kurze Nägel - kann schon passieren, sonst hätten wir ja nochmal zum Baumarkt fahren müssen), Roland hat sich mit der Flex in den Oberschenkel geschnitten (fiel nur 5 Wochen aus) und ich hatte auf zeitlicher Höhe mit dem Richtfest einen komplizierten Armbruch zu verbuchen. Auf einer Leiter muss man verflixt aufpassen, da kann man leicht daneben treten. Alle in der Familie waren stets zur Stelle. Meine Schwester und meine Mutter hüteten die Kinder, die Schwiegereltern und Schwager Wolfgang waren durch die Nähe ganz selbstverständlich oft – auch ohne uns – auf der Baustelle und brachten das Werk voran. Der andere Schwager wohnte ebenfalls in der Nähe und kam am Wochenende vorm Hahnenschrei auf die Baustelle. Mein Vater half mit allem, was sein Zahlen-Talent hergab. Meine Mutter brachte die strahlendweiße Farbe auf die Wände – ich persönlich hasse bis heute Streichen! Vielen Dank an alle, die damals die Malerarbeiten übernommen haben - könnt jetzt wieder kommen. Nach 25 Jahren sind die Farbe und der Lack schon ein bisschen ab.

Dies sollten wir auch an unserer Silberhochzeit erkennen. Nach 25 Jahren hatten wir vieles hinter uns gebracht, diverse Urlaube; beruflich noch mehr erreicht - auch heftige Einschnitte, wie die schwere Herzerkrankung von meinem Vater; die noch schlimmere Herzerkrankung unserer 5jährigen Nichte; im Jahr 1999 der frühe Tod von Rolands Vater. Aber trotzdem waren wir immer zuversichtlich und auf eine einfache Art glücklich. Gemeinsam überstanden wir alles. Roland meinte einmal zu mir, als wir einen Bericht über ein Feuer in einem Kino sahen: „Ich würde uns da immer rausholen – da bin ich mir sicher." Ein bisschen gezweifelt habe ich in diesem Moment schon, da er ja mit seinen 1,67 m nicht gerade „Arni" war, aber alleine durch die Art wie er es sagte, gab er mir die Sicherheit, dass dem so wäre! An besonderen Tagen, wie an dem Tag der Feier von unserer Silberhochzeit, reflektierten wir unser Leben. Wir hatten ganz tolle Erinnerungen daran, die an diesem Tag von den Kindern mit einer Dia-Show unterstrichen wurde. Mein Gott, die vielen schönen Bilder von Ausflügen, Urlauben und Ereignissen, welche dazwischen auch schon vergessen waren. Wir, als silbernes Ehepaar, unterhielten unsere Gäste mit nachgestellten Bildern von dem Tag unserer Hochzeit und heute. Roland quetschte sich nochmal in seinen Hochzeitsanzug und ich schwang mich wieder in mein Hochzeitkleid. Dass ich dazu eine halbe Rolle Paketband zum Befestigen und Überbrücken des nackten Keils am Rücken benötigte, bleibt hier allerdings nicht unerwähnt. Ach, was war das für eine Freude, was haben wir gelacht. Als die Bilder druckfrisch auf Leinwand vom Online-Versand ankamen, haben wir uns gefreut: "Do schau`mer ja besser aus wie heut`." Noch mehr haben wir gelacht, als die Bilder an der Feier herumgingen. „Roland, Du host ja ganz schö` Federn glassen – aber bis auf die Glatzn und dem dicken Bauch hast dich gut ghaltn. Annette, das Kleid passt Dir ja immer noch!", schallte es aus Richtung der Gästetafel. Schmunzelnd musste ich an das Paketband und die offene Hose von Roland denken... Waren das die einzigen Zeichen, die auf Veränderung hindeuteten? Dass mir ein Jahr nach unserer silbernen Hochzeit das Lachen vergehen sollte, hat keiner an diesem Tag wissen können. Ich bin mir nicht sicher, ob meine Tante an der silbernen Hochzeit schon eine Vorahnung hatte. Sie machte im Laufe des Festabends folgende Bemerkung zu Roland: „Schön, dass bei Euch alles in Butter ist. Nicht wie bei anderen, wo der Mann sich schon längst etwas Jüngeres gesucht hat." Roland frotzelte nur: "Ich bin doch net wie die anderen. Ich liebe meine Frau und meine Familie immer noch wie am ersten Tag." Diese Bestätigung hat er mir oft gegeben. Wenn wieder einer unserer Bekannten seine liebe Frau betrog, wenn brunftige Männer aus der Verwandtschaft „auswärts" schliefen. Auch an Tagen, wo ich ihn zum wiederholten Male fragte, ob alles in Ordnung sei. Ich verspürte schon seit einigen Wochen, dass Roland gereizter und zerstreuter als sonst durch die Gegend lief. Er hatte seit der Betriebsinsolvenz sehr viel Stress bei seiner jetzigen Firma. Oft musste und muss er geschäftlich nach Tschechien reisen. Er tat sich den Stress an, dass er morgens 4:30 Uhr nach Tschechien aufbrach, seine Termine erledigte, um danach wieder heimzurasen und um ca. 00:30 Uhr der Vollständigkeit und Bequemlichkeit halber in unserem Bett zu liegen. Bei diesem Stress blieb selbstverständlich einiges auf der Strecke. Wobei er immer noch vor Abfahrt für uns die Brotzeit machte. Er konnte nie etwas weglassen. Beide waren wir beruflich sehr eingespannt. Als Julia sechs Jahre alt war und unsere beiden Kinder dadurch eingeschult waren, übernahm ich eine Bürostelle bei einem Kfz-Betrieb. Angefangen mit einem Teilzeitjob von 20 Wochenstunden, hat sich dies schnell nach oben geschraubt, so dass auch ich durch einen Firmenwechsel und dem Aufbau einer neuen Firma einen Fulltime-Job hatte und so meine mindestens 50 Stunden in der Woche im Geschäft verbrachte. Aber das hat uns nie umgehauen. Wir haben trotzdem versucht, kleine Momente für uns zu genießen. Wir bekamen dies nur nicht für lange hin. Kaum waren wir an einem Punkt, wo es einfacher wurde, fiel uns wieder etwas Neues ein, mit dem wir unsere Relax-Zone verkleinerten. Erweiterung und Umbau vom Garten, Anschaffung eines Whirlpools. Wir hatten gar keine Zeit, unser neu eingerichtetes Wellness-Paradies genießen zu können. Wenn wir im Garten saßen oder uns am Pool sonnten, hat uns die Schwiegermutter 7 Minuten später aus dem Küchenfenster gewunken oder von der Terrasse etwas herüber gerufen. Meist folgte dann eine „Bitte": „Roland, kannst Du mal den Fernseher gscheit einstellen." oder „Roland, kommst Du am Samstag und Sonntag zum Frühstücken rüber?!" Wir gaben uns immer den Anforderungen der ganzen Familie hin. Auch meine Eltern kamen nie zu kurz. Gemeinsame Ausflüge, abends Rommé spielen, zum Essen gehen. Sie haben uns während der Bauzeit und mit den Kindern geholfen. Jetzt konnten wir für sie da sein. Wir waren sehr häufig dort, wo unsere Zweisamkeit auf der Strecke blieb. Es war irgendwann so selbstverständlich, dass wir immer für andere alles gerne und oft gemacht haben, dass uns nur in kurzen Momenten auffiel, etwas passt nicht mehr zwischen uns. Wir unternahmen natürlich zu zweit Fahrradtouren. Ich schlug häufig vor, dass wir etwas mit dem Rad unternahmen, da Roland – im Gegensatz zu mir – immer sportlich aktiv war. Er unterstellte mir, dass ich ihm dies nie richtig gegönnt habe. Dies kann ich zwar nicht bestätigen – zumindest empfand ich es nicht so! Fußball, ja Fußball, da konnte Roland auch so richtig Kraft rausziehen. Ich hingegen habe meine Kraftquelle im Dekorieren und sauber halten vom Haus gefunden. Familienessen in der großen Runde - mit schöner Tischdekoration - das konnte ich gut und gerne umsetzen. Familienfeste bis ins kleinste Detail organisieren. Immer „voll Haus" an Ostern. Jede Woche kam durch die vielen Termine einem Familienmarathon gleich. Und er meinte, ich mach zu wenig

Sport? Pfeifendeckel! Der Knackstiefel muss mir erst mal nachmachen, acht Kilogramm Kartoffeln zu schälen, parallel dazu den Garten mit Osterhasen und bunten Eiern zu schmücken – O.K. die Nester versteckte er an besonders verzwickten Orten. Manchmal mussten wir tatsächlich sehr lange suchen, bis wir unseren „Osterhasen" gefunden hatten. In besonders guter Erinnerung bleibt mir unser letztes Osterfest – es war kurz vor dem „Sturzverlassen". Ich fand mein Osternest erst nach sehr langem Suchen – er wusste auch nicht mehr, wo er es genau versteckt hatte. Wie schon erwähnt, war mein Mann zu diesem Zeitpunkt häufig zerstreut. Wer hätte auch erwartet, dass er meine Oster-Leckereien im Misteimer vom Hund versteckt. Er hat wohl vergessen, dass in diesem tollen Versteck mal der Hundekot gelagert wurde – hoffentlich war dem so, nicht dass er es absichtlich an diesem schmutzigen Ort versteckt hatte?! Die Sache stank zum Himmel – wie konnte er nur meine leckeren Schoko-Eier so misshandeln. Na gut, sie lagen noch auf einer in Osterpapier eingepackten Handtasche, welche mir kurz vor dem Osterfest in einer Schaufensterauslage ins Auge fiel und ich ihm rein zufällig einen Wink mit dem Zaunpfahl gab. Wie so oft hatte er wieder einmal das passende Geschenk „gefunden". Wie aufmerksam – „aufmerksam" wurde ich auch, als ich meinen Mann nach ein paar Minuten vermisste. Hatte er unser Suchgelage einfach ohne Meldung zu machen beendet? Sollte mein lauthalser Aufschrei: "Ja kein Wunder, dass Du wärmer, wärmer sagst. Die Scheiße ist ja im Scheiße-Eimer von unserem Hund versteckt. Ja verdammte Scheiße. So eine Scheißidee. Igittigitt – ohhh, schöne grüne Tasche. Aber...." natürlich zeterte ich noch länger über das bescheuerte Versteck vor mich hin. Ich steigerte mich mit jedem ausgesprochen Wort noch mehr hinein, bis ich merkte, mir hört ja gar keiner mehr zu. Ich suchte Roland und fand ihn verdattert im Wohnzimmer auf dem Sofa sitzen. So klein und putzig. „Ja, was machst denn jetzt drin? Die Kinder wollen noch, dass wir weiter zusammen Osternester suchen." Roland: „Nie mach ich in Deinen Augen was richtig. Ich habe das Gefühl, ich mache Dir nichts mehr recht." Ich: „Na ja, mal davon abgesehen, dass Du ein komisches Versteck genutzt hast, find ich doch die Tasche ganz toll. Ich freu mich darüber, hat mich halt nur geärgert, dass Du mein Geschenk in der Misttonne versteckt hast. Schwamm drüber! Geh doch bitte wieder mit raus. Wir genießen den schönen Tag." Ich drückte ihn kurz zur Unterstreichung meiner Bitte. Wie sonst auch, haben wir das Familienfest nach guter alter Manier zur Freude aller gemeistert – jeder war satt und zufrieden. Es war sogar noch besser als gedacht, da unser Neffe das Osternest vom Vorjahr für Roland gefunden hatte. Ein Hörbuch - was will man denn noch mehr? Dass sich die Freude klein hielt und Roland unser Lebensrhythmus nicht mehr gefallen hat, sollte ich kurz darauf schmerzlich erfahren. Nach Ostern war ich geschäftlich sehr eingebunden. Ich hatte nur noch Kopf und Augen für die Vorbereitungen von einem Messestand zur Einweihungsfeier von unserer Firma. Wie so oft arbeitete ich bis in die Abendstunden. Roland war zu diesem Zeitpunkt auch häufig im Ausland unterwegs. Jeder von uns ging in seiner Arbeit auf. Egal, was gefordert wurde und ob Aufgabenbereiche neu dazu kamen, man nahm es einfach mit an und akzeptierte die damit verbundene Mehrarbeit. Da unsere Kinder beide erwachsen waren, bestand hier kein Problem. Alles war Zuhause wie gewohnt. Am Abend wechselten sich die Kinder, Roland und ich mit dem Kochen des Abendessens ab. Das schöne Ritual „der gekocht hat muss nicht aufräumen" wurde von einem mehr, von anderen weniger genutzt. Danach Fernsehschauen und ein Glas Rotwein trinken. In der April-Woche vor der Eröffnungsfeier bekam ich ebenfalls nicht viel von Zuhause mit. Donnerstag war V.I.P.-Abend, Freitag eine kleine Feier im Kreise der Mitarbeiter, Samstag war Pause. An diesem Tag gingen wir einer Einladung von meiner Schwester nach. Wir feierten geruhsam den Geburtstag von ihrem Sohn. Ich erzählte am „Erwachsenen-Tisch" von den Abläufen für die Eröffnungsfeier. Roland saß die überwiegende Zeit am „Jugendtisch". Es sollte mir erst wieder am Tag darauf einfallen, dass Roland wie ein kleiner Bub den ganzen Abend wegen der schlechten WLAN-Verbindung gemosert hatte, bei meinem Schwager deshalb meckerte und diverse Male das Passwort für die WLAN-Verbindung verlangte. Irgendwann setzte sich Roland neben mich und zeigte mir sein Profilbild im Internet. Ich kann mich wie als wäre es gestern gewesen daran erinnern, als er zu mir meinte. „Ist schon erfreulich, dass ich so viele Kontakte habe. Ein Wunder, dass sich ein ganzer Tross für diesen komischen Vogel interessiert.", während dieser Aussage, zeigte er auf sein Profilbild. Ich meinte darauf nur: "Wieso Vogel, das ist doch ein ganz normales Bild von dir." Wir schauten noch beide auf sein Handy, als die Senioren das Gespräch über ihre Krankheiten weiterführten. Unverblümt stand Roland wieder auf, ohne auf die Gebrechen der Alten zu merken und machte im Gehen die Bemerkung: "Ich geh wieder rüber zur Jugend, bei Euch am Tisch der Alten wird man ja noch selber krank." Ich fand die Bemerkung übertrieben, ja schon fast unhöflich meinen Eltern gegenüber, doch er fügte sich, als hätte er nichts Außergewöhnliches gesagt, in die Reihe der „Smartphone-Glotzer" ohne ein weiteres Mal auf mich zu achten. Die Jugend konnte gar nicht über das Befinden des Stuhlgangs diskutieren oder das praktische Sitzbrett am

Rollator, denn die gesamte junge Truppe war von dem kleinen Wischkästla wie Zombies gefangen. Gefesselt vom sozialen Netzwerk und Co. Mein Mann mitten drin. In diesem Moment ärgerte ich mich kurz über sein Verhalten, wurde aber schnell wieder von den Wehwehchen der Alten abgelenkt.

In dieser Nacht konnte ich nicht sehr gut einschlafen. Es beschäftigte mich zu sehr, was ich morgen noch alles auf Arbeit mitnehmen musste. Da standen noch die zwei Fliederbusch-Töpfe in der Küche, die Tasche mit den Modellautos musste mit und das Checken vom Wecker hielt mich vom Schlafen ab. Bloß nicht verschlafen! Morgen ist ein wichtiger Tag! Wie wahr! - Dieser besagte Sonntag war vor allem einem wichtig: meinem Mann! Am Morgen war er schon vor mir wach. Er kam mir barfüßig mit seiner ausgebeulten dunkelblauen Schlafanzughose und dem fleckigen weißen Schlaf-T-Shirt entgegen. „Kaffee?" fragte er ganz normal. „Ja, freilich trink ich einen Kaffee. Machst Du mir noch einen Toast? Ich brauch unbedingt noch was nei mein Magen…" Ich hielt mich nicht länger auf, da ich mich im Bad fertig machen musste. Wir saßen uns gegenüber und ich erzählte noch, dass ich nicht so gut geschlafen hatte. „Scheint wohl die Aufregung zu sein!", meinte ich zu ihm. „Scheint so, ist ja auch ganz normal an so einem Tag", erwiderte Roland. Aus heutiger Sicht wundert es mich immer wieder, wie ruhig er in diesen Tag gestartet ist. Keine Ahnung, was er sich gedacht hat, nachdem er sich – recht eckig – mit einem Abschiedskuss, halb aufs Ohr, halb im Gesicht - von mir verabschiedet hat. „Trag mir doch bitte noch einen Fliedertopf mit zum Auto." Er schlurfte mir, wie es sonst nur unser Familienhund Lilly machte, bis zum Auto hinterher. Auch das Einladen des von ihm getragenen Blumentopfes war sehr eckig und umständlich. Er ging mir spürbar aus dem Weg. Dachte er, ich bin so nervös, dass er in Deckung gehen musste? Ich verabschiedete mich nochmal von Roland und tätschelte unserem Familienhund den Kopf. „Na alte Dame, hast es auch endlich nach draußen geschafft?" Kein Wunder, mit ihren 18 Jahren, ging alles auch etwas langsamer. „Du gehst heute aber nicht mit. Du bleibst beim Papa", sagte ich und bat Roland den Hund doch zur Seite zu nehmen - nicht, dass ich ihr langes Leben auf die tragische Art „Hund-von-Auto überfahren" nahm. Roland schnappte sich die kleine Lilly und tappte zurück zur Haustüre. So stand er da: Kleiner Mann mit verbeulter dunkelblauer Schlafihose, noch kleinerer Hund auf dem Arm von kleinem Mann mit verbeulter dunkelblauer Schlafihose.... Alles ein stinknormales Abschiedsritual in einer stinknormalen Familie. Das ist doch was Schönes!

Es sollte das letzte Bild sein, welches sich von meinem Mann unter dieser Haustüre in mein Hirn brannte. Das letzte Bild von einem Leben, dass 31 Jahre gut war. Gut war, so wie es eben ist. Das letzte Bild von einem gutbürgerlichen Einfamilienhaus, in das Du ankommst und weißt, dies ist mein geruhsames Zuhause, in dem immer die Gleichen ein- und ausgingen: Roland, Annette, Marcel und Luise, Julia und Dominik, Lilly und unsere vier Katzen (ja vier!).

Ich kam auf dem Firmenparkplatz um ca. 07.15 Uhr an. Viele meiner Kolleginnen und Kollegen waren schon quirlig am Räumen. Nach einer kurzen Begrüßung der Mannschaft, widmete ich mich mit meiner Kollegin Josie unserem Stand. Den blaumetallicfarbigen Tesla hatten wir – mit dazugehörender Dekowand – schon am Tag vorher aufgebaut. Wir mussten nur noch die Modellautos und die Fliederblumentöpfe platzieren, Grabsch-Artikel aufbauen und los geht's. Was sehr schleppend anfing, wurde im Laufe des Vormittags ein wahrer Erfolg. Die Menschen aus Stadt und Land kamen in Scharen. Wahrscheinlich, weil auch ein bekannter Musiker sein Bestes gab, die Bratwürste und das Bier für ein günstiges Mittagessen sorgten. Ich kam gar nicht dazu, darüber nachzudenken, dass sich mein Mann und meine Kinder nicht blicken ließen. Normal schauen sie bei so einer Veranstaltung immer vorbei und interessierten sich, was die Mutter so auf Arbeit treibt. Bevor ich aber zum Handy greifen konnte, um nachzufragen, wann die Familie erscheint, wurde ich schon wieder von dem einen oder anderen Kunden in ein nettes Gespräch verwickelt. Irgendwo in der Menge sah ich dann die Köpfe von meiner Mutter und meinem Vater. Darüber habe ich mich sehr gefreut, denn bei den anderen Kolleginnen und Kollegen, war auch schon das eine oder andere Familienmitglied als Besucher zu verbuchen. Dem wollte ich nicht nachstehen. Ich nahm mir etwas Zeit für die zwei, besorgte meiner Mutter und meinem Vater einen Platz im geselligen Bereich und bediente sie mit Kaffee und Kuchen. So konnte ich auch etwas verschnaufen. Ich fragte sie noch, ob sie etwas von Roland gehört haben. Hier erwiderte mein Vater nur: "Seit er gestern bei uns den Receiver eingestellt hat und am Abend bei der Geburtstagsfeier, seitdem haben wir nichts mehr von ihm gehört." Ich dachte mir noch so: "Na ja, war ja für dieses Wochenende auch genug an Aufmerksamkeit — mehr kann man von einem, der ständig auf Arbeit ist, auch nicht erwarten!" Ziemlich genau um 12.30 Uhr verabschiedeten sich meine Eltern von mir. Ich werkelte noch ein paar Momente vor mich hin, als ich Marcel kommen sah. Warum schaute er so angespannt? Zeitgleich mit diesem Gedanken, wunderte ich mich auch schon, dass er alleine kam. „Mama, Du solltest nach Hause kommen. Der Lilly geht es nicht so gut. Die

Julia ist bei ihr, aber sie weiß nicht, was sie machen soll. Sie hechelt so komisch." „Was, wo ist denn der Papa?" Marcel erklärte: "Der ist joggen! Außerdem bist Du doch der Lilly ihre Bezugsperson." Das Argument leuchtete ein. Da ich mit den Vorbereitungen und den Veranstaltungen an den Tagen davor schließlich genug Zeit für die Arbeit aufgebracht hatte, nahm ich ohne schlechtes Gewissen meine Jacke, sagte kurz Josie Bescheid, in dem guten Glauben, dass ich ja gleich wieder da sei...

Marcel und ich fuhren ohne ein Wort nach Hause. Mein Herz schlug schnell, da ich ja nicht wusste, wie schlimm es um Lilly stand. Ich wählte abwechselnd die Handynummer von Roland, „Teilnehmer ist momentan nicht erreichbar" und die Nummer von der Tierarztpraxis Eichtmeyer (nur der Anrufbeantworter). Marcel fragte mich daraufhin: "Wen rufst Du denn ständig an?" „Na, den Papa und die Eichtmeyer. Wir müssen die Lilly zur Tierärztin bringen." Tatsächlich machte ich mir schon seit geraumer Zeit so meine Gedanken, über den Gesundheitszustand von Lilly. Oft rutschte sie einfach nur noch auf den Fliesen herum, konnte nicht mehr viel stehen und schaute dement in die Gegend. Gut, dass ich sie jeden Tag mit auf die Arbeit nehmen konnte, obwohl es für alle Beteiligten eine Zumutung war. Die Flatulenzen von dem kleinen Hündli waren teilweise in dem kleinen Büro nicht mehr auszuhalten. In diesem Moment dachte ich auch, es wäre vielleicht das Beste für unsere kleine Maus, wenn es zu Ende gehen würde, schob den Gedanken aber gleich wieder bei Seite. Geht einem oft so: Nur nicht dran denken, denn Du malst den Teufel an die Wand! Ich hörte den Marcel sagen: „Schätze, der Papa ist beim Joggen in einem Funkloch. Weißt doch, wie schlecht die Verbindung im Wald auf dem Parcours ist." Dabei schluchzte er auf und ich streichelte seinen Arm. In Gedanken durchlief ich die vielen Jahre – kein Wunder, dass sich mein Marcel so abtut. Er ist ja schließlich mit dem Hund aufgewachsen. 18 Jahre, das ist ja fast ein Begleiter von Marcels ganzem Leben! Endlich fuhren wir auf die Einfahrt von unserem Haus. Marcel parkte direkt vor der Haustüre und stieg eilig aus. Er war vor mir an der Haustüre und sperrte diese auf. Wir betraten hastig - fast gemeinsam - die Diele und hier offerierte er mir: „Mama, der Papa ist weg!" Ich schaute ihn mit großen Augen an: „Was, Papa ist gestorben? Das gibt es doch nicht, er hat doch heute Morgen noch gut ausgesehen..." und heulte laut los. Marcel hielt mich am beiden Armen fest: „MAMA, PAPA IST AUSGEZOGEN, er hat seine ganzen Sachen mitgenommen." Ich schaute an Marcel vorbei, durch die Dielen-Glastür sah ich hinten im Wohnzimmer meine Tochter und ihren Freund Dominik, die Luise – Freundin von meinem Sohn Marcel – und meine Schwester. Allesamt mit verquollenen Augen und nicht bereit, mir etwas erklären zu wollen – verstanden sie ja selbst nicht, was in diesem Moment, in diesem Haus, mit dieser berühmt berüchtigten Familie vor sich ging. Ich raufte mir die Haare und rannte wieder hinaus in die Diele, zwei Treppen auf einmal nehmend, war ich so schnell wie noch nie bis zu unserem Kleiderschrank gehastet. Ich riss die Schiebetüre von Rolands Schrankseite auf – und tatsächlich, sie war leer. Na ja nicht ganz leer, auf eine komische Art und Weise musste ich erkennen, dass Roland seine guten Sachen mitgenommen hatte, aber die verfransten Sachen für die Kleidersammlung da ließ. Kann ja „Mutti" wegräumen. Gut, in diesem Moment ärgerte ich mich noch nicht darüber, ich verbuchte diese Situation nur in Sekundenlänge. Ich schaute mich noch weiter um, im Bad, überall hatte er ausgeräumt und sein

Kram fehlte. Schuhe weg – Check, Personal- und Reisepass weg – Check, Brille weg – Check, Zahnbürste und -paste weg – Check. So ging ich mit lautem Gejammere alle möglichen Ecken des Hauses durch. Sein Zweitschlüssel vom Auto weg – Check. Das verwunderte mich jetzt! Der Mann, der beim Einpacken vom Reisekoffer ALLES MÖGLICHE vergaß, denkt beim „Sturzverlassen" an dieses Detail! Verrückt, zu was der Mensch fähig ist! Wahnsinnige Gedanken gingen mir durch den Kopf. Ich rottete mich wieder in den Kreis der „wir verstehen nicht, was hier passiert"-Gefährten. Wir saßen jetzt alle in einem Boot. Luise kauerte mit roten Augen und Schluchzen auf dem Sofa. Meine Kinder und meine Schwester schauten mich an und fragten sich, ob ich es einigermaßen verkraftete. Dominik tröstete Julia. Diese Bilder kann ich noch heute abrufen, als wären sie erst gestern passiert. Es ist eine wirklich komische Situation fünf von sechs Personen konnten sich mit der Situation schon ein bisschen auseinandersetzen, Du kommst eben als sechste dazu und wirst von allem überrollt. Wie reagierst Du in diesem Moment? Für die, die es leider wie ich auch erlebt haben, brauche ich nichts zu erklären. Für die anderen: Du fühlst Dich wie durch den Fleischwolf gedreht. Der Boden wird Dir unter den Füßen weg gezogen. In einem Moment fasst Du klare Gedanken, im nächsten drehen sich die Sinne wie im Kreis. DU BIST VON SINNEN! Jeder der fünf Mitleidenden konnte mir etwas erzählen. Ich puzzelte mir Stück für Stück zusammen. Das einzige was mein Mann damals zu unserer Information dagelassen hatte, waren zwei Briefe. Diese zwei Briefe drapierte er auf unserem Esstisch im Wohnzimmer. Die glorreiche Finderin oder der glorreiche Finder wird sofort nach dem Öffnen mit etwas Unglaublichem „beschenkt". Meine Tochter war die Siegerin. Sie kam jeden Sonntag, um bei unserer Oma nebenan Mittag zu essen. Hierzu holte sie kurz vor 12.00 Uhr immer ihren Bruder Marcel ab. Luise ging dann normalerweise zu ihren Eltern essen. An diesem besagten Sonntag lief es völlig anders ab.

Julia kam ganz normal um 11.40 Uhr bei uns daheim an, sperrte die Türe auf und muss wohl gleich ein komisches Gefühl gehabt haben. Sie konnte zwei Briefumschläge auf dem nackten Esstisch erkennen und ging näher, um zu erfahren, welche Post so wichtig mitten auf den Tisch platziert wurde. Als sie die Adressaten las, bitzelten schon ihre Füße. Ich denke, dass der Mensch schlau genug ist, um anhand dieser zwei beschrifteter Umschläge zu erkennen, dass jemand etwas Besonderes loswerden wollte. So öffnete Julia den Briefumschlag, „Marcel + Julia" und fand folgenden handgeschriebenen Text von ihrem Vater:

„Hi Marcel, hi Julia,
ich schreib Euch diesen Brief, damit Ihr wisst, dass Ihr Euch keine Sorgen machen müsst. Mir geht es gut. Ihr habt ja auch schon gemerkt, dass es in den letzten Wochen + Monaten zwischen der Annette + mir nicht mehr so stimmt.
Wir haben uns einfach mit der Zeit auseinander gelebt. Deshalb hab ich beschlossen auszuziehen. Das hat nichts mit Euch zu tun, ich liebe Euch und werde immer für Euch da sein.
Ich hoffe ihr könnt mir diesen Schritt mit der Zeit irgendwann verzeihen.
Euer Papa

„PS: Ich werde in den nächsten Tagen erst mal nicht erreichbar sein."

Ich denke - und Julia hat es mir hinterher auch einmal so erzählt – sie hat die Zeilen erst zweimal lesen müssen, um zu kapieren, was der Papa für eine Nachricht hinterlassen hat. Natürlich hat sie schon nach dem ersten Drittel den Weg zu Marcels Wohnungstüre gesucht. Dies weiß ich auch nur von Erzählungen: Sie klopfte aufgeregt und stürmte gleich mit der Türe in die Wohnung, als sie die ersten Worte ausspuckte: "Marcel, Luise, der Papa ist fort – er hat Briefe im Wohnzimmer für uns deponiert..." Julia kam gar nicht zum Ausreden, da stürmte schon Marcel aus dem Wohnzimmer, hob seine Wohnungstüre aus den Angeln und schmiss sie ein paar Meter weiter in seine Badewanne. Was die Wut für Aktionen lenkt? Sprachlos hielt Julia Marcel den Brief entgegen und wedelte, er soll „das heiße Eisen" nehmen. Vielleicht hatte Julia die Hoffnung, dass Marcel in diesem Moment etwas anderes von diesem Papierblatt erfuhr. NEIN, er konnte es nur bestätigen.

Nachdem bei den Kindern der erste Schock nachgelassen hatte, wurden weitere Informationsfäden gestrickt. Julia rief Dominik an, der natürlich gleich von der nahegelegenen Wohnung los düste, um für Unterstützung zu sorgen. Oma musste informiert werden – sie wartete bestimmt schon auf die zwei Mitesser, waren sie doch sonst immer pünktlich. Rolands Mutter war nicht so sehr erschrocken. „Der kommt schon wieder zurück. Er musste vielleicht mal raus, da er die letzte Zeit so gestresst war. " Dies wurde mir alles erzählt, ich war aber mit meinen Gedanken in einer völlig anderen Sphäre. Was sollen wir jetzt unternehmen? Tut sich Roland vielleicht etwas an? Er kam uns

die letzte Zeit wirklich sehr gestresst und unausgegli-
chen vor. War er wirklich soweit, dass er auf und davon ist und wir bei RTL einen Aufruf in der Sendung
„Bitte melde Dich" starten müssen? Keiner konnte so
recht sagen, was als nächstes unternommen werden
sollte. Meine Schwester meinte dann, wir müssten
auch meine Eltern von der tragischen Situation informieren. Ja, das sollten wir erledigen, auch wenn man
sich Sorgen darum macht, wie sie es aufnehmen würden. Waren sie doch nicht mehr die Jüngsten und hingen an Roland wie an einem eigenen Kind. Ich habe
wie in Trance das Telefon in die Hand genommen und
die vertraute Nummer eingegeben. Als sich meine
Eltern meldeten – es gab immer eine Konferenzschaltung und somit waren beide in der Leitung – brachte
ich kein Wort heraus. Meine Schwester Susanne nahm
mir den Hörer aus der Hand und erzählte unter Tränen, was sich für eine Tragödie bei uns abspielte. Natürlich konnten meine Eltern dies auch nicht fassen.
Von lautem „Na, na – der wird sich doch nichts antun.
Was ist denn bloß in ihn gefahren?" begleitet, zerrte
ich meiner Schwester wieder den Hörer aus der Hand
und lamentierte, mit welchen Worten er sich im Brief
von mir verabschiedete:

„Hi Annette,
ich hab hin und her überlegt wie ich Dir das Folgende am besten sagen soll. Mir fällt es sehr schwer
Dir das persönlich zu sagen, deshalb schreib ich Dir
diesen Brief.
Wie Dir ja auch schon aufgefallen ist, waren die
letzten Wochen und Monate für uns beide nicht
leicht. Wir leben mehr nebeneinander her, als miteinander.

Beide haben wir nur ein Leben und sollten dieses glücklich gestalten. Marcel und Julia sind erwachsen und werden mehr und mehr ihr eigenes Leben leben. Somit stellt sich die Frage, ob wir beide mit dieser Art des Lebens wirklich glücklich sind.

Ich habe einen Menschen kennengelernt, der mir eine ganz andere Perspektive des glücklich seins aufgezeigt hat.

Deshalb habe ich für mich beschlossen einen neuen Lebensabschnitt zu beginnen und Dich zu verlassen.

Ich denke es ist am besten wenn wir in den nächsten Wochen keinen Kontakt haben. Ich denke diesen Abstand brauchen wir beide."

Das war das fünfte oder sechste Mal an diesem Tag, dass ich die Zeilen durchgelesen hatte. Es kam mir immer unglaublicher vor. Unglaublich, was er mir - ohne die üblichen Grußformeln - in diesem so persönlichen Brief übermittelte. Er beendete unsere Liebe, als würden ihm die 31 schönen Jahre nichts bedeuten! Ich zerpflückte den Brief nun zum wiederholten Mal in einzelne Sätze und kommentierte aufgewühlt:

„wir lebten die letzten Wochen und Monate nur nebeneinander her...." – Dazu äußerte ich mit heftiger Lautstärke „Wir waren doch glücklich und zufrieden. Nur er hat sich von uns zweien verschlossen, ich war immer für ein offenes Gespräch und habe ihm die Möglichkeit dafür ein paar Mal gegeben. Am Ende haben ihn die ständigen Manager-Egoisten-Seminare Flausen in den Kopf gepflanzt. Die Firma ist schuld. Nur noch Firma, Firma, Firma. Die häufigen Dienstreisen, das ist doch nicht normal. Wahrscheinlich haben ihn die Vorstände so unter Druck gesetzt. Lauter Workaholics! Wir alle dachten, Roland hat Burn-Out, dabei hatte er schon „Fuck-off". Dies war einer der verrückten Momente, wo Du unter normalen Umständen ein Prusten erwartet hättest. „Fuck-off". Marcel entfuhr beim Zuhören dieser Formulierung ein „Pftt." Diese Wortgeste war einfach treffend. Wie konnte er ohne eine Vorankündigung verschwinden? Das ist doch völlig „Ballaballa". Waren wir unglücklich? Nein, im Gegenteil. Wir genossen noch 14 Tage zuvor für einen kurzen Moment unseren Whirlpool. Kurzer Moment aus dem Grund, weil Lilly an der Terrassentüre bellend kratzte und ich meine „Wellness-Einheit" deshalb vorzeitig abbrechen musste. Trotzdem war es ein Moment der vertrauten romantischen Zweisamkeit. Ich lag in seinen Arm gekuschelt und wir beide schauten hinunter auf unser gepflegtes Gartengrundstück und unser Haus. Welches Glück wir hatten! Roland meinte noch: „Da muss man wirklich nicht in den Urlaub fahren, so schön haben wir es hier."

Alles einwandfrei und das vor nicht einmal 14 Tagen!! Und jetzt kommt er mit „wir haben neben einander her gelebt...". Was erwartet er sich nach 31 Jahren? Hätten wir wie Frischverliebte im Wasser rumtollen sollen, damit sich die Schwiegermutter oder Wolfgang am Küchenfenster blicken lassen und sich mit einer Bemerkung über uns wunderten. Nein, eben nicht. Es wäre gekünstelt gewesen, wäre einer von uns aufgesprungen und hätte im Kreis getanzt. Wir genossen die ruhige, gediegene Glückseligkeit.

Der Brief von Roland war einfach mit nichts anderem als „durchgeknallt" zu bewerten. Viele Wörter und Sätze wurden einfach durch unordentliches Streichen umformuliert oder heraus zensiert. Erst schrieb er „jemanden" kennengelernt, dies wurde geändert in „einen

Menschen" – ja ist er jetzt schwul? „einen Menschen kennengelernt" – steckt ein heilbringender Guru von einer Sekte dahinter? Hat er eine neue Frau kennen gelernt? „Nein, nein", beruhigte meine Mutter wieder, „da ist nichts dahinter. Er ist einfach gestresst. Er wird sich ein Hotelzimmer genommen haben. Wenn er wieder bei Sinnen ist, dann meldet er sich bei Euch. Eine Frau steckt bestimmt nicht dahinter – doch nicht unser Roland!" Tatsächlich habe ich den Gedanken, dass bei meinem Mann eine andere Frau im Spiel war, bisher noch nicht gesponnen. Der Schockzustand war zu groß – ich hätte es gar nicht realisieren können. Vor allem, weil er „das Kind nicht beim Namen" nannte. Er hätte doch FRAU schreiben können, wenn es sich um eine FRAU handelt. Es kann alles Mögliche bedeuten, wenn Du schreibst „einen Menschen". Ich lerne jeden Tag neue Menschen kennen und hau `deshalb nicht von zu Hause ab! Wir verblieben beim Telefonat mit meinen Eltern so, dass wir uns melden würden, sobald wir etwas Neues von Roland hörten. Susanne brachte die Möglichkeit an, dass wir die Polizei rufen sollten. Vielleicht können sie anhand der Fahrgestellnummer das Auto von Roland orten. Genau, dieses Auto haben wir erst vor gut einem Monat in Ingolstadt abgeholt. Der Audi hat bestimmt schon die Möglichkeit einer GPS-Ortung. Dann ging ich erst mal auf die Suche. Woher sollte ich jetzt die Fahrgestellnummer herbekommen? Ich suchte das Foto vom Abholtag in Ingolstadt. Dies bekommt jeder stolze Besitzer eines neuen Audis in einer silbernen Mappe, wie eine Auszeichnung zum Bundesverdienstkreuz, als Erinnerung an einen außergewöhnlichen Moment ausgehändigt. Eine schöne Erinnerung an den Tag der Übergabe. Ich klappte die silberne Mappe auf und genauso war es: Bei mir kamen wieder die guten Erinnerungen an diesen Tag auf. Glückwunsch an Audi – es funktioniert!

Kopfschüttelnd dachte ich, wie nett der Tag ablief. Ich konnte nicht fassen, für welchen Nutzen ich dieses Bild jetzt anwenden musste. Für den Audi-Abholtag arrangierte Roland, dass unser Sohn Marcel und meine Eltern mitkommen konnten. Dies wurde alles über seine Firma veranlasst. Da es nicht der erste Firmenwagen von Roland war, wussten wir, dass es auch Marcel und meinen Eltern sehr gefallen würde. War auch so - aufgrund der großzügigen Bewirtung im Audi-Werk war dies ein netter Tag im Kreise der Lieben. Ich nahm mir die Zeit, um mir wieder zu bestätigen, dass es gar nicht möglich ist, dass wir uns so sehr auseinandergelebt hatten, dass man einfach verschwindet. Bezeugte dieses Bild und die Erinnerungen doch etwas anderes für mich. Leider war die Fahrgestellnummer nicht vermerkt, deshalb musste ich ohne diese Information bei der Polizei anrufen. Ich könnte die Nummer ja morgen nachreichen, wenn ich mit der Fuhrparkverantwortlichen von Rolands Firma gesprochen habe. Mit zitternden Händen wählte ich die Nummer von der Polizei. Diese Szene, wie aus einer Tatort-Folge kam mir total skurril vor! „Polizeistation, hier Hofmann", hörte ich am anderen Hörer. „Ja, hallo, hier ist Annette Alt. Ich wollte melden, dass mein Mann verschwunden ist." „Wie verschwunden?" „Wir haben eine Bitte. Können Sie ihn über seine Fahrgestellnummer orten?" „So einfach geht das nicht. Was für einen Grund gibt es denn, dass wir ihn orten sollen?" So, wieder musste ich den ganzen Mist erzählen. Wenn ich meine Worte hörte, kam es mir so vor, dass dies nicht unsere Geschichte sein kann. Leider konnte die Polizei mir zu diesem Zeitpunkt überhaupt nicht helfen. Der nette Polizist erklärte mir: „Ihr Mann hat eindeutig erklärt, dass er Sie verlassen möchte. Da er ein erwachsener Mann ist, können wir ihn nicht aufhalten. Der wird bei einer anderen Frau sein. Diese Situation kommt häufiger vor, als man denkt. Das ist bei uns hier im Präsidium fast täglich ein Thema." Aha, meint jetzt dieser Polizist, er kennt den Roland? Meine dazwischen geworfenen Äußerungen, dass er sich vielleicht etwas antun wird, beunruhigten den Polizisten überhaupt nicht. „Hat ihr Mann in diese Richtung etwas geäußert, steht dazu etwas im Brief?" „Nein, " erwiderte ich, „von Selbstmord hat er nichts geschrieben." Ohne eine Spur besorgt zu sein, ließ der Herr noch folgenden Satz los: „Warten Sie mal 24 Stunden ab, vielleicht klärt sich die Sache auf. Melden Sie sich, falls wir noch etwas für Sie tun können." Ich drückte das Telefonat weg. Unser Freund und Helfer konnte oder wollte nichts unternehmen. Wir hatten kurz einen Grund vom widerlichen Hauptthema abzulenken und schimpften erst einmal über die oberflächliche Handlungsweise der Polizei und dass sie ja eh nie da sind, wenn man sie mal braucht.

Durch den Impuls des Gedankens, ihn über das Fahrzeug zu orten, kam Dominik wieder unsere irgendwann eingerichtete Freund- bzw. Smartphone-Suche in den Kopf. Unter Anwendung seiner Computer- und Ortungsmöglichkeiten konnte er Rolands Handy wirklich ausfindig machen. Ein Halleluja auf den Stand der Technik! Wie gut, dass in unserer Smartphone-Suche die ganze Familie vertreten war. Wir schauten alle wie gebannt auf das IPad von Dominik. Es zoomte an einen Ort in Bayreuth – jeder kennt das langsame aber gezielte Aufmachen eines Ortes, wenn man über GoogleEarth auf die Enter-Taste drückt. Das Bild zeigte sich immer schärfer auf dem Bildschirm. Ich konzentrierte mich stocksteif auf dieses kleine Kästla, in der Hoffnung, dass mir Roland gleich zuwinken würde. Was sich zeigte, war ein Parkplatz in Bayreuth. Wir grübelten, was er in Bayreuth zu suchen hatte. Ich konnte mir nur erklären, dass er sich hier mit einem Immobilien-Fuzzi trifft, den er von der Firma her kannte. Diese Verbindung bestand seit dem Verkauf eines Firmengebäudes, welches Rolands Firma an diesen Bauunternehmer veräußerte. Von ihm bekamen wir auch die Karten für die Bayreuther Festspiele – wieder eine Erinnerung, auch diese Veranstaltung war noch nicht lange her. Gut, mir hat das Geträllere seinerzeit nicht so gut gefallen. Vor allem weil man auf den engen Sitzen nicht einmal bequem Platz hatte, aber Roland fand die Aufführung super. Ich muss aber nochmal betonen: Man verpasst nichts. Überteuerte Eintrittskarten für ein voll überflüssiges Gedöns – sorry an alle Bayreuther-Festspiel-Fans.

Und jetzt nutzt er diese Verbindung, um an eine Wohnung zu kommen? Das ist ja beachtlich. Wahrscheinlich war diese Wohnung auch möbliert und bestimmt günstig. Als ich dies äußerte, meinte meine Schwester, ich sollte mal unser Konto checken, vielleicht können wir aufgrund einer Abhebung noch etwas herausbekommen. Das einzige, was ich hier entdeckte war, dass Roland am 15.04.2016 einen kleinen Betrag am Bahnhof abgehoben hatte – genau 50 €. Was hat er denn mit diesem Geld gemacht? Bahnticket hat er ja keines benötigt, er hatte ja seinen nigel-nagel-neuen Audi. Dazu hat sich später herausgestellt, dass er mit dem Menschen, der ihm eine ganz andere Perspektive des glücklich seins zeigte, zusammen Essen war. Genau der Freitag, wo sich die Kinder mit uns im Stadtlokal zum Abendessen treffen wollten. Er sagte kurz vorher über Nachrichten-App bei uns ab, da es auf Arbeit ein Problem mit dem EDV-System gibt – die erste Lüge von einer ganzen Litanei an Lügen, die mich noch erwarten sollten. In Nachrichten-App bestand seit Jahren die Gruppe „Familybook“. In dieser

Gruppe schrieben wir Roland, dass er sich bitte bei uns melden soll. Wir machten uns große Sorgen um ihn. Es gibt doch nichts, was man nicht besprechen könnte. Keine Ahnung wie viele unbeantworteten Nachrichten und Anrufe von jedermann an Roland gingen. Ich appellierte immer an unser schönes Familienleben und dass er sich darauf besinnen soll, was uns verbindet. Auch, dass er natürlich erst einmal Abstand haben soll, um sich wieder zu sammeln. Nur ein Lebenszeichen von ihm wäre schön. Aber dies sollte die nächsten drei Tage nicht passieren.

Ich musste nochmal auf meine Firmenveranstaltung zurückkehren. Wie ich es überhaupt geschafft habe, hierfür die Kraft aufzubringen, frage ich mich bis heute noch. Es war halt wieder diese Art „einfach zu funktionieren" und sein Soll zu erfüllen. Marcel hatte mich von der Einweihungsfeier abgeholt, er brachte mich auch wieder mit dem Auto zurück. Bei dieser Fahrt herrschte bedrückende Stille. Mir gingen wirre Gedanken durch den Kopf, auch, dass ich mich dort nicht lange aufhalten könnte. Zu viele gut gelaunte Leute. Da musste ich an ein Gespräch vom Vormittag dieser Feier denken. Ein ehemaliger Arbeitskollege von mir kam mit seiner Frau vorbei. Neben dem üblichen Informationsaustausch, fragte er mich: "Und, hält es der Roland immer noch mit dir aus?" Ich lachte mit meiner gut gelaunten Art und meinte zu ihm: „Freilich, wir sind immer noch glücklich vereint und das schon seit 31 Jahren." Erzählte ihm noch von der Feier unserer silbernen Hochzeit und was aus unseren Kindern Gutes geworden ist. In diesem Moment wusste ich nicht, dass ein Teil meiner Familie sich schon mit den Scherben dieser einwandfreien Liebesgeschichte beschäftigte. Welche Ironie! Aber jetzt musste ich erst einmal meine Kollegin, die seit Stunden schon alleine am Messestand am Werkeln war, informieren. Als ich ihr sagte, dass ich gleich wieder heim muss, zog sie ein finsteres Gesicht. Sie war sauer, dass ich sie hier alleine und somit im Stich lasse. Ich hatte aber keine Zeit, um jetzt noch mit ihr Mitleid zu haben. Ich wurde ALLEINE GELASSEN – volle Kanone wurde ich alleine gelassen. Meiner Kollegin erklärte ich nur, dass ich familiär etwas klären muss und ich keine andere Wahl hatte, als hier die Zelte abzubrechen. Ich denke nicht, dass sie anhand der Steno-Variante das Ereignis nachvollziehen konnte. Erst recht nicht, da die Leute auf meiner Arbeit nur schöne und glückliche Seiten meiner Ehe und der Familie mitbekommen haben. Es gab bei uns keine beziehungstechnischen Eskapaden. Josie schaute mich immer noch mit großen, vorwurfsvollen Augen an – ich wusste, dass sie gegen Mittag eigentlich heim wollte. Es blieb mir in dem Moment aber nichts anderes übrig, als meine sieben Sachen zu schnappen und wieder heimzufahren. Ich wäre in diesem Moment lieber normal meiner Arbeit nachgegangen.

Mein Sohn wartete im seinem Auto an der Ausfahrt von unserem Firmenparkplatz. Ich fuhr vor, Marcel als stärkende Begleitung hinter mir. Wie ein kleiner Trauerzug fuhren wir wieder in Richtung unseres Zuhauses. Ich war sehr traurig und ich fühlte mich ganz klein. Das Gefühl, mit dem ich zu diesem Zeitpunkt unterwegs war, würde ich als Trance-Zustand bezeichnen. Morgens noch super motiviert, wie ein Duracell-Häschen, jetzt war ich der Hase mit der miesen Batterie. Überhaupt keine Energie – keinen Tropfen Batteriesäure in den Akkus – null Kraft, um überhaupt den Ansatz eines Trommelwirbels zu schlagen.

Ich wusste nicht, was mich nach der kurzen Auszeit aus dem Elendslager gleich erwartete. Ich erfuhr, dass Rolands Handy immer noch in Bayreuth zu orten war, es diverse Telefonate zwischen meiner Schwester und unseren Eltern gab, die Verzweiflung über die Wurmloch-Erscheinung von Roland alle machtlos machte und trotzdem Überlegungen fürs Abendessen getroffen wurden. Schließlich musste man ja was essen. Es war selbstverständlich, dass das Familienrudel zusammen bleibt – ohne seinen Leitwolf - aber es musste weitergehen. Beim Abendessen beratschlagten wir, ob ich morgen direkt zu Rolands Firma fahren und ihn persönlich zur Rede stellen sollte. Ich glaube, es war Julia, die meinte: „Das gibt ja dann schon ein Aufsehen. Mama, du kannst dich doch emotional nicht im Zaum halten..." Da kann ich ihr bis heute nur Recht geben. Es ging sogar jetzt um sein Ansehen im Geschäft. Ich dachte mir kurz: „Ist nun der Schutz vor seinem guten Ruf gegenüber den Mitarbeiterinnen und Mitarbeitern wichtig? Wer merkt denn auf meine Gefühle und das Ansehen, welches der unmögliche Arbeitsabbruch heute bei mir in der Firma erzeugte?" Ich musste auch durch! Dennoch ratterte mein Gehirn und ich sah mich vor meinem geistigen Auge heulend in den Gängen von seiner Firma – nein, das ging wirklich nicht. Dominik und Marcel diskutierten, wer hingehen sollte. Es musste einer von uns sein, der dem ganzen emotionsfrei begegnen konnte. Da Dominik bei Rolands Firma auch auf geschäftlicher Ebene bekannt war, entschieden wir, dass Dominik am darauffolgenden Morgen um ca. 08.30 Uhr bei Roland im Büro erscheinen sollte. Dies war beschlossene Sache, als wir uns schweren Herzens trennten. Jeder wusste, dass es für alle eine schlaflose Nacht werden würde. Dann auch noch Montag, yeah – volle Kraft voraus!

In dieser Nacht tat ich – wie schon erwartet - kein Auge zu. Ich lief Gefahr vor Sorgen und Trennungsschmerz einzugehen. Dass es den Kindern genauso ging, bekam ich über die spät geschriebenen Nachrichten-App-Mitteilungen mit. Noch in dieser Nacht gründete ich die neue Nachrichten-App-Gruppe „Fünf". Hinter dem Chat-Namen fügte ich folgende Emojis ein: „Herz, rote Kartenfarbe" und „Einhorn". Als Gruppenbild nahm ich einen Sonnenaufgang. Ich befasste mich mit dem Gedanken, ob unsere Familie jemals wieder aus sechs Personen bestehen sollte. Auch, dass ich darauf gefasst sein musste, dass Roland wegen dieser glückseligen Zukunftsperspektive, kein Teil mehr meiner Zukunft sein wird. Werde ich jemals wieder einen passenden Mann kennenlernen? Ich bin 46 Jahre alt – wie will ich denn nochmal einen Mann kennenlernen? O Gott, ich werde als „verlassene alte Schrulle" allein dahin siechen. Ich schob den Gedanken schnell wieder bei Seite. Roland wird schon wieder vernünftig werden. Er kommt bald zu mir und seiner Familie zurück – er ist doch voll der Familientyp. Roland kann doch gar nicht ohne mich und seine Zieberla sein. Wir hingen so oft aneinander – das war für mich nicht wegzudenken. Oder hat es ihn erdrückt? Keine Ahnung, was das Verschwinden auslöste – ich werde es schon irgendwann erfahren.

18.04.2016, 04.19 Uhr - ich liege mit Herz- und Kopfschmerzen - eigentlich tat mir alles weh - im Bett. Ich überlegte schon, ob ich gegen die Schmerzen etwas einnehmen sollte, aber was kann hier helfen. Nicht einmal 1200er IBU können dich wieder in einen normalen Zustand katapultieren. Ich sendete Roland wieder eine App-Nachricht. Diesmal stand ich vorher auf und holte unser Familien-Stammbuch, um den Psalm von unserer Hochzeit zu zitieren. Dieser lautet:

„Darum nehmt einander an, wie Christus euch angenommen hat zu Gottes Ehre."

Dazu habe ich angefügt: „Egal, aus welchem Grund Du uns auf diese Weise verlassen hast, wir können das wieder ausbügeln. Ich vertraue auf unser langjähriges Glück und nehme Dich mit allem an. Alles wird gut. Denk daran, was für schöne Kinder wir haben. Wie Du Dich über die Geburt von unserem ersten Kind gefreut hast und mir einen Blumenstrauß mit der Karte und dem Text „Vielen Dank für den kleinen Marcel" geschenkt hast. Alles ist so perfekt. Wirf das nicht alles weg. Du hast eine tolle Familie, die auf Dich wartet und nicht abschalten kann. Die Nachricht blieb aber leider unbeantwortet. Was für ein Jammertal!

Ähnlich erfolglos erging es Dominik am Morgen des 18.04.2016. Er meldete sich bei der Anmeldung von Rolands Firma an und gab vor, dass er einen Termin mit Herrn Alt hatte. Die nette Empfangsdame begleitete Dominik in den Wartebereich und hier sollte er warten, noch eine ½ Stunde warten und schmoren, bis die Dame vom Empfang wieder bei ihm aufschlug und ihm mitteilte: „Herr Alt kommt heute später. Es ist leider nicht möglich, dass sie auf ihn warten. Uhrzeit hat er nämlich nicht angegeben." Also verließ Dominik Rolands Firma, ohne überhaupt ein Lebenszeichen von ihm gesehen zu haben – gut, er hatte bei seiner Firma seine Verspätung gemeldet – aber persönlich traf er ihn nicht. Die Ortung, welche Dominik immer im Blick hatte, zeigte Roland dann gegen 09.00 Uhr an diesem Tag auf der A70. Wir hielten uns via Nachrichten-App und diversen Anrufen immer auf dem Laufenden. So bekam ich mit, dass er um 17.00 Uhr wieder auf der A70 zurück Richtung Bayreuth unterwegs war. Und wieder blieb sein Signal auf demselben von gestern ausgespähten Parkplatz hängen.

Ich schlief die nächsten zwei Nächte zusätzlich noch unruhig, da es unserem Familienhund Lilly nicht gut ging. Jetzt machten sich auch hier die Spuren eines langen Lebensweges bemerkbar. Diese 18 Jahre war sie immer putzmunter. Nur einmal hatte sie eine Verletzung, als sich unsere Süße beim Bespringen ihres Plüschelches einen Bänderriss zugezogen hatte. Nur dieses eine Mal waren wir aufgrund der Verletzung um sie besorgt. Ich hatte in der zweiten Nacht nach Rolands Verschwinden leider die Arbeit, dass ich unser Bett neu überziehen musste, da Lilly unabsichtlich rein gemacht hatte. Es war eine Aufgabe, mit der Roland mich auch alleine ließ. Achtzehn Jahre und jetzt, wo alles so beschwerlich mit Lilly wurde, kümmerte nur ich mich im Hundesanatorium um diesen Hund. Das hieß, dass man Lilly permanent umsorgen musste. Gut war, dass ich sie während des Tages mit auf Arbeit nehmen konnte. Das war auf alle Fälle eine Erleichterung, für die ich heute noch dankbar bin. Es half nichts, ich musste in der Mittagspause vom 21.04.2016 mit ihr zur Tierärztin Eichtmayer fahren. In der Hoffnung, dass man mit irgendeinem Vitaminpräparat, den Hund noch mal zu Kräften kommen lassen könnte, begab ich mich in die Tierarztpraxis. Als mich die Sprechstundenhilfe in ein Zimmer bat, wartete ich mit Lilly im Arm auf Frau Eichtmayer. Nach kurzem Warten, ging die Türe auf. Frau Eichtmayer erkannte die Situation sofort und flüsterte in Lillys Ohr: „Ja Süße, Dir geht es nicht gut. Bist ja nur noch ein Schatten Deiner selbst." Und, als hätte die Tierärztin dies zu mir gesagt, flossen schon die Tränen über meine Wangen. „Ja, und das geht schon seit drei Tagen so." Ich konnte mich nicht mehr halten – es war wieder einer dieser skurrilen Momente. Angefackelt von dem gleich erkannten Leid, erzählte ich mit schluchzender Stimme: „Mein Mann hat mich verlassen. Ich sitze vollkommen alleine daheim und frage mich, wie es mit unserer Lilly weitergehen soll!" Man hätte „mit unserer Lilly" weglassen können. Ich fragte mich nahezu jede Sekunde, jede Millisekunde wie es weitergehen soll. Akut ging es natürlich um Lilly. Die Ärztin streichelte tröstend meine Schulter und meinte: „Wenn ihr Ehemann einfach gegangen ist, wie sie es gerade erzählt haben, dann ist er es nicht wert, dass sie überhaupt EINE Träne an ihn vergießen! Sie sind eine starke Frau. Sie schaffen das alles auch ohne ihn. Jetzt müssen Sie an sich und ihre Kinder denken, denn bei Lilly schaut alles danach aus, dass sie die kleine Maus erlösen müssen. In der Natur hätte dieser Hund nicht so lange ausgehalten. Ein Tier überlebt diesen schwachen Zustand nur in der Obhut seiner lieben Menschen. Sie haben sie am Leben gehalten - mit Ihrer Fürsorge, dem Futter und Ihrer Liebe. Ich rate Ihnen, warten Sie nicht zu lange. Ich habe bei meinem Hund zu sehr gezögert. Ihm ging es auch nicht gut, aber ich dachte, ich könnte noch mit einer Vielzahl an Medikamenten sein Leben verlängern. Damit habe ich ihm nicht geholfen – ich hätte mich damals schon früher für seine Erlösung entscheiden sollen. Machen Sie diesen Fehler nicht. Bei Lilly ist es nicht zu früh, es ist jetzt der Zeitpunkt, die richtige – für den Hund einfachere – Entscheidung zu treffen." Jetzt waren meine Gedanken um Rolands Verschwinden erst einmal wie weggefegt. Ich sollte jetzt auch noch Abschied von meiner geliebten Weggefährtin nehmen. Hielt sie doch immer die Stellung – war wie mein Schatten. Sie folgte mir auf Schritt und Tritt, war jede Sekunde der letzten Jahre mit mir verbunden. Frau Eichtmayer zog mir zig Blätter aus dem Kosmetiktuch-Spender. Diese Dinger sind einfach zu dünn und mickrig und es musste der

Handtuch-Spender für Nachschub sorgen. Ich glaubte in diesem Moment, alle Tränen zu verlieren. Ich werde nie mehr in meinem Leben weinen können, jedweilige Tränenflüssigkeit verschwand aus meinem Körper! Umso mehr ich weinte, desto näher kam ich aber auch wieder an den Punkt mich zu schütteln und selbst wieder in Form zu bringen. Triff eine Entscheidung – die richtige – genau in dieser Sekunde! Ich rappelte mich auf und fragte, wie es denn weitergehen sollte. Frau Eichtmayer schaute in ihrem Terminkalender nach. Netterweise, wollte sie die „Erlösung" bei uns zu Hause durchführen. Ihr Kalender war rappelvoll. Sie schaute mich intensiv an und ich merkte, wie sie mit sich haderte, ob sie diesen Termin auf morgen verschieben könne. Dann bot sie mir dennoch an, dass sie heute nach dem Elternabend in der Schule ihres Sohnes zu uns nach Hause kommen könnte. „Es wird aber bestimmt 21.30 Uhr werden", machte sie darauf aufmerksam. Egal, wenn es für Lilly das Beste ist – sie konnte nicht mehr stehen, nur wenige wackelige Schritte gehen, meistens rutschte sie aus…Ich hielt nie sehr viel vom Einschläfern eines Tieres, aber in diesem Moment fühlte ich, es ist die richtige Entscheidung. Ich persönlich dachte dies, aber was war mit den anderen Familienmitgliedern? Schließlich war es nicht nur mein Weggefährte. Mit den Kindern verbrachte unsere Süße weit mehr ihrer Lebenszeit. Ich müsste Roland fragen, letztendlich ist es ja auch sein Hund… So viele Menschen, denen es wichtig ist, was aus dieser kleinen Maus wird. Wie sollte ich Roland erreichen? Ich verblieb mit Frau Eichtmayer so, dass ich mich nochmal bei ihr telefonisch melden werde, nachdem ich die Familie informiert habe. Ich rief meinen Sohn auf Arbeit an. Er kam sofort in seiner Mittagspause zu mir in die Firma gefahren. Marcel ist immer zur Stelle, wenn ich ihn brauche! Jeden schwierigen

Moment durchstand er mit mir – alle Kinder, ob Julia, Dominik oder Luise – wir wurden auch durch diese Entscheidungen und Szenen, welche das Leben schrieb, zusammengeschweißt! Als Marcel eintraf, nahm ich Lilly mit auf den Grünstreifen neben unserem Firmenparkplatz. Ein paar Schritte an der frischen Luft würden jeden gut tun. Wir diskutierten, ob es noch einen Sinn machte zu warten, aber auch jetzt wackelte dieses kleine anthrazitfarbene Fellbündel so unsicher auf den Beinen, dass es einem weh tat hinzusehen. Ich stützt der Kleinen immer die Hinterbeine ab – davon tat mir schon der Rücken weh – aber nur durch meinen Halt konnte die Maus stehen und war dadurch fähig noch einigermaßen selbstständig und in Würde zu pinkeln. Wenn sie sich nach kurzem Stehen in den Rasen setzte, schaute sie wieder so klein und jung aus, dass man gar nicht glauben konnte, welch miese Entscheidung wir für sie treffen mussten. Marcel und mir standen die Tränen bis zum Anschlag in den Augen. Dennoch musste der nächste Schritt unternommen werden. Julia anrufen! Sie hatte jetzt gerade noch Mittagspause. Als wir beide unter Benutzung der Lautsprecherfunktion von meinem Smartphone Julia die ausweglose Situation erklärte, war sie erstaunlicherweise sehr stark und unterstützte uns mit der Bestätigung der Erlösung von Lilly. Sie dachte auch schon, als ich erzählte, dass Lilly ins Bett gemacht hatte, dass dieser Zustand leider nicht lange erträglich ist. Sie hat schon mit dem Schlimmsten gerechnet. Julia verstummte für einen Augenblick und verdrückte sich das Weinen – da kennt man als Mutter seine Kinder zu sehr – sie fing erst wieder das Sprechen an, als ihre Stimme klar zu klingen schien und sie darauf vertraute, nicht sofort losweinen zu müssen. Aufgrund der Traurigkeit hielt Julia das Telefonat kurz. Sie wollte mir nicht den Anlass geben, noch mehr zu leiden und hat sich so lange mit dem Heulen zusammengerissen, bis wir sie nicht mehr durchs Telefon hörten. Ich besprach mit Marcel, dass ich versuchen musste, Papa zu informieren. Auf dem Handy kam noch die Ansage „Teilnehmer nicht zu erreichen". Deshalb wählte ich die Nummer von Rolands Büro und kam aber nur am Empfang raus. Ich bat die Dame höflich, dass mein Mann mich bitte auf dem Handy anrufen solle, da es unserem Hund sehr schlecht ginge. Was glaubt Ihr, welche Gedanken mir durch den Kopf rannten. Ich schaute abwechselnd Marcel und mein Handy an. Jetzt klingelte es und ich las: „Rolands Büro". Er rief zurück! Mit zitternden Fingern drückte ich auf den grünen Punkt und nahm das Telefonat an: „Roland, es geht um unsere Lilly. Wir müssen aufgrund des schlechten Zustandes überlegen, sie einzuschläfern. Ich brauche dazu Deine Erlaubnis. Ich möchte sie einäschern lassen, auch dazu benötige ich wegen der Kosten Deine Zustimmung." Ich hörte nur Rolands Schluchzen, er musste sich ziemlich beherrschen, dass er sprechen konnte. Ich sagte: „Was machst Du bloß mit uns? Lässt uns allein und verschwindest einfach." Roland antwortete mit leiser Stimme: „Darüber kann ich nicht sprechen, noch nicht. Aber mit Lilly, das ist jetzt akut. Wir müssen sie einschläfern lassen? Und ich habe Euch damit alleine gelassen? Ich weiß jetzt nicht, was ich sagen soll. Soll ich heute wegen Lilly kommen?" Ich sagte: „Nein, die Kinder sind bei mir, wir wollen der Lilly den Rahmen bieten, den sie nach 18 Jahre verdient hat. Nur sie soll die Aufmerksamkeit heute Abend erhalten. Wenn Du kommst, dann wissen wir nicht, warum wir eigentlich weinen. Es geht heute Abend nur um unsere kleine Maus und nicht um uns!" Ich bin der Meinung, dass ich mit dieser Aussage damals die richtige Entscheidung getroffen habe. Wenn es mir auch sehr schwerfiel, aber hier hatte er nichts zu suchen. Roland hat uns vor zwei Tagen verlassen und uns mit allem wie Idioten sitzen lassen. Jetzt, an diesem Abend, brauchten wir ihn nicht! So war es also beschlossen. Ich erhielt kurz darauf eine App-Nachricht von Roland: „Es ist für mich zu früh etwas zu erklären. Ich kann erst nächste Woche mit Dir sprechen." Noch eine Woche sollte ich auf eine Erklärung warten? Na prima. Aber selbst damit habe ich mich an diesem Tag nicht aufgehalten. Ich brachte die Stärke nur für unsere Lilly auf! Sie hatte verdient, dass ich mich an diesem Abend von nichts ablenken lassen würde.

Meinen Kindern und mir wurde bewusst, dass jeder Moment der letzte mit Lilly ist. Wir trafen uns zum nächsten Akt der Tragödie in unserem Familiennest. Lilly, Marcel und Luise, Julia und Dominik, ich ohne Roland. Wir betteten die Kleine wie eine Königin auf dem Sofa und horteten uns um sie – mit dem nötigen Abstand - nicht, dass sie sich vor lauter Aufmerksamkeit bedrängt fühlen würde. Hunde sind ja nicht blöd, sie merken die Besonderheit solcher Situationen. Lilly nahm es aber so selbstverständlich hin, blinzelte jeden mit ihren Knopfaugen an und gab uns das Gefühl, dass sie es richtig fand, dass wir in dieser Runde auf ihre Erlösung warteten. Wir schauten immer wieder auf die Uhr. Es war 21.45 Uhr, als es an der Haustüre klingelte. Marcel ging langsam zur Türe, um noch jeden Moment hinauszuzögern. Wir baten unsere Tierärztin herein und wussten nicht, was wir sagen sollten. Ein „herzlich Willkommen" wäre völlig unangebracht gewesen, so folgte nur ein leises „hallo" von jedem. Frau Eichtmayer behielt aber ihre stabile Art und tröstete uns von der ersten Sekunde ihrer Anwesenheit.
„Macht Euch keine schlechten Gedanken, es ist die richtige Entscheidung. Jeder weitere Tag könnte Lilly

eine zusätzliche Belastung bringen. Natürlich wünschte man sich, der Hund schläft abends ein und wacht am Morgen nicht mehr auf. Aber irgendwie schaffen es die kleinen Wesen, dass sie sich am Leben halten." Frau Eichtmayer setzte sich in die Lücke, welche Marcel wegen dem Türöffnen auf dem Sofa, frei gemacht hatte. Ich sehe uns heute noch und kann die Sitzordnung genau wiedergeben. Warum speichert der Mensch solche Situationen so intensiv ab? Vielleicht, weil man diesen Moment aufsaugen möchte und so hofft, dass er nie vergessen werden soll! Lilly in der Ecke, rechts saß ich und streichelte den kleinen Hund ununterbrochen, links Frau Eichtmayer, daneben Julia und Dominik. Auf dem Sessel Luise und gleich auf der Sessellehne Marcel. Er konnte aber nicht lange sitzen bleiben und wechselte immer zwischen „hinter dem Sessel stehend" und „auf der Sessellehne sitzend". Frau Eichtmayer erkläre uns den weiteren Ablauf: „Ich gebe Lilly gleich ein Beruhigungsmittel, danach warten wir ein Stück, bis es wirkt. Anschließend spritze ich ihr dann ein Narkosemittel. Erst, wenn Lilly eingeduselt ist, wird das Mittel gespritzt, was letztendlich zum „Einschlafen" führt. Danach prüfe ich die Vitalzeichen von der Maus - nur für die letzte Gewissheit." Leider hatte sich der Zustand von Lilly diesen Tag über noch verschlechtert und es wurde schwierig ihr eine Spritze zu setzen. Sie fiepte leise auf, dass es Frau Eichtmayer sofort bedauerte und sie unsere Kleine mit tröstenden Worten überhäufte. Ich legte Lilly wieder etwas bequemer hin und sie schaute mir noch einmal in die Augen, Sekunden darauf, schlossen sich ihre Augen zum letzten Mal, denn schon alleine das Beruhigungsmittel reiche aus, um Lilly zu erlösen. Während ihre Lebensgeister ihren Körper verließen erzählten wir uns die tollen Momente mit Lilly. Wie sie auf der Schneepiste neben den herab brausenden Schlitten, auf dem Marcel und Julia saßen, mit hinunter preschte oder im Sommer durch die Felder rannte. Das Gras war teilweise so hoch, dass man Lilly immer nur Sprunglängen sah – sie sah aus wie ein kleiner Flohbock. Am besten gefiel uns immer, wenn Lilly während der Urlaubsfahrt auf dem Gepäck lag. Kaum waren die Koffer im Auto verstaut, sprang unser Hündli sofort mit dazu, damit wir sie nicht vergessen würden. Sie hatte immer den bequemsten Platz, fand immer die für ihren Körper gerechte Kuhle! Zukünftig gab es solche Momente nicht mehr. Ohne Lilly und wahrscheinlich wird noch jemand zukünftig hier fehlen – ROLAND.

21.04.2016, 22:35 Uhr: Ich hatte mit der Tierärztin schon vereinbart, dass wir Lilly einäschern lassen möchten. Deshalb wickelte sie den leblosen kleinen Körper in ein Tuch und hob das Bündel auf ihren Arm. Wir verabschiedeten uns ein letztes Mal von unserer Lilly, krauten ihr das Stirnhaar oder streichelten über ihre Nase. Unsere Katzen wohnten dieser Szene mit sonderbar ruhigen Bewegungen bei. Nicky lief uns hinterher. Als Frau Eichtmayer die Hecktüren ihres Autos öffnete und Lilly auf eine Decke sanft ablegte, sprang unsere älteste Katze auf das Dach von unserem Carport und beobachtete, wohin wir Lilly brachten. Es sah aus wie die Grußszene aus König der Löwen, wo der Löwe auf dem großen Felsen zu seinem Volk sprach. Nicky machte den Anschein, dass sie Lilly ein letztes Lebewohl sendete, um sich dann auf die Giebelspitze zu setzen und verloren in den Nachthimmel zu schauen. Was dachte sich wohl die Nicky in diesem Moment? Ich habe unsere Katze danach nie mehr auf dem Giebel sitzend gesehen – es war eine spezielle Geste für Lilly. Das empfand ich zumindest so in jenem Augenblick.

Am nächsten Tag, es war ein Donnerstag, saßen wir schon wieder wegen eines, eigentlich erfreulichen, Anlasses zusammen. Wir „Fünf" beratschlagten uns, wie der Tag der Bachelor-Feier von Marcel ablaufen soll. Er machte ein duales Studium, hatte seinen Bachelor mit Bravour geschafft. Am Tag darauf hatten wir fünf Karten für diese Feier. Es kam von Rolands Seite kein Signal, dass er an dieser Festivität mit uns teilnehmen wollte. Deshalb übernahm Dominik die Karte von Roland, mit den Worten: „Wir lassen es dort richtig krachen. In dieser Runde ist es sowieso am schönsten." Auch Marcel erwiderte: „Papa benahm sich schon ein halbes Jahr komisch und ich kann gut und gerne darauf verzichten, dass er heute gezwungener Maßen dabei ist." In kurzer Zeit hatten wir die Taktik entwickelt, das Fehlen von Roland in andere Energie umzuwandeln. Wir, die glorreichen „Fünf". War trotz der aufbauenden Worte ein komisches Gefühl. Wir haben solche Veranstaltungen innerhalb der Familie immer als treusorgendes Elternpaar genossen. Waren stolz, dass die Kinder auf eigenen Füßen stehen. Hatten vor kurzer Zeit noch die eleganten Klamotten für diesen Anlass zusammen gekauft. Manche Dinge im Leben sollen einfach nicht sein. Ich zwang mich wieder dazu, dass ich vor den Kindern nicht in die Trauerrolle verfalle. Natürlich hätte es auch Anlass gegeben zu schluchzen und zu heulen, war es erst fünf Tage her, als Roland verschwand und dazu gestern der traurige Abend mit dem Abschied von Lilly. „Es bringt Dir aber überhaupt nichts, wenn Du Dich ständig damit beschäftigst", befahl ich mir, um mit dem Grübeln aufzuhören. Dennoch kamen die dunklen Gedanken immer wieder aufs Neue hoch. Meistens in der Form, dass ich alleine in meinem Kämmerchen saß und vor mich hin weinte und wieder diese unsäglich schlimmen körperlichen Schmerzen erlitt.

Noch eine weitere Entscheidung musste getroffen werden. Am Samstag – also aus Sicht damals übermorgen – stand ein Wochenende in Erding auf dem Plan. Skurriler Weise handelte es sich um ein Geschenk von meiner Schwester und ihrer Familie zu unserer silbernen Hochzeit. Drei Doppelzimmer, gebucht für genau dieses Wochenende. Ich schrieb schon seit Anfang dieser Woche – wenn ich mal zum Nachdenken an diesen Termin kam – mit Roland. Mein Vorschlag war, dass nur wir zwei nach Erding fahren. Jeder sollte ein Doppelzimmer nutzen, egal wenn das dritte Doppelzimmer leer bleiben würde, es stand ja unsere Ehe auf dem Spiel. Wir könnten uns aussprechen, nebenbei die Therme nutzen. Ich dachte auch an meine Gewichtsabnahme. Es würde mir leichter fallen, mich im Badeanzug zu zeigen. Mal schauen, wie mein Mann diese zurückgewonnene Taille findet. Roland und ich hatten im letzten halben Jahr gemeinsam abgespeckt. Roland mit eisernem Biss, schon eine geraume Zeit länger vor meinem Abspeckstart. Bei mir zuckelte der Zeiger von der Körperwaage nur sehr langsam in Richtung „UHU" (Unter HUndert). Bis zum Tag des „Sturzverlassens" von Roland hatte ich in drei Monaten lahme sieben Kilogramm verloren, dafür ging es jetzt wie von Zauberhand. In nur sechs Tagen verlor ich fünf Kilo – dass unsere Ehekrise für diesen positiven Effekt stand, war das einzig praktische. Unter anderen Umständen, hätte man Freudentänze hingelegt. Ich ging zu diesem Moment davon aus, dass Roland und ich nach seinem „Ausspinnen" wieder zusammen an einem Strang ziehen würden. Roland und Annette, unzertrennlich! Ich vom Erfolg motiviert, sogar weiter abzunehmen und mit ihm Sport zu machen. Ich würde mit ihm joggen, ins Fitness-Center gehen, radeln, ja vielleicht zusammen einen Marathon laufen.

Ich schaffe es, ihm wieder zu gefallen! Das Verrückte in dieser Lebenssituation ist, dass man nach dem „Sturzverlassen" in der einen Sekunde nie mehr etwas von dem Mann der Schande hören möchte - fast zeitgleich aber die Hoffnung verfolgt, dass man sich wieder versöhnt und danach alles viel besser wird. Durch die Trennungserfahrung wird bewusst, wie wichtig einem der eigene Partner ist!

Wir machten uns also nur zu fünft auf den Weg zur Bachelor-Feier. Der Abend ging skurril los. Mir fiel im Auto ein, dass wir dort auch auf langjährige Bekannte treffen werden. Der Sohn absolvierte an der gleichen Uni sein Studium und wir mussten auf alle Fälle etwas zu ihnen sagen, warum Roland nicht dabei war. Wir einigten uns darauf, dass er heute Morgen mit „Magen-Darm-Grippe" aufgewacht ist – immer gut und hat jeder bestimmt schon genutzt, wenn man kurzfristig wo absagen möchte. Genau diese Magen-Darm-Grippe hätten wir „Fünf" Roland gerne auch an den Hals gewünscht! Was soll ich sagen, unsere Bekannten nahmen es als ganz normal hin! Ich hatte es wegen der Aufregung und der ungewohnten Familienkonstellation schon auf zwei Gläser Sekt vom Empfang gebracht und bemerkte, dass diese zwei Sektchen schon gut anschlugen, da ich den ganzen Tag nichts gegessen hatte. Geht doch! Die Stimmung wurde bei mir gleich lockerer nach der Devise: „Kein Alkohol ist auch keine Lösung!" Wir suchten uns einen Platz, von wo aus wir eine gute Sicht auf die Bühne hatten und mit den Bekannten zusammensitzen konnten. Perfekt! Ich platzierte mich an die Stirnseite, damit ich nicht in direkter Nachbarschaft zu den beiden Bekannten saß. Aufgrund des Abstandes durch diese Tischordnung mit meinen Kindern dazwischen, gelang es so, dass ich nicht mit unseren Freunden sprechen musste. So war es auszuhalten, denn mir kamen „beim darüber reden" grundsätzlich immer die Tränen hoch. Was für ein Jammer, dass Roland heute nicht mitbekam, was unser Marcel alles erreicht hat. Die ganzen drei Jahre hat er mit ihm gelernt, seine Hausarbeiten Korrektur gelesen und jetzt an dem Tag, wo die Lorbeeren geerntet wurden, war Roland nicht dabei. Wie fühlte sich unser Sohn dabei? Wir „Fünf" entwickelten wieder einmal die Stärke, uns nicht unterkriegen zu lassen. Immer Kopf hoch! Wird schon. Der Wein schmeckte, das Essen war gut, aber ein richtig toller Abend wurde es nicht. Es hing immer der schwere Mantel von Rolands Fehlen über uns. Ich war bei der Auszeichnung aufmerksamer und beobachtete alles sehr genau. Der Grund war, dass keiner neben mir saß, der mir etwas Verpasstes nochmal so vertraut wiederholen würde, wie Roland es immer tat. Also konzentrierte ich mich wie versteinert auf das Bühnengeschehen. Vielleicht auch aus dem Grund, dass wenn Roland einmal danach fragen würde, könnte ich ihm alles haarklein erzählen. Ich habe mitbekommen, dass Roland tags drauf mit den Kindern telefonierte, er aber nur kurz nach dieser Feier gefragt hatte. Also, war meine Anstrengung, alles aufzusaugen, völlig übertrieben. Vor Kurzem hätte er Räder geschlagen, um alles von dieser Veranstaltung auf Video zu brennen und jetzt fand dieser Event nur in einem Nebensatz von ihm Platz. Kann man sich so schnell vom immer präsenten Familienvater in ein oberflächliches Arschloch verwandeln? Man sollte es nicht für möglich halten!

Am Samstag, den 23.04.2016, fuhren wir um ca. 09.30 Uhr in Richtung Erding. Da das vermeintliche Familienauto – der A6 - bei Roland war, quetschten wir uns „Fünf" nach langer Überlegung, welches Auto am komfortabelsten war, in den A3 von Marcel. Während der

Fahrt von zu Hause zu dritt ging es noch. Als Julia und Dominik dazu stiegen, bemerkten wir, wie beengt wir die nächsten 1 ½ Stunden unterwegs verbringen würden. Julia saß auf der Rücksitzbank in der Mitte. Erst in Erding erzählte sie, wie sehr ihr Hintern weh tat, da der mittlere Platz in diesem Auto erhöht war und die Kanten auf Dauer immer härter wurden. Trotzdem haben wir die Fahrt gut überstanden. Wir schauten vom Parkplatz der Therme auf die Hotelanlage. Schön! Ich hatte immer noch die Hoffnung, dass Roland uns überraschen würde. Gleich steht er im Eingang des Hotels und winkt uns. Dann wird alles wieder gut!

Ich habe ihm diesen Gedanken anhand zahlreicher Nachrichten-App-Mitteilungen oft genug vorgeschlagen und so wie ich ihn kannte, nutzte er diese Möglichkeit bestimmt. Aber wider meine Erwartung fand an diesem Tag kein Wiedersehen mit ihm statt. Pustekuchen! Kein Roland, auch an diesem Wochenende verschwunden! Dominik ortete sein Handy immer noch. Er tauchte immer an fast schon gewohnter Stelle in Bayreuth auf: „Jaaa, er lebt noch, er lebt noch, er lebt noch....."

Der Empfang an der Therme war sehr lustig. Begrüßte uns ein junger Herr mit Münchner Dialekt sehr angenehm und checkte uns ein. Ich hatte mein Ticket in der Hand und er fragte mich mit seinem charmanten Dialekt, ob Roland mein Doppelzimmer-Partner wäre. Ich sagte das erste Mal jemand Fremdes folgenden Satz: „Ne, der kommt nicht. Hat es sich anders überlegt. Er hat mich am letzten Sonntag „Sturzverlassen" - einfach abgehauen." Ich glaube, es war Julia, die mich ein bisschen beschämt am Ärmel zupfte. Ich stoppte meinen Sprechdurchfall. Was ich immer schon gut konnte: In kurzer Zeit, durch maschinengewehrartiger Erzählung, die Leute auf den neuesten Stand zu bringen.

Der junge Mann antwortete aber schlagfertig, als würde er es jedes Wochenende erleben: „Ja, was weg is` is` weg, dann werden Sie das Wochenende ja noch entspannter genießen können." Ich kicherte wie ein junges Mädchen. „Das werde ich, Sie können mich ja begleiten, ich habe noch einen Platz frei." Keine Ahnung, was sich meine Kinder dachten. „Uh, unsere Mutter findet bestimmt wieder jemanden!" oder „O Gott, wie peinlich - jetzt flirtet sie mit dem jungen Mann rum!" Er war bestimmt 18 – 20 Jahre jünger als ich. Tatsächlich sagte Julia auf dem Weg zu den Aufzügen zu mir: „Ja Mama, lass es richtig krachen. Flirte, was das Zeug hält. Du schaust gut aus, zeig es Papa, zahl es ihm heim!" Mittlerweile hatten wir uns doch mit dem Gedanken befasst, dass eine Frau hinter dem „Sturzverlassen" steckte. Die Kinder haben über XING die neuen Kontakte von Roland gecheckt und Julia hat über seine Kontakte bei T-Online einen Namen herausgefunden. Diesen Frauennamen googelten Dominik und Julia - die alten Sherlock-Homes-Duplikate - und fanden in Facebook ein Profil, welches bestätigte, dass diese Frau handballtechnisch in Bayreuth aktiv war und zufällig in der gleichen Firma, wie Roland arbeitete. All meine Hoffnung lag immer noch darin, dass dem nicht so war und die Kinder sich täuschten. Es stand noch eine andere Frau zur Debatte. Sie arbeitete auch in seiner Firma und hätte meiner Meinung nach besser in sein Beuteschema gepasst. Mein Mann und Beuteschema – diese Verbindung von Wörtern passt doch gar nicht zusammen! Wir werden es bestimmt in Kürze erfahren, denn Roland muss ja mal in den nächsten Tagen mit der Wahrheit herausrücken.

Wir verbrachten einen mehr oder weniger entspannten Tag in der Therme. Zum Abendessen bestellte ich mir

einen Chianti, welcher mir die nötige Bettschwere verlieh, dass ich um 22.00 Uhr auf meinem Zimmer lag.

Die Kinder haben noch bis zum Schluss den Vorzug
unserer Tickets im Verbund mit Hotelbuchung genutzt
und verbrachten bis zur Schließung die Zeit innerhalb
des Thermen-Bereiches. Alleine auf dem Zimmer surf-
te ich bei „You Tube". Ich hörte mir Liebesschnulzen
an. Wie klein und hilflos fühlte ich mich wieder in diesem einsamen Moment. Würde ich doch unter normalen Umständen zusammen mit Roland in diesem
schönen Doppelbett mit der guten Aussicht liegen.
Den Gedanken, dass es sich um ein Geschenk der
silbernen Hochzeit handelte empfand ich erneut ziemlich skurril. Unausweichlich musste ich Roland einen
Musiktitel über Nachrichten-App senden, damit er meinen Schmerz hier miterleben konnte, nach dem Motto:
„Schau, ich befasse mich mit unserer Liebe und Beziehung. Möchte alles dafür tun, um die letzten Tage
ungeschehen zu machen. Dich zurück haben..." Mit
dem sicheren Gefühl, dass er bestimmt gleich antwortete und mir sagt, dass es ihm genauso erging, wartete
ich auf Antwort. Wieder einmal kam nichts zurück. Ich
dachte, dass die andere Frau neben ihm saß und er
einfach nicht antworten konnte, ohne dass sie es bemerkte. Ich sendete sicherheitshalber den Link zum
Lied nochmal per Email an ihn. Auch diese Email blieb
unbeantwortet. Akribisch durchforstete ich in dieser
Nacht alle meine Emails von Roland. Wann hätte ich
herauslesen sollen, dass etwas zwischen uns nicht
mehr stimme. Noch im Januar fragte er mich, wann wir
im August 2016 den Sommerurlaub planen wollen. Die
Emails davor waren häufig mit dem Inhalt der Essen-
planung für den Abend gesendet. Noch im Oktober
2015 beendete er die Emails mit HDL (Hab dich lieb),
Anfang November wurde eher sachlich geschrieben.
Es befand sich nur die übliche Firmensignatur unter

unseren persönlichen Emails. Ist mir vorher nie aufgefallen! Erst jetzt, mit dem Wissen, dass er vielleicht eine andere Frau hat, wurde ich auf diese Feinheiten hingewiesen. Angewidert von dem Gedanken, dass er schon lange vor seinem „Sturzverlassen" nur mit Lug und Betrug in unser Bett stieg, holte ich den mitgebrachten Rotwein aus meinem Koffer und trank in schnellen Zügen die halbe Flasche aus. Bevor ich dazu kam, die ganze Flasche zu leeren, klopfte es an meiner Zimmertüre. Ich sprang mit dem Impuls „der Roland" auf, waren es aber „nur" meine Kinder. Ich möchte mal sagen, dass sie immer zur rechten Zeit am rechten Fleck waren, um mich zum wiederholten Male aus einer depressiven Stimmung zu heben. Marcel meinte zu mir, dass ich mich von dem Arsch nicht weiter ärgern lassen sollte. Als ich den Kindern von meiner Entdeckung mit den fehlendem Gruß „HDL" erzählte, erinnerten sie mich zum wiederholten Mal an die Erkenntnis, dass er seit einem ½ oder ¾ Jahr schon komisch drauf war und uns damit nur belastete. „Siehst doch, wir haben doch auch zu fünft unseren Spaß", hängte Marcel an. Goldig, wie standhaft er immer darauf beharrte, dass es ohne einen Miesepeter besser wäre. Später erfuhr ich, dass die ganze Trennungsgeschichte Marcel viel tiefer verletzt hatte, als er offen zugab. Luise erzählte mir dies mal in einem Vier-Augen-Gespräch. Ich hatte zu dem Zeitpunkt keine Kraft, um zu erkennen, wie sehr er selbst den Trost benötigt hätte. Gott sei Dank waren meine Kinder nicht mehr klein. Ich musste noch froh sein, dass ich erst alleine dastand, als meine Kinder schon selbstständig waren und tolle Partner hatten, die somit meine Kinder stärkten und unterstützten. Da gibt es auf der Welt so viele Menschen, die verlassen werden, die es noch schwerer haben. Auch dieser Gedanke verlieh mir immer wieder aufs Neue die notwendige Stärke und schenkte mir Kraft zum Überleben. Hätte doch schlimmer kommen können! In Erding verließen die Kinder mein Zimmer mit dem guten Glauben, dass ich mich wieder gefangen habe. Wir machten den Frühstücks-Treff für den morgigen Sonntag um 09.00 Uhr aus. Es folgte für mich wieder eine Nacht mit ziemlichen Herzschmerz und sehr unruhigem Schlaf. Es gab nur eine Gewissheit: Der nächste Morgen folgt bestimmt!

Nacheinander trudelten wir in den gemütlichen Essensbereich in Erding ein. Wir sahen alle ziemlich verknautscht aus. Half nichts, der neue Tag sollte, ob wir wollten oder nicht, starten. Das Frühstücksbuffet war reichhaltig und wir zwangen uns etwas Leckeres in den Magen. Wir fünf überlegten, ob wir auf der Heimfahrt irgendwo noch einen Zwischenstopp machen sollten. Marcel war dafür: „Jetzt sind wir schon einmal da…." Der Rest stimmte aber für die Durchfahrt nach Hause. Den Effekt des Erholens, den dieser kleine Wochenendausflug beim Zeitpunkt des Schenkens haben sollte, wurde leider nicht erzielt. Mein Sohn war wieder einmal der Fahrer. Er lenkte uns zielsicher nach Hause, munterte uns mit Erzählungen und lustigen Einlagen zu unserem „Roadtrip" auf. Diese Gabe hat Marcel - immer für gute Laune sorgen - auch wenn der Arsch in Fransen hängt.

Nach 2 Stunden Fahrt lieferten wir Julia und Dominik wieder daheim ab. Wir drei fuhren nach Hause. Kaum auf der Einfahrt angekommen, sprangen uns schon zwei von unseren Katzen entgegen. Automatisch musste ich an Lilly denken. Das Häusla ist die letzten 7 Tage sehr leer geworden. Beim Aufsperren des Türschlosses kam überhaupt kein Heimatgefühl auf. Da Marcel und Luise sich in ihren Wohnbereich verzogen, stand ich verloren in unserer Diele. Ich ließ meinen Haustürschlüssel langsam aus meiner Hand in die Porzellanschüssel auf dem Dielenschrank gleiten, schaute mich im Wandspiegel an, straffte mit den Händen meine Wangen und zog sie nach hinten. Mein Gott, hatten mich die letzten Tage altern lassen. Ich musste schon fast wieder schmunzeln. Ich machte mir vorher nie Gedanken über meine Lach- oder Denkerfalte. Gehörte jede einzelne zu meiner Lebensgeschichte. Hängt wahrscheinlich mit dem Gefühl zusammen, dass man vielleicht nochmal auf die Suche nach einem passenden „Topf" gehen musste. „Annetteee" sagte ich streng und laut hörbar zu mir: „Mach Dir keinen Kopf, es kommt wie es kommen muss!" „Grübeln und mit Dir selbst hadern bringt Dir gar nichts. Du musst Dich am Riemen reißen!" Weitermachen, wer fragt einen denn auch danach. Vielleicht sollte ich zu einem Therapeuten. Da fiel mir der Typ ein, der vor ein paar Tagen bei mir im Geschäft war. Wie nützlich! Vor kurzem konnte ich ihm helfen, jetzt konnte er mir helfen: Ich ihm wegen der Kratzer in der Stoßfänger-Verkleidung von seinem Jeep, er mir bei meiner verbeulten Seele! Tags drauf suchte ich mir die Handynummer von unserer Kundenkartei raus. In der Mittagspause wählte ich die Nummer. „Plechinger am Apparat, was kann ich für Sie tun?" Ich stotterte: „Ähm, ich weiß nicht, ob Sie sich an mich erinnern können. Sie waren vor ein paar Tagen bei mir im Geschäft. Ich habe Ihnen einen Kostenvoranschlag für Ihre Kfz-Versicherung erstellt." „Ach, jaa" entfuhr es Herrn Plechinger sofort „Sie haben mir wirklich super geholfen. Vielen Dank nochmal!" „Hm, nicht der Rede wert! Is ja mein Job. Ich rufe auch nicht deshalb an. Bei mir hat sich privat eine Tragödie ergeben. Völlig überraschend hat mich mein Mann verlassen. „Sturzverlassen" stellen Sie sich mal vor .... Es sprudelte wie ein

Wasserfall aus mir. Wie schnell ich reden konnte, wenn ich in Aufregung war bzw. ich etwas schnell loswerden wollte, war beachtlich. Das haben mir schon viele Leute bestätigt! Ist das schnelle Sprechen ein Fluch oder ein Segen? Ich kann es euch nicht sagen. Dachte halt, der gute Therapeut ist bestimmt schwer beschäftigt. Ich musste also auf die Tube drücken, damit ich ihn nicht zu lange aufhalte. Am Ende kostet mich das Telefonat schon was. Er kommentierte meine Ausführung mit folgendem hochtrabendem Satz: „Das hört sich ja alles sehr wild an. Lassen Sie Ihrem Mann die Auszeit. Warten Sie ab, bis er sich meldet. Nur keinen Druck aufbauen. Auch das mit Ihrem Familienhund, das wäre ja schon wieder lustig, wenn's nicht so traurig wäre." Der ist gut, dachte ich mir, der hilft mir. Hat es auf den Punkt getroffen! Er unterstrich seine Aussage mit folgenden psychologischem Inhalt: „Der Familienhund stirbt mit 18 Jahren, nachdem die Familie zu Bruch gegangen ist. Na ja, sehen Sie es so, es ist vielleicht ein Neuanfang, denn man weiß nie, ob der Mann sich nach dem Auszug wieder für die Familie entscheidet. Wenn Sie meine Dienste möchten, können Sie mir Genaueres erzählen. Ich bin am Montag, den 02.05. in der Stadt, dann können wir uns in einem Cafe treffen. Wird Ihnen bestimmt gut tun, sich auf professioneller Ebene auszutauschen." Mir ging zwar sofort die Frage durch den Kopf: „Halte ich das bis dahin durch?", war aber schon froh, zeitnah einen Termin zu bekommen. Am gleichen Tag erhielt ich von Roland eine Nachricht, die mein Gleichgewicht ins Wanken brachte. Er schrieb mir eine Nachrichten-App-Mitteilung mit folgendem Inhalt: „Annette, mir tut das alles unendlich leid – dass ich Dir und unserer Familie so etwas zumute. Das war nie meine Absicht – Annette. Ich will auch unbedingt mit Dir über uns sprechen und wie es weitergehen soll. Das hast Du verdient. Du hast nichts falsch gemacht!" Ich war baff! Verdient, das kann er laut sagen – nach 31 Jahren gemeinsam durch dick und dünn, hatte ich tatsächlich ein Gespräch verdient. In meinen Augen war dies schon längst überfällig. Sollte ich noch weitere Nächte im Bett liegen und bei jedem Auto hoffen, dass Roland zur Besinnung gekommen ist und zurückkehrt? Nein, es war genug des Grübelns und Verzweifelns. Also schrieb ich zurück: „Wann und wo hast Du denn gedacht?" Sekundenschnell vernahm ich von meinem Handy den

Signalton für eine eingegangene Message. „Ich kann morgen Abend. Du kannst sagen, wo wir uns treffen!" Ich überlegte hin und her. Sicher war schon einmal, dass ich ihn treffen möchte, ja muss – sonst würde ich ja noch platzen – aber wo? Ich stellte mir vor, wir gehen in ein Lokal, wo wir mal besonders verliebt oder romantisch unterwegs waren. Als ich dann aber einen Gedankengang weiter schaltete, sah ich mich heulend in einer Menschenmenge sitzen, die nichts anderes zu tun hätte, als uns zu belauschen und kopfschüttelnd einen Löffel von „keine Ahnung was" in den Mund stopften. „Essen mit Varieté" schoss es mir durch den Kopf. Wäre ja was – die Leute würden es genießen. Ich schrieb, alleine schon wegen des Heimvorteils, dass wir uns „Zuhause" treffen sollen. Er musste also kommen und mit komischem Gefühl in die Höhle der angeschlagenen Löwin zurückkehren. Wenn ich mich in ihn hineinversetzte, würde es ihm wahnsinnig schwer fallen. Ich hoffte, dass er aufgrund der Sehnsucht einbrechen und gleich wieder da bleiben würde. Also, von meiner Seite war es beschlossen: „Treffen wir uns in Drosendorf (wollte den Titel vermeiden „Zuhause"). Da können wir wenigstens in Ruhe sprechen." Seine Antwort folgte nicht sofort. Er ließ mich bis abends zappeln – vielleicht hatte er ja auf Arbeit zu viel um die Ohren und er kam nicht dazu! Ich maßregelte mich in Gedanken: „Annette, hör auf, Dir um seinen Stress Sorgen zu machen! Merkt er auf Dich?" So um 20:15 Uhr an diesem Tag vernahm ich erneut „seinen" Nachrichten-Signalton. Ich habe mir extra einen eigenen Ton für Roland eingestellt – der Wichtigkeit halber wollte ich gleich erkennen, wenn er mir schreibt! Gespannt, ob er auf mein Angebot einging, las ich seine Zusage, für ein Treffen am 26.04.2016. Hier dachte ich nicht an den Geburtstag unserer Nichte Nina, er schrieb dann nochmal gegen 22.00 Uhr: „Da hat doch Nina Geburtstag – willst Du Dich erst am Mittwoch treffen?" Spinnt der? Was war mir wichtiger, als endlich aus seinem Mund zu erfahren, was passiert ist. Ich antwortete genau mit diesen Gedanken: „Nein, das geht schon. Was kann denn wichtiger sein, als dass wir uns treffen!" Abgemacht. Er kommt. Hätte ich bloß noch vorher den Termin mit dem Therapeuten. Wäre vielleicht hilfreich von ihm einen Tipp zu bekommen. Ich wollte aber nicht nochmal anrufen, wir hatten ja schon einen Termin ausgemacht. Die Aufarbeitung nach diesem Termin wäre für mich genauso wichtig. Die Leute, welche so ein Treffen schon einmal mitgemacht haben, wissen, was jetzt kommt. Den ganzen Tag ist man durch den Wind! Du kannst auf Arbeit keinen klaren Gedanken fassen. Bist nicht fähig zu wiederholen, wie du dich mit dem Auto die letzten fünf Kilometer fortbewegt hast. War es rot oder war es grün auf der Ampel? Ja, wer kann das schon wissen! Bin doch mit dem Gedanken beschäftig: „Was soll ich heute Abend anziehen?" Ich brauchte etwas, was meine verlorenen Kilos hervorhob! Da der Inhalt meines Kleiderschrankes dafür nichts Passendes hergab, musste ich in der Mittagspause nochmal in den Klamottenladen – ritsch, ratsch, EC-Karte, geht ja eh vom gemeinsamen Konto ab, fertig ist der Lack! Ein paar neue Schuhe brauchte es natürlich auch noch, schon alleine wegen dem Selbstbewusstsein. Mal schauen, ob er es bemerken würde. Zurück zur Arbeit und schauen, dass es Feierabend wird. Der letzte Kunde wurde auch noch zur Zufriedenheit bedient. Der „Blackout-Arbeitstag" war beendet und ich düste heim. Schnell duschen, Haare machen, schminken – nicht zu auffällig, damit er nicht denkt, man hätte den ganzen Tag nur damit zugebracht, sich schön zu trimmen! Und dann wartest du! Ich hatte bis 18:00 Uhr noch eine Stunde Zeit. Wäre ich immer so pünktlich fertig gewesen, dann wäre Roland vielleicht nicht einmal „ab trimo". Als ob die Verspätungen von mir ihn vertrieben hätten. Das passierte mir in letzter Zeit häufig. Ich ertappte mich oft, dass ich den Grund für das „Sturzverlassen" bei mir suchte. Wenn ich dies meinen Kindern erzählte, maßregelten sie mich: „Du hast nichts falsch gemacht. Such den Grund nicht bei Dir." Da hatten sie recht! Er war derjenige, der Mist gebaut hat. Da ich nicht wusste, was mich erwarten würde, war ich so aufgeregt, dass ich durch das hin- und herlaufen bestimmt noch einmal ein Kilogramm verlor. Gegessen hatte ich heute vor Aufregung sowieso nichts. Super Erfolg, zumindest, wenn es um die „Sturzverlassen"-Diät ging!

Fünf Minuten vor unserem vereinbarten Treffen, bekam ich eine Nachricht auf mein Handy. Unverwechselbar durch den eigens eingestellten Signalton, wusste ich sofort „Message von Roland". Ich befürchtete schon, dass er absagen würde, aber nein, es ging um eine 15-Minuten-Verspätung. Wir wollen unsere Ehe retten – zumindest ich - und er kann nicht einmal pünktlich da sein. „Ich bin doch nicht sein Lallinger", dachte ich mir und es kränkte mich. Gibt es etwas Wichtigeres? Nein, das hatten wir doch schon geklärt.

Vorrangig „unser Treffen" – ich habe es ja auch hinbekommen, wenn ich auch eine Verspätung zu Ninas Geburtstag in Kauf genommen habe (entschuldige Nina – aus heutiger Sicht, gab es dazu wirklich keinen Grund). Ich tigerte also weiter von der Terrassentüre im Wohnzimmer zu der Terrassentüre in der Diele, wo ich auch die Straße im Auge behalten konnte. Ich dachte in diesem Moment an meine Schwiegermutter. Sie wohnt gleich im Haus nebenan. Aus unserer 22 jährigen Nachbarschaft wusste ich, dass ihr keiner unserer Besucher entging. Jetzt wird sie gleich am Küchenfenster hängen und schauen, wer bei mir in die Einfahrt fährt. Da muss sich unsere kleine Omi ziemlich strecken und unbequem verbiegen, damit sie alles vom verschlossenen Fenster aus sieht. Unsere „Überwachungskamera" war in vielerlei Hinsicht auch ein Vorteil. Jeder der sich traute, bei uns zu klingen, unterlag der Beobachtung durch die Inquisition. „Ich hab`s nur zufällig gesehen, als ich am Spülbecken meine Kaffeetasse abgefleit habe!" So viele Zufälle gab es auf dieser Welt gar nicht. Gemessen an den Berichterstattungen muss es für sie eher ein „Full-time-Job" gewesen sein. Wohlgemerkt war ich ihr selten böse. Es tat ja keinem weh und die Vorteile überwiegen in jedem Fall. So half sie uns auch durch ihre Nähe, wenn wir aus beruflichen Gründen, jemanden brauchten, der z. B. einen Handwerker in unser Haus ließ. Nur, wenn sie heute Rolands Auto sehen würde, welche Gefühle löste dies aus? „Mei Roland, isser widda do. Hat sei` Verstand gesiegt!", hörte ich meine Schwiegermutter in Gedanken sagen. Na, bis jetzt noch nicht, aber wollen wir hoffen, dass ich heute an seinen Verstand und natürlich sein Herz appellieren kann.

Seiner angekündigten Verspätung gerecht geworden, erschien er um 18.15 Uhr. Ich duckte mich und ging ins Wohnzimmer zurück, da ich nicht gleich in der Diele ertappt werden wollte, wenn er die Türe aufsperren würde. Kaum im Wohnzimmer angekommen, klingelt es an der Haustüre. „Was soll denn das jetzt? Warum kam er nicht mit seinem Haustürschlüssel einfach rein?" wunderte ich mich. Da erlebst Du alle möglichen Gefühle der Befremdung – gibst aber dem Impuls nach „öffne-die-Haustüre" – hat ja schließlich wer geklingelt. Sonst hätte ich bei ihm Worte benutzt, wie: „Eh, hast kann Haustürschlüssel? Tollpatsch!" Jetzt machte ich mit dem schönsten Lächeln, was mein Gefühls-Dudelkasten zu bieten hatte, die Türe auf. „Hallo Roland", flötete ich, „schön, dass es geklappt hat." Warum knallte ich ihm nicht die wohlverdiente Backpfeife? Wieso trat ich nicht in seine Weichteile und schrie: „DU ARSCH, was tust Du mir an?" Nein, wohlerzogen wie ich bin, machte ich ihm den Weg frei und sagte: „Komm rein." Auch heute fiel die Umarmung - ähnlich eckig wie am Morgen des „Sturzverlassens" – aus. Kann man sich so schnell entfremden? Leute ich sag`s Euch ganz unverblümt: „Ja, es geht!" Wir setzten uns an den Esstisch und rückten die Stühle so hin, wie wenn man sich im Übungsraum eines Theaters für einen Dialog gegenüber setzt, Stuhlkante an Stuhlkante. So nah-auf-nah brachte ich nicht einmal ein Wort heraus, ohne gleich ins Schluchzen zu verfallen. „Was machst Du denn bloß, Roland?" Ihm standen die Tränen auch am Anschlag. Ein leises: „Ich weiß es selbst nicht. Ich mach nur noch alles falsch und Marcel und Julia wollen nichts mehr mit mir zu tun haben. Dich habe ich zutiefst verletzt. Es ist einfach passiert." Ich fragte, als ob man es nicht schon wissen müsste: „Was ist passiert?" Roland fuhr mit zittriger Stimme fort: „Ich habe jemanden kennen gelernt. Ich wohne jetzt dort in der Wohnung. Ich hätte nie für möglich gehalten, dass mir so etwas passieren könnte." Ich hörte fast nicht, was er gerade leise wisperte: „Es war auf der Arbeit und hat sich einfach ergeben." Dies wäre jetzt sicher der Moment gewesen, wo ich ihm eine klatschen hätte sollen, aber nein, ich flüsterte nur: „Und dann musstest Du einfach verschwinden? Weißt Du eigentlich, was ich mitgemacht habe. Welche Angst ich um Dich gehabt habe? Ich dachte, Du tust Dir etwas an. Sich nicht bei mir zu melden, wo gibt es denn sowas? Sind wir jemals in der Form miteinander umgegangen? Das tut man seiner Frau nicht an, glaub es mir, das ist unterste Schublade!" Jetzt liefen ihm die Tränen runter: „Wie hätte ich es Dir sagen können? Dafür gab es keinen richtigen Moment." Ich schnaufte laut aus: „Haut man dann einfach ab, ja? Das ist das gemeinste, was Du uns antun konntest. Mir, den Kindern, ja der gesamten Familie. Auch das mit unserer Lilly, weißt du eigentlich, wie wir gelitten haben?" Er schluchzte jetzt richtig und beugte sich zu mir herüber und umschlang meinen Hals. Sollte ich ihn jetzt trösten? Ich hatte aber nur die Kraft, nein die Schwäche, mich genauso an ihn hinzuhängen und zu weinen. Nach ewiglangen Heul-Salven musste ich mich schnäuzen! Es blieb mir nichts anderes übrig als von ihm abzulassen. Wir mussten uns schon fast entknoten, so verwurschtelt hielten wir aneinander fest. Es tat mir leid, dass ich ihn loslassen musste. Ich dachte in diesem Moment, dass wenn wir nur lang genug miteinander heulen würden, wäre alles wieder gut. Pustekuchen! Er fing an, von seiner neuen „Errungenschaft" zu erzählen – dem Menschen, der laut Aussage von seinem Abschiedsbrief, ihm eine neue Perspektive des Glücks aufzeigte. „Wer ist es denn?", fragte ich. „Das tut doch nichts zur Sache! Es ist ein ganz normaler Mensch. Nichts außergewöhnliches, aber es hat bei mir „boom gemacht", erklärte Roland – ja gescheiter wäre es, wenn es bei Dir „boom" gemacht hätte. Ich sah vor meinem geistigen Auge, wie meine Hand klatschend in seinem Gesicht landete. Sehr intensiv stellte ich mir vor, wie es bei ihm „boom" machte. Und noch eine in die Fresse, warum ist dieser andere, neue Mensch auch wichtiger als ein ganzer Berg an Verantwortung. Verantwortung für die Menschen, welche Roland über dreißig Jahre wichtig waren? „Was ist mit den schönen Jahren? Wir hatten kaum Streitigkeiten! Was war der Auslöser?", fragte ich aufgebracht. Ich bewegte mich in der Hoffnung, dass ich hier und jetzt - in diesem Moment - etwas erfuhr, was ich einfach abstellen konnte und dadurch alles wieder in die altbewährte Richtung fährt. „Es gab bei uns keinen Auslöser. Das ist ja das Schlimme. Wir waren immer glücklich. Ich kann Dir nicht sagen, ab wann ich mich in diese Frau verliebt habe..." UFF, jetzt hat er es ausgesprochen: ...IN DIESE FRAU...! Es ist kein Guru, der ihm die Allheilbringung einer neuen Lebensgesinnung lehrt; es ist kein Gesundheitspapst, der an Roland eine Gehirnwäsche vollzogen hat; kein Immobilien-Fuzzi, welcher ihn einfach nur einen Unterschlupf für eine kurze Auszeit gewährt hat.

ES IST TATSÄCHLICH EINE FRAU – ich hatte es natürlich geahnt, wollte es aber bisher nie wahrhaben. Alle sagten zu mir: „Roland würde Dich nie betrügen." Er selbst sagte bisher über sich: „Ich würde Dich nie betrügen." Also, es war ein Mensch von seiner Arbeit – Korrektur: Es war eine Frau von seiner Arbeit... Müssen diese Weiber von der Firma unseren Männern zwischen Besprechungen und Mittagspausen-Flirt den Kopf verdrehen? War sein Chef schon so ein komischer Zausel. Der hat sich seine Sekretärin geschnappt und deshalb seine Frau verlassen. Dies war noch nicht lange her und Rolands Kommentar dazu war: „Für a' andere Frau, die Basis verlassen, Frau und Kinder aufgeben, das Haus aufteilen – do is doch auch bald der Honig abgschleckt." Ja freilich, abgeschleckt! Jetzt sitzen wir genau in diesem Boot, äußerst löchrig dieses Mist-Boot. Das Wasser stand uns bis zur „Unterkante-Oberlippe"! Ich strampelte mich aus dieser Gedanken-Mühle heraus und meinte: „Wie ernst ist es?" „Sehr ernst!", meinte er und kniff nach diesen Worten die Lippen zusammen. In diesem Moment hat er wie ein kleines Kind ausgesehen, welches ab jetzt nicht mehr bereit war, weitere Schandtaten zuzugeben. Nach dem Motto „ich hab alles gesagt, was wichtig ist". So schnell kam er mir aber nicht davon. „Ich verstehe es nicht. Du bist der Mann, der immer schimpft und alle Männer mit „Arschloch" und „Wixer" betitelt, wenn sie ihre Frauen betrügen oder sitzen lassen. Und du willst mir jetzt erzählen, dass Du derselbe Arsch bist? Wie feige und mies ist das denn bitte?" Er kniff die Lippen noch fester zusammen – sie wurden schon weiß. Bevor er sich die Lippe durchbiss, öffnete er doch seinen Mund: „Es ist wirklich was Ernstes!" Ich fragte, wie diese Liaison entstanden ist. Er pflichtbewusst, wie er war, wenn er von etwas überzeugt ist: „Es ist keine Liaison! Es hat sich einfach ergeben. Durch Geplänkel auf Arbeit. Sie hat angefangen, auf ihr Gewicht zu achten, ich habe angefangen auf mein Gewicht zu achten – uns ist das aufgefallen, weil wir in der Mittagspause nur noch Eiweiß dabei hatten, keine Kohlehydrate und so haben wir uns über Nachrichten-App einen Wettkampf geboten und immer auf dem Laufenden gehalten, wie erfolgreich unsere Gewichtsabnahme war. So kam eins zum anderen. Nichts Aufregendes. Wir liegen einfach auf einer Wellenlänge!" Über vermehrten Eiweißkonsum und Weglassen von den scheiß Kohlenhydrate? Darüber bildete sich eine Verbindung, die so stark ist, dass man seine Familie nach 31 Jahren verlässt? Ha, ich musste innerlich fluchen. So ein kleines Geschwür! Frisst sich in unsere Familie, mit dem Inhalt ihrer Brotzeitdose! Was habe ich denn bitte falsch gemacht? Hätte wohl erwartet, es gewinnt eher die prall gefüllte Dose. Spaß bei Seite! Es war alles andere als spaßig, als ich ihn fragte: „Können wir eine Ehetherapie machen? Ich denke, wir sollten nicht gleich alles wegwerfen!" Er schaute mir tief in die Augen: „Das ist nicht therapierbar, ich bin wirklich verliebt!"

Anmerkung aus heutiger Sicht: Wenn das Mädchen oben genannten Satz bei irgendeiner Gelegenheit mal liest oder zu hören bekommt, weiß ich, wie sie abgehen wird: „Oahhhh, das ist ja so süüüüüß." Nur nicht übertreiben Kleine: –> „Verliebt, verlobt, verheiratet, geschieden!"

Was im Gehirn eines Mannes vorgeht oder wo es hin rutscht, kann ich bis heute trotzdem nicht nachvollziehen. Es hat mich sehr gewundert, dass er mein Angebot zu einer Therapie ausschlug. Ich bat ihn, dass er gehen solle. Ich musste nach dieser Entwicklung erst einmal wieder einen klaren Kopf bekommen. Ich hatte nur eine einzige Bitte an ihn und gab ihm diese mit auf den Weg: „Die Kinder sollen wissen, wie es bei uns weiter geht. Treff Dich mit ihnen, das ist Deine Pflicht, nicht nur weil Du der Vater bist, nein, weil Du den Scheiß verzapft hast. Da langt Dein feiger Brief nicht aus. Ich werde bei den Kindern nie schlecht über Dich reden, Du warst immer perfekt als Vater, aber ich kann Dir nicht versprechen, dass ich nicht gleich bei der Geburtstagsfeier die Sakramente fliegen lasse!" Er ging! Ganz leise, wie eine unserer vier Katzen. Er schlängelte sich durch einen schmalen Spalt der Haustüre – er hatte ziemlich viel weniger auf den Rippen. War er nie dick, aber Dank dem guten Eiweißkonsum war er jetzt so ausgemergelt, dass sein Anzug schlabberte. Hemd hatte er sich schon ein Neues in dieser kurzen Zeit gekauft, das erkannte ich an der Farbe – „rosa" – auch sehr ungewöhnlich für meinen Mann. Ich ging dann der Theatralik halber nochmal zur Türe, machte sie auf und schaute ihm mit dem Kopf an die Haustüre gelehnt, traurig hinterher. Er lugte auch nochmal auf und hob zum Abschied seine Hand, mit der vertrauten Geste, wie ich sie schon tausendmal von ihm beim Hinausfahren gesehen habe. Nur, damals war die Rückkehr absehbar. Dass es nochmal eine Rückkehr geben sollte, wusste ich zu diesem Zeitpunkt noch nicht.

Ich befand mich nach dieser „Sitzung" wie in einem anderen Film. Irgendwie stand ich neben mir – ich beobachtete, was ich als nächstes tun werde. Wie ein Roboter nahm ich meine Jacke und begab mich zur Geburtstagsfeier von unserer Nichte – Rolands Patenkind. Unter normalen Umständen, wären wir gemeinsam dorthin gegangen, jetzt war es ganz selbstverständlich, dass er davon fuhr – er hatte sogar noch gute 50 Minuten Fahrweg vor sich. Ich erreichte nach drei Gehminuten mein Ziel. Meine Schwester wohnt nicht weit weg von uns. Das ist in vielerlei Hinsicht gut und schön. Ich sollte sie in den nächsten Wochen noch oft aufsuchen: Mein 14. Nothelfer, in jeder Lebenslage. Bin froh, dass ich sie habe! Ich klingelte an der Haustüre und hörte drinnen schon die Rufe: „Die Annette, die Annette – macht schnell auf." Ich ließ die Schultern hängen, meine Kinder standen erwartungsvoll in der Diele meiner Schwester und starrten mich an. Vielleicht haben sie gehofft, dass ihr Papa dabei wäre. Diesen Zahn musste ich ihnen leider ziehen: „Er ist wieder abgefahren. Ich komm sofort rein zu Euch und erzähl alles." Ich bin dann erst mal aufs Klo. Erstens, da ich wirklich dringend musste, das war wohl die Aufregung und zweitens, weil ich nochmal durchatmen musste. Ich wischte mir den verschmierten Kajal etwas aus den Augen und straffte mal wieder meine Gesichtshaut: „Wer ist die neue Frau? Jünger, hübscher – was auch immer...". Nach einem Wimpernschlag und der Erkenntnis, dass diese Selbstgespräche und Fragezeichen zu keinem Ergebnis führten, trat ich den Weg Richtung „Familienarena" an. Es hatte wirklich etwas von einer Arena. Mein Rednerpult, war schon mit einem Glas Rotwein und dem Aperitif bestückt. Den Aperitif hatten die anderen Gäste schon vor einer Stunde genossen, ich schüttete das Glas fast auf Ex in meine ausgetrocknete Kehle. „Mann, das war ja so anstrengend, wie die Durchquerung der Wüste Gobi! Wir haben uns um Kopf und Kragen gesabbelt. Fakt ist, er hat eine andere Frau kennengelernt. Ich hab keinen Namen, aber unser Heiligtümla hat sich eine Neue gekrallt." Meiner Mutter war das Entsetzen am Meisten anzusehen. Mit weit aufgerissenen Augen und der Hand über dem Mund, wiederholte sie gequält: „Unser Roland hat eine neue Frau. Ja, wo hat der die denn kennengelernt? Der hat doch so viel Stress auf Arbeit." Ich konnte nur erwidern: „Scheinbar hat er auf Arbeit doch nicht so viel Stress, da hat er sie nämlich aufgegabelt." „Auf der Arbeit? Ich kann es trotzdem nicht glauben." Zu diesem Zeitpunkt wusste ich auch noch nicht, wer es ist. Roland wollte nämlich partout keinen Namen herausrücken. Als ich meinen dritten Schoppen Rotwein intus hatte, erzählte ich schon überschwänglicher und lockerer. Ich kommentierte, wie skurril es mir vorkam, als wir ineinander verschlungen heulten. Warum hat er eigentlich immer wieder wie ein kleines Kind geheult? Schuldgefühl? Traurigkeit? Selbstzweifel? Er hatte auch allen Grund zum Weinen. Lag unser Familienporzellan nur noch in Scherben vor uns. Ich schwankte an diesem Abend zwischen durchgeknalltem Gelächter und dunklen Gedanken – ein Gefühl der Leere. Keiner bereitet einem auf so einen Moment vor. Niemand hat hier drin Übung. Ich habe erst vor kurzem einen Bericht auf RTL über eine Verlassene vom Bachelor gesehen. Und zwar hat es mich schon ein bisschen gewundert, dass diese junge Frau im Fernsehen folgendes zum Besten gab: „Als ich keine Rose von ihm erhielt, zog es mir den Boden unter den Füßen weg. Ich war mir so sicher, dass ich die Auserwählte sein werde. Ich hatte körperliche Schmerzen und litt danach wie ein Hund…." What?? Ich habe es nicht glauben können, dass eine Frau nach zwei Monaten Drehzeit so mitgenommen und fertig war. Ihr standen nach einem Jahr noch die Tränen während des Interviews in den Augen. Neben ihr saß ein Therapeut, der die schlimmen Situationen bestätigte und ihre damit verbunden heftigen Gefühle exerzierte. „Äh, Entschuldigung", sagte ich zum Fernsehen: „Ich war 31 Jahre mit meinem Mann zusammen und dachte, es wäre für die Ewigkeit. Warum heulst Du jetzt wegen diesem Knilch? Was willst Du eigentlich…?" Es steht mir kein Urteil zu, aber das kam mir doch etwas übertrieben vor. Aber was ist übertrieben? Ich habe erlebt, dass, wenn Du Dich mit anderen Menschen unterhältst und z. B. auf Arbeit Deinen Kolleginnen oder Kollegen zum wiederholten Mal etwas vorheulst, sich hier die Leute schon über deine tagedauernde Trauer wunderten. Ich erlaube mir kein Urteil über so etwas. Lag es bei jeden einzelnen seinem Naturell, wie schnell man über etwas hinweg kam. Aber bei der Geschichte mit der Missachtung vom Bachelor kam ich nicht mit. Die junge Frau war felsenfest davon ausgegangen, dass er sich, seines Verhaltens wegen, nur für sie entscheiden könnte. Ich saß auf meinem Sofa und konnte nicht anders und meinte laut: „Neben Dir buhlten noch 21 weitere hübsche Mädchen um den Typen und haben das Gleiche erwartet." Die Kleine hat sich nach dem Bachelor wieder dem Ex-Freund gewidmet - auch schön für den Mann. Liegt im Arm vom Ex und hat immer noch Tränen in den Augen, wenn sie vom Bachelor erzählt. Ich konnte das Desaster nicht mehr mit ansehen und schaltete um. Aber gibt es eine Frist dafür? Angaben, ab wann man trauern darf oder damit fertig sein muss? Ist Liebe in Zeit messbar? Ich denke, dass nach einer langen Beziehung wie bei mir, auch die Gewohnheit ausschlaggebend für die Trauer ist und es einem zusätzlich schwerer fällt, alleine zu sein. Man weiß nicht mehr, was man am Wochenende ohne den „treuen" Partner machen soll. Auch das blinde Vertrauen, welches man intus hatte und man sich nie Gedanken darum machen musste, ob er einen betrügt. Bei einer langen Beziehung gibt es keine Hemmungen mehr: Ausziehen, rumflacken, grantig sein und miteinander lachen. Es gibt keine blöde oder unbequeme Situation. Nach vielen Jahren miteinander gibt es null Geheimnisse mehr – eigentlich! Als Roland bei unserem Treffen in seinem vertrauten Umfeld war, mir so nah gegenüber saß, hat es in ihm die gleichen Gefühle freigesetzt. In dem Haus zu sitzen, welches man mit viel Mühe aufgebaut hat. Es war keine Ewigkeit her, da schien in diesem Haus noch die Sonne. Ich fragte mich, ob er das „Sturzverlassen" damals bereute. Meiner Meinung nach, musste er doch noch mit jeder Faser an seiner Familie und dem Haus hängen – war er doch unser Roland! Dass ich ihn bat, mit unseren erwachsenen Kindern zu sprechen und sie nicht einfach im Regen stehen zu lassen, bewog ihn zu der Vereinbarung eines Treffens. Die drei korrespondierten über (wer hätte es anders gedacht): Nachrichten-App! Dieses Portal ist wohl das einzige, welches die Welt noch zu Unterhaltungszwecken und Terminvereinbarungen nutzt. Nach einigen Nachrichten und einem Anruf zwischen Julia und ihrem Vater trafen sich die drei am Freitag, den 30.04.2016. Roland verplauderte sich mit den Worten: „Ja, da geht es, da ist Christine beim Training." Boing, jetzt war den Kindern eindeutig klar, dass es die junge Handballspielerin war. Sie hatte als XING-Profilbild ein Foto, welches sie vielleicht nach einer durchgezechten Nacht erstellt hatte. Die Augenränder hingen ihr volle Kanne im Gesicht. Das Foto habe ich zwar erst Tage später gesehen, aber ich muss diese Beschreibung dazu jetzt gleich loswerden – egal, ob jetzt jemand denkt „Zicke" - tut mir einfach gut, über diese Frau ein Stück zu lästern! Die Kinder erzählten mir erst nach der offiziellen Bestätigung durch ihren Vater, wer das Herz von Roland im Sturm oder liegend auf dem Schreibtisch eroberte hatte.

Marcel und Julia fieberten dem 30.04.2016 entgegen, gab es doch so viel, was ihnen auf der Seele brannte. Die beiden vereinbarten, dass Roland wieder zu uns nach Drosendorf in unser Haus kommen soll. Den Kindern diente das heimische Terrain – wie mir bei unserer Begegnung - als Schutzbunker, auch in dieser Runde wäre ein Treffen in einem Cafe unangebracht gewesen. Ich räumte das Feld und unternahm etwas mit Luise. Das Häusla konnte schon viel erzählen Es hat etwas von einem Kriegsschauplatz. Welche Ausbrüche und Wörter hier in den letzten Tagen gefallen sind, auweia, wir sollten das Gemäuer - nachdem der Rauch von diesem Flächenbrand verzogen war - mit Heilkräutern ausräuchern, sonst kommen die Generationen nach uns nicht mehr zur Ruhe oder noch schlimmer: Dieser Fluch wiederholt sich vielleicht!

Roland schaffte es auch zum Termin mit seinen Kindern erst mit einer Verspätung. Es störte Marcel und Julia sehr, dass er mich schon so arglos mit 15 Minuten Verspätung vertröstete, jetzt wiederholte Roland diese Wurstigkeit erneut. Dies löste enorm negative Gefühle in jedem von uns aus. Meine Kinder und ich kommunizierten in diesem Moment auch über Nachrichten-App und so wusste ich, wie sie sich dadurch fühlten. Über Nachrichten-App ist man quasi immer „live dabei". Geht meinen Eltern auch so. Am Anfang haben sie sich wie verrückt gegen das Smartphone gewehrt, jetzt ist es nicht mehr wegzudenken. Schon morgens beim Frühstück wird gecheckt, wer wichtiges geschrieben hat oder wo ein Blitzer in der Umgebung auf unsere Geschwindigkeitsüberschreitungen wartet. Ja, Freunde, nicht mit uns, wir sind alle über Nachrichten-App vernetzt! Aber zurück zum Treffen, so schnell schweift man mit der Smartphone-Kacke vom eigentlichen Thema ab. Roland klingelte auch bei den Kindern. Der eine sagt aus Anstand, der andere meint aus Dummheit. Das Gespräch fand an unserem geliebten Esstisch statt. Was für schöne, amüsante Familienzusammenkünfte haben wir hier schon verbracht. Jahrelang, diente er nur für guten Nachrichtenaustausch. Nun sollte der alte Tisch Zeuge werden, dass Roland fast die gleichen Sätze wie bei mir verwendete. So hörten die Kinder und unser Esstisch nur eine Wiederholung von „Lass Dich überraschen". Ihn beutelte es bei den Kindern vielleicht noch mehr. Was er zu berichten hatte war nicht einfach, zumal Julia darauf bestand, zu erfahren, wer diese Frau ist. Roland wiegelte eine Namensäußerung ab und meinte: „Es ist doch egal, wer sie ist, Fakt ist, dass ich jemanden habe."

Die Kinder wussten ja schon zu   99,9 % um wen es sich handelte, also beharrten sie auf die Bestätigung von ihrem Vater. Wieder war es Julia, die ihren Vater die Pistole auf die Brust setzte: „Was ist denn so schlimm dran. Wir haben ein Recht darauf, zu erfahren, mit wem Du jetzt zusammen bist. Wo schläfst Du eigentlich momentan? Bist Du in einem Hotel untergebracht?" Roland erklärte: „Nein, ich wohne bei ihr." Marcel und Julia schauten sich an und maßregelten ihren Vater: „Wie kann man denn so blauäugig sein? Von einer Türe in die nächste? Dafür muss die Geschichte aber schon ziemlich lange gehen. Sag schon, wer ist diese Frau?"   Roland konnte dem Ganzen schwer noch länger ausweichen, da Julia anhängte: „Wenn es so etwas Ernstes ist, dass Du dort schon wohnst, dann wäre es nur fair, wenn wir den Namen erfahren." Roland rutschte unbequem auf seinem Stuhl hin und her. Jetzt war es Marcel, der seinen Vater löcherte: „Ist sie wohl jünger als Du oder warum tust Du Dir so schwer, es uns zu sagen?" Roland gab nun doch gequält nach: „Wir wollen kein Klischee erfüllen. Sie ist jünger als ich. Ich habe sie auf der Arbeit kennengelernt." Marcel nutzte die peinliche Berührung von Roland aus: „Wie viel jünger ist sie denn?" – vom Profil checken war es den beiden schon bekannt. Mit zusammengekniffenen Lippen brachte Roland hervor: „Sie ist um die dreißig." Julia spuckte ihr Alter genau aus: „Papa, wir wissen, wer sie ist. Schon seit einer Woche wissen wir, mit wem Du dich jetzt abgibst. Sie ist 29 Jahre alt, gerade mal drei Jahre älter als Marcel. Wie pervers bist Du eigentlich? Das kann`s doch nicht geben?" Was blieb Roland anderes übrig, als die Wahrheit zu bestätigen. Sie war 21 Jahre jünger als unser Familienoberhaupt. Derjenige, welcher über Beckenbauer und Co. wutentbrannt lästerte, wie widerlich so eine Beziehung ist und ob die Männer so doof wären, zu glauben, dass sich die jungen „Dinger" aus Liebe an ihren Hals geworfen haben. Der BILD-Schlagzeilen von diesen „Zipfelklatschern" mit den Worten betitelte: „Das ist die Macht und das Geld, was die Weiber dazu bewegt, mit so einem alten Zausel zusammen zu sein." Genau dieser Mann hängt jetzt mit einer Frau ab, welche fast so jung wie seine Kinder ist. Glückwunsch, Du hast es geschafft! Wenn Roland berühmt gewesen wäre, dann könnte jeder das „neue Glück" sofort auf dem Titelblatt der Yellow-Press bejubeln, so heimste er sich nur den Spott seiner Kinder ein. Sie wuschen ihm den Kopf, wie sonderbar sie dies von ihm fänden. Auch wenn ich nicht dabei war, konnte ich mir vorstellen wie Roland da saß – schließlich kannte ich ihn 31 Jahre! - Holla, zur Zeit unseres Kennenlernens war die Kleine ja noch nicht einmal geboren. Sie ist erst vier Jahre danach auf die Welt gekommen. Was haben wir im Geburtsjahr von der Spinatwachtel gemacht? Ich arbeitete als Büroassistentin und Roland war damals mit einer Weiterbildung und einer Anstellung bei Siemens beschäftigt. Er schaute den Kindern starr in ihre Augen, hatte er so oft in den Manager-Seminaren gelernt „nie den Kopf hängen lassen, wenn man seinen Stand sichern möchte". Roland erklärte: „Es ist keine Dummheit, wie ihr mir jetzt unterstellen wollt!" Nein Roland, bei Dir war es ganz anders. 49 Jahre alter Mann, in leitender Position trifft auf Büroschnepfe, welche ihren Einstieg als Praktikantin hatte und sich durch Turteln mit dem Chef bis zur Teamassistentin hoch... - ...arbeitete. Dass es noch eine komische Steigerung bei der jungen Dame aufgrund ihrer Vergangenheit gab, erzählte er den Kindern an diesem Abend noch nicht. Sie waren mit dem jetzigen Wissen schon genug bedient.

Die Bestätigung, dass es die junge Handballerin war, hat Marcel und Julia noch fuchsteufelswilder gemacht. „Du ziehst von hier aus, um dann sofort bei diesem Mädchen einzuziehen? Wie unfair ist das der Mama gegenüber. Ich finde, Du solltest erst einmal in einem Hotel wohnen. Wir haben nämlich das Gefühl, dass Du im Dunstkreis dieser jungen Frau nicht zum Nachdenken kommst. Bist Du von ihr so tief in den Bann gezogen worden, dass Du überhaupt nicht mehr klar denken kannst!", angewidert warf Julia ihrem Vater die Worte an den Kopf. Betroffen ließ Roland diesen Gefühlsausbruch von Julia über sich ergehen. „Du machst alles durch so eine unmögliche Beziehung kaputt! Bist Du von allen guten Geistern verlassen? Wenn ich daran denke, dass Du mit jemandem zusammen bist, der nur ein kleines Stück älter ist als ich, dann wird mir wirklich schlecht!" Diese Vorwürfe zeigten bei Roland Wirkung. Zumindest gab er jetzt nach, und erwägte einen Umzug in ein Hotel: „Es ist schon so, dass ich genau wie ihr viele Fragen im Kopf habe. Wie geht es mit uns weiter? Ehrlich gesagt, bin ich mit der Situation momentan auch überfordert. Könnt ihr mir jemals verzeihen? Es ist vielleicht keine schlechte Idee, wenn ich in ein Hotel ziehe, um selbst im Klaren zu sein." Durch die Wende, dass er wirklich in ein Hotel umziehen wollte, beruhigten sich unsere Kinder ein bisschen. Sie kratzten an seinen Familiengefühlen und unterstrichen dies mit Erzählungen von schönen Momenten aus vergangenen Unternehmungen. Rolands Kopfnicken zum Appell an seinen Familiensinn zeugte davon, dass er dies genauso empfand. Familie, was gibt es Besseres? Nichts! Mit dem guten Glauben, dass er tatsächlich in ein Hotelzimmer ziehen würde, um für uns die Situation erträglicher zu machen, trennten sich unsere Kinder an diesem Abend von ihrem Vater. Nach diesem Gespräch traf sich - wie so oft in dieser Zeit - der „Rat der Fünf". Das Aufarbeiten der teils neu gewonnenen Informationen war für uns wichtig, um wieder etwas Licht ins Dunkel zu bringen. Den Tag darauf hat uns Roland aber mit einer trockenen App-Nachricht die neu gewonnene Hoffnung wieder zerstört. Sie lautete: „Ich bleibe bei Christine und gehe nicht ins Hotel. Es war die richtige Entscheidung von mir, zu ihr zu ziehen." Dieser eine Satz von ihm traf uns wie ein Messerstich. Immer wieder aufs Neue belogen und betrogen zu werden, dass tat unheimlich weh. Es war kaum auszuhalten. Gott sei Dank hatte ich bald ein Gespräch mit dem Psychotherapeuten, dies war dringend nötig, denn ich war kurz davor durchzudrehen!

Am Montag darauf fand das erste Gespräch mit dem Therapeuten statt. Ich betrat den Raum des Cafes. Zeitgleich sah ich Herrn Plechinger unter der Türe des Seiteneinganges eintreten. Komisches Gefühl. Ich wusste nicht, was auf mich zukommen sollte. Es war wieder einer der vielen skurrilen Momente. Mann, Mann, Mann, die häuften sich seit dem „Sturzverlassen" aber gewaltig. Zu welchen Schritten man sich veranlasst fühlt! Verrückt. Da wir uns zeitgleich erkannten, stimmten wir uns per Handzeichen ab, an welchen Tisch wir uns setzen wollten und steuerten auf einen kleine Zweier-Tisch in einer Ecke des Gastraumes. Da die Tische der anderen Gäste ziemlich eng beieinander standen, dachte ich: „Genau aus diesem Grund haben wir die persönlichen Treffen bei uns Zuhause geführt." Ich war mir noch nicht im Klaren, ob ich hier überhaupt eine Information zu meinem persönlichen Thema loswerden konnte. War es alles andere, als ein Therapieraum – kein Sofa zum Hinlegen, keine Privatsphäre! Nach den Standard-Begrüßungs-Formeln, fragte mich Herr Plechinger, ob ich Kaffee und Kuchen möchte. „Ich gehe mit vor zur Theke und schau mir den Kuchen an." Als ich vor der Kuchen-Auslage stand, wurde mir aber bewusst, dass ich keinen Bissen hinunter brachte. „Ich bestelle mir nur einen Kaffee…" Dies verschaffte mir noch etwas Zeit, alleine zu unserem „Therapieplatz" zurückzukehren und mich zu sammeln. Ich schob den Tisch noch etwas mehr in die Ecke, um den Abstand zu den Gästen an den Nebentischen weiter zu vergrößern. Ich schaute mich um, wer so an den Nebentischen saß, nicht, dass es noch jemand war, der mich kannte. Nein, schaute gut aus. Zumindest das konnte ich als kleine Beruhigung verbuchen. Ich hatte von meinem Platz einen guten Ausblick und konnte sehen, dass Herr Plechinger seine Wahl getroffen hatte und am Bezahlen war. Er balancierte sein Tablett vorsichtig vor sich her, damit nicht zu viel Kaffee aus seiner Tasse daneben kleckerte. Noch im Stehen setzte er sein Tablett auf dem Tisch ab, schaute mich mit einem tiefen Blick in die Augen an und sagte: „Das hätten wir zwei auch nicht gedacht, dass wir uns so schnell unter diesen Umständen wiedersehen würden. Ich muss mich nochmals bei Ihnen für die freundliche Bedienung in ihrer Firma bedanken, das hat alles wunderbar geklappt. Und jetzt kann ich ihnen mit meinen Diensten behilflich sein. Schön!" Er setzte sich, rückte seinen Stuhl noch ein bisschen näher an den Tisch und fädelte ein: „Wollen Sie eine Rechnung oder möchten Sie ohne Rechnung betreut werden? Mit Rechnung kostet die Stunde 100 Euro, ohne verlange ich 70 Euro." Da nahm ich natürlich die 70 Euro pro Stunde. Kam es mir so schon viel vor, aber dies war nach späterer Google-Recherche der übliche Tax. „Na, erzählen Sie mal, was bis heute alles passiert ist!", forderte mich der Therapeut auf. Ich schaute mich nochmal um. Den älteren Mann hinter mir, wird meine Geschichte nicht interessieren, die drei älteren Frauen (scheinbar ein „Kaffeeklatsch unter lustigen Witwen") kamen mir schon neugieriger vor. Als hätte die eine „Witwe" meine Gedanken gelesen, drehte sie sich um und überlegte mit prüfendem Blick, wie wir zwei zusammenpassten. Ich konnte förmlich spüren, dass sie sich fragte, in welcher Konstellation wir unterwegs waren: Arbeitskollegen, Freunde oder Pärchen? Ich konnte mir darüber nicht weiter den Kopf zerbrechen. Kann ja schließlich die Stunde nicht mit „Vergeuden meiner wertvollen Beratungszeit" verstreichen lassen. Als ich die ersten Worte sagte, sollte ich dann unüblicher weise die Aufmerksamkeit von dem alleine am Tisch sitzenden Mann auf uns ziehen. „Vor gut zwei Wochen hat mich mein Mann plötzlich verlassen." Der Herr musterte mich und dachte vielleicht, den Grund des Verlassens an mir zu finden. Während meiner weiteren Ausführung drehte ich mich immer wieder zu ihm um, dadurch stellte er sein Verhalten auf unauffälligeres nur Zuhören um. So wurde Herr Plechinger von mir mit meiner Misere zugetextet. Dazwischen beutelte es mich mit heftigen Gefühlsausbrüchen. Wenn ich emotional wurde, war es mir dann egal, wer dies alles mitbekam – hat wohl den gleichen Effekt, wie die vergessenen Kameras im Big-Brother-Haus. Zuschauer sind in solch einem Moment nicht mehr wichtig! Sollen sich die Zuhörer und Zuhörerinnen doch denken, was sie wollen. Ich werde nach Beendigung nicht aufstehen und mich für meine Aufführung höflich verbeugen! Dass ich dazwischen auch einmal Luft holen musste, gab meinem Therapeuten - hilfreicher weise – Zeit, etwas auf meine Sprech-Salven zu antworten. „Ja Frau Alt, da haben Sie es nicht einfach gehabt die letzten Tage. Wäre es doch einfacher gewesen, ihr Mann hätte auf einer seiner Auslandsreise einen tödlichen Autounfall gehabt, dann könnten Sie jetzt wenigstens einen schönen Leichnam herumtragen. Das ist einfacher, als wenn neben dem Trennungsschmerz noch der Dorn der Enttäuschung über den Betrug immer wieder eindringt! Und dann auch noch eine viel jüngere Frau. Sie beschäftigen sich bestimmt mit Selbstzweifel." Ja, darauf kann er einen lassen, gut erkannt! Meine Kinder sollten mir heute Abend den Hinweis geben: „Das zeichnet aber noch keinen guten Therapeuten aus." Ich kann überhaupt nicht sagen, was für Erwartungen ich an die Sitzung hatte, aber die Geschichte mit dem Leichnam belustigte und beruhigte mich schon. Dass er so etwas Krasses benutzte, um mich auf eine heitere Art zu lenken, war schon komisch. Er fragte mich zum Verhältnis zwischen Roland und unserer Tochter: „Haben die beiden ein zerrüttetes Verhältnis, dass er sich in Form dieser jungen Frau eine „Ersatztochter" kreierte?" „Nein, unsere Tochter und mein Mann verstehen sich gut. Sie verstanden sich immer bestens. Er hatte eine Engelsgeduld beim gemeinsamen Lernen mit unserer Julia." Darauf fragte der Therapeut: „Hat sie ihn mit ihren Leistungen enttäuscht?" Auch dies konnte ich verneinen. Julia hat nach ihrem Schulabschluss eine Lehre angefangen, die sie mit gutem Zeugnis abgeschlossen hat. Sie wurde auch von dieser Firma übernommen. Nach einem Stellenwechsel fasste sie ebenfalls schnell wieder Fuß gefasst. Alles nur gute Nachrichten zum Vater-Tochter-Verhältnis!

„Ja und wie schaut es denn zwischen Ihnen beiden aus? Sie sind schon sehr lange zusammen und waren noch sehr jung, als sie sich kennengelernt haben. Wie lief es zwischen Ihnen beiden kurz vor der Trennung ab?" Blöde Situation, jetzt musste ich in diesem Cafe mein Inneres nach außen stülpen. „Wie es eben in einer normalen Beziehung so läuft. Wir gehen beide zur Arbeit und haben einen anstrengenden Job. Wir kochen abwechselnd. Er ist ziemlich häufig im Ausland unterwegs, setzt sich selber durch die Tagestouren unter Druck. Andere übernachten zur Erholung in der - Tschechei, er kommt am gleichen Tag wieder zurückgefahren. Das ist für mich ein Zeichen, dass er gerne zu mir nach Hause kam. Ich stellte ihm dann einen Snack und einen Rotwein bereit, auch wenn ich schon im Bett lag und schlief. Wir begrüßten uns aber auch in der Nacht noch freudig mit einem „willkommendaheim-Bussi" und plauderten dann, so gut ich noch wach war über unseren Tag." „Und wie steht es denn mit dem Sexualleben?" Hui, jetzt wird es aber intim! Schön für die Zuhörer, da blieben die bestimmt noch ein bisschen länger sitzen. Hoffentlich hatte keiner einen wichtigen Termin. Ich beugte mich zu Herrn Plechinger so gut es ging hinüber und flüsterte. „Das bleibt die letzte Zeit leider auf der Strecke. Einfach zu viel zu tun. Keine Zeit oder Lust! Das ist schon sehr untergegangen." Vor meinem geistigen Auge sah ich mein Sexualleben in Form der sinkenden Titanic. Keine Panik dachte ich mir noch Monate vorher, die Lust aufeinander kommt bestimmt wieder - spätestens im August beim Sommerurlaub. Da musste ich jetzt selbst gähnen, lagen aus heutiger Sicht noch Monate bis August vor uns. „Das ist nach dieser langen Zeit einer Beziehung auch manchmal gar nicht mehr so wichtig. Es gibt Paare, die sind auch mit wenig oder gar keinem Sex zufrieden und glücklich! Da rückt der Sex einfach in den Hintergrund. Waren Ihr Mann und Sie sich einig über den Rücklauf der Zweisamkeit?" „Wenn ich so darüber nachdenke, dann gab es einmal ein Gespräch, in dem wir das Nachlassen unseres Sexuallebens thematisierten. Wir haben immer die Nähe zueinander gesucht. Kuscheln, küssen, Händchen halten, das stand bei uns schon auf der Tagesordnung. Da war aber auch unser altersschwacher Hund zwischen uns. Nachts musste ich oft wegen Lilly aufstehen und sie versorgen. Der Hund war so anstrengend und zeitraubend wie ein Baby. Ja mei, als Marcel auf der Welt war, hatten wir auch wenig Zeit füreinander." Darauf erwiderte Herr Plechinger: „Zumindest so viel, dass es für ein zweites Baby reichte!" Er lachte dabei. Ich gab wie bei einem Verhör zu: „Ja, Sex kam bei uns tatsächlich zu kurz." Der Therapeut gab mir eine erste Vermutung, was seiner Meinung nach zwischen meinem Mann und mir passiert ist: „Sie haben für ihn den Charakter einer wilden und leidenschaftlichen Frau verloren und sind mehr in die Rolle „der besseren Mutter" gerutscht. Das Verlorene findet er jetzt in dieser jungen Frau. Er selbst fühlt sich zurück versetzt in seine Jugend. Er wird sich vom Verhalten immer mehr in die Richtung der jungen Frau anpassen. Natürlich nur solange es ihm das Alter zulässt – 21 Jahre, das ist nicht wenig. Vielleicht merkt er auch recht schnell, wie einsam diese neue Beziehung werden kann. Bisher hatte ihr Mann die komplette Familie um sich, jetzt hat er nur noch eine Bezugsperson! Das kann ihn sehr schnell zum Umdenken bringen oder er bleibt bei der jungen Frau und merkt erst nach zwei bis fünf Jahren, dass dies auch nicht das vollkommene Glück für ihn darstellt." Ich hörte nur: „das kann sich sehr schnell ändern…" Jetzt kam bei mir eine Frage auf: „Herr Plechinger, was raten Sie mir denn? Was kann ich machen, um ihn zurück zu gewinnen?" Darauf erklärte Herr Plechinger: „Ihre Entscheidung sich daheim zu treffen war ganz richtig. Sie sind zum einen in der Situation, um wählen zu dürfen, was Ihnen gut tut und zum anderen sind Sie auf dem heimischen Spielfeld die Macherin. Hier haben Sie die Oberhand. Das war instinktiv alles richtig, was Sie bisher gemacht haben. Bleiben Sie dran und machen Sie weitere Treffen aus. So vergisst er nicht, dass er die Verantwortung für Sie und seine Familie hat. Auch die Kinder sollten weiterhin den Kontakt pflegen. Solange er in seiner Rückzugszone in der anderen Wohnung ist, wird er nicht viel über sein altes Leben nachdenken können. Da hat er mehr damit zu tun, der neuen Frau zu gefallen und hier alles zu geben. Anrufe auf der Arbeit sind auch gut. Hier stoßen Sie direkt in das Kampfgebiet der neuen Frau vor. Er kann Ihnen nicht ausweichen, der anderen natürlich auch nicht, aber er muss sich zumindest gedanklich von allem lösen und sich auf Ihr Telefonat konzentrieren." „Soll ich ihm dann den Rest seiner Wäsche auf Arbeit vorbei bringen? Oder ihm ein paar Dosen Erdnüsschen senden, die er so gerne isst?" Herr Plechinger kommentierte meine Sätze mit einem kleinen Lacher. Da ich erschrocken aufschaute und überlegte, was ich so Lustiges von mir gegeben hatte, klärte er mich sofort auf: „Ja, das können Sie machen, wenn Sie wieder die gute Mutterrolle spielen wollen. Das ist jetzt nicht angebracht. Zeigen Sie ihm bei den nächsten Gesprächen und Treffen, dass Sie ihn als Mann immer noch attraktiv finden und machen Sie sich interessant mit lockeren Sprüchen. Sie müssen ihm zeigen, dass Sie neben der Mutterrolle immer noch die Frau sind, die gerne mit ihm Sex hätte. „Sex sells", auch im Zurückgewinnen verlorener Männer." Er lachte erneut laut auf. Ich starrte ins Leere und sah mich jetzt schon Dessous für das nächste Treffen mit Roland kaufen, hatte nur noch keinen Plan, wie er diese zu sehen bekommen sollte. Mir fiel auf die Schnelle auch keine Alternative ein, es würde mich noch die nächsten Tage beschäftigen, wie ich meinem Mann zeigen kann, dass ich nicht nur die fürsorgliche MAMA bin. Dass ich diese Gelegenheit schneller als gedacht bekommen sollte, wusste ich an diesem Tag noch nicht.

Die Tage vergingen mit sich häufenden unbeantworteten Nachrichten an meinen Mann. War es das eine Mal wieder ein Lied, stieß ich im nächsten Moment bei meinen Erinnerungstouren durch die Fotosammlung auf ein Bild, welches ich Roland unbedingt senden musste. Immer in der Hoffnung, dass ich irgendwann den richtigen Nerv bei ihm treffen würde. Nach ca. 14 Tagen meldete sich Roland bei mir endlich wieder. Ich glaubte eigentlich nicht mehr an diese Gelegenheit. Mein Auto hatte ich bei der Zulassung auf mich umgemeldet. Ansage an alle Verlassenen: Der mit`m Brief kann ab- und anmelden, wie er lustig ist. Dies ist auf alle Fälle hilfreich und beruhigt das Gewissen nach der Devise „was ich hab, das fehlt mir nicht". Auf der Zulassung hatte ich auch meinen ersten Flirt mit einem anderen Mann. Ich bin mir sicher, dass sich jede oder jeder Verlassene nach kurzer Zeit wieder auf den Markt wirft. Schon alleine deshalb, kleine Bestätigungen zu erhalten und zu erfahren, dass man doch noch Chancen beim anderen Geschlecht hat und so auf Sendung war - Herzblatt lässt grüßen. Man betritt Räume mit ganz anderer Sensorik. Sobald der erste Sichtkontakt erfolgt ist, checkt man den rechten Ringfinger – kein Ehering! – Augenkontakt herstellen und halten, halten, halten. Wir saßen ziemlich lange in der Zulassung. Mir wurde es zeitweise schon lästig, immer vergnügt zu schauen, denn innerlich stand ich auf Kohlen, da ich meine Mittagspause nutzte und die Uhr tickte unaufhaltsam. Der Mann sah sehr gepflegt aus, hatte schöne Augen und war einfach willig, mit mir zu flirten. Nach 31 Jahren musste ich natürlich erst wieder in diese Materie reinkommen. Dass mein biederer Mann, bei der jungen Mitarbeiterin dieses Programm durchgezogen hat, wunderte mich. Ich kannte ihn in dieser Rolle überhaupt nicht und konnte es mir auch nicht vorstellen, wie Roland mit fremden Frauen flirtete. Wir Frauen sollen auch heute noch – sogar laut Therapeut – gleichzeitig Superwoman im Beruf, für die Kinder Supermama, für den Mann Superliebhaberin und treu sorgende Ehefrau sein. Ich bin mir felsenfest sicher, dass der Druck auf uns Frauen viel größer ist – ich muss es ja wissen, denn ich bin ja schließlich eine. Die Männer werden mir jetzt nicht beipflichten, aber schaff es mal zwischen Kindern und Schule, Chef und Beruf, Mann und Haus immer das richtige Gleichgewicht zu halten. Ich bin mir immer noch nicht sicher, ob ich für Roland wirklich nur als bessere Mutter fungiert habe. Ich habe mir in den Jahren mit meinem Mann nie die Frage stellen müssen, ob ich ihm gerecht werde, er bestätigte mir immer, dass alles in Butter ist. Er geizte auch nicht mit Komplimenten und Liebesbotschaften! Wenn er morgens in der Küche unsere Brotzeit geschmiert hatte, wohlgemerkt auch, wenn er um 04.30 Uhr startete, hinterließ er immer einen kleinen Liebesbrief. „Have a nice day", Liebe Grüße oder HDL, mit einem Smiley oder Herzchen versüßte er mir und den Kindern stets den Start in einen neuen Tag. Ich kann also nicht sagen, dass er oberflächlich war oder langweilige Gewohnheit in unsere Beziehung einzog. Wir bekundeten unsere Liebe mit uneingeschränkter Aufmerksamkeit. Wenn wir auf einer Geburtstagsfeier waren, dachten wir immer an den anderen, wenn es Buffet gab, nahmen wir den Teller für den anderen mit oder sorgten dafür, dass das Wein- oder Wasserglas immer gefüllt war. Dies war so normal, dass man es vielleicht dazwischen als selbstverständlich empfinden konnte. Oft wurde uns die gute Verbindung und dass wir ein eingespieltes Team waren bewusst, wenn wir die anderen Ehepaare in unserem nahen Bekannten- und Verwandtenkreis beobachteten. Was hier Unstimmigkeiten waren, gezetert und geschimpft wurde. Bei uns herrschte ehrlicher

Respekt und volles Verständnis für den anderen. Tatsächlich sind aber die Ehepaare mit den vermeintlichen Eheproblemen noch überwiegend zusammen und vereint – skurril.

Als sich Roland bei mir meldete, war ich so überrascht, dass ich nicht ans Handy gehen konnte. Ich starrte nur auf mein Display und las „Rolands Handy". Eigentlich rechnete ich mit einer schlimmen Nachricht, dass etwas mit seiner Mutter oder seinem Bruder passiert ist. Die zwei waren von dem Trauerspiel zwischen uns ziemlich angeschlagen und da meine Schwiegermutter oft von Schwindelanfällen gebeutelt wurde, habe ich mit einer Hiobsbotschaft von deren Seite gerechnet. Ich beruhigte mich erst einmal wieder und raffte mich auf, seine Nummer für den Rückruf anzutippen. Es dauerte keine 2 x Klingeln, als Roland am Apparat war. „Ich wollte mich nur mal bei Dir melden. Können wir uns treffen und miteinander in Ruhe reden", sprach er so normal, als hätte sich die ganze Trennungsgeschichte zwischen uns nicht abgespielt. „Können wir gerne machen", antwortete ich. „Wie passt bei Dir der 16.05. Das ist der Pfingstmontag, da könnten wir uns um 14.00 Uhr treffen, " schlug er vor. Ich sagte daraufhin zerstreut zu ihm: „Ja gerne, dann nehme ich mir am Nachmittag frei." Er lachte: „Annette, da ist doch eh Feiertag." „Ach ja!", bestätigte ich – jetzt auch lachend - schon alleine, weil mir dieser Fehltritt peinlich war. „Ok, dann sehen wir uns Montag. Schreib mir einfach, wo wir uns treffen wollen", meinte er. „In Ordnung, ich melde mich bei Dir", bestätigte ich seinen Vorschlag. Ich machte mir viele Gedanken, wo das Treffen stattfinden sollte. Wieder daheim in unserem Haus oder wähle ich doch lieber einen Ort, an dem wir zu Zeiten intakter Ehe zusammen glücklich und in Ausflugstimmung waren. Da fiel mir die eine Gartenwirtschaft ein.

Da das Wetter zu dieser Jahreszeit immer unsicher ist, konnten wir dort unter Dach sitzen oder bei Sonne im Freien unsere Zeit verbringen. Vor kurzem hatten wir dort ein Klassentreffen und wir haben von dem Organisator der Tour auch noch einen schönen Spazierweg gezeigt bekommen. Hier boten Wasserläufe und ein kleiner Wasserfall eine richtige Idylle. Diesen Weg kannte Roland noch nicht und so konnte ich für ungezwungene Abwechslung sorgen. Vielleicht würde ich ihn mit einem Überfallmanöver zu körperlicher Nähe verführen. So im Freien, das wäre doch etwas das Herr Plechinger meinte. „Sex sells". Als ich den Kindern von dem Treffen erzählte – ich klammerte natürlich mein Sex-Vorhaben aus - meinte Julia darauf zu mir: „Pfingstmontag, da haben wir doch etwas mit Oma und Opa ausgemacht. Willst Du das wirklich sausen lassen? Verschieb das Treffen mit Papa doch auf den Sonntag. Ist vielleicht auch ganz lustig zu erfahren, ob er sich dann für dich die Zeit nimmt oder ob er am Montag nur frei hat, weil Christine etwas anderes vor hatte. So formulierte ich eine Nachricht an Roland mit der Bitte, sich einen Tag früher zu treffen. Uhrzeit habe ich auf 14.00 Uhr gesetzt. Es war bei ihm kein Thema - „da schau` her" - und er bestätigte, dass er sich auf dieses Treffen freuen würde. Ich antwortete nur kurz: „Dito". Was sollte ich auch noch schreiben? Roland bekam die letzten Tage überhaupt nichts von seinen Kindern mit. Sie kontaktierten ihn nicht, er meldete sich nicht bei Marcel oder Julia. Ich war wirklich gespannt, in welche Richtung sich unser Treffen entwickeln sollte. Felsenfest darauf programmiert, dass ich ihn im Wald verführen werde, formulierte ich schon mal eine Nachricht an meine Nebenbuhlerin. „Wenn Roland abgekämpft und müde zu Dir zurückkehrt, wundere Dich nicht, wir hatten den besten Sex aller Zeiten!" Ihr könnt es mir glauben, ich hatte hierbei

meine Freude. Da ich häufig „Black-out-Nachrichten"
entwarf und einmal sogar eine völlig peinliche an Roland aus Versehen sendete, entwarf ich den Text unter
der Option „Erinnerungen" auf meinem Smartphone.
Diesen Tipp gab mir mein Sohn. Als mir damals der
Fehltritt mit der irrtümlich versendeten Nachricht passierte, erklärte Marcel mir, wie er dies handhabe und
ich bewegte mich seitdem mit dieser Methode auf si-
cherem Boden – ich war die letzte Zeit sehr tollpat-
schig und teilweise auch kopflos unterwegs. Meistens
las ich mir den Text so häufig durch, dass ich ihn
schon auswendig konnte. Ich entwickelte Zwangsneu-
rosen. Hihi, ist es ein auffälliges Verhalten, wenn man
alle Gegenstände auf dem Tisch gerade platzieren
muss? Es hatte schon was von Monk. Ich würde es als
„Nicht-Therapeut" als Zwang hinsichtlich der gewünschten Ordnung bezeichnen. Zumindest Ordnung
halten, in Bereichen, welche ich beeinflussen konnte.
Hierbei ertappte ich mich sehr häufig selbst, auch die
sonderbaren Blicke und stichelnden Bemerkungen
meiner Kinder haben für ein kurzfristiges Abstellen der
nervigen Aktion gesorgt. Ich wurde mir bewusst, dass
ich etwas ändern musste. Es verfolgt mich schon mein
Leben lang, dass ich in Ausnahmesituationen zu solchen Zwängen neige.

Ich hangelte mich von Tag zu Tag in Richtung „Traum-
treffen mit unausweichlichem Geschlechtsverkehr"
und versuchte, nicht durchzudrehen. Der Sonntag
rückte immer näher, ich wurde mit meinem Vorhaben,
ihn zu verführen, immer aufgeregter. Natürlich stimmte
mein Monatszyklus dann gegen diese Verführung.
Verdammt, wahrscheinlich, weil ich so aufgeregt war!
Scheiß Hormone! Also galoppierte mein Vorhaben auf
einem Tampon davon. Mit der Gewissheit, dass dieses
Treffen nur noch ein Akt der Unterschriftenerteilung

auf einem Versicherungsformular für die Kfz-Versicherung werden soll, hakte ich die Vereinigung von uns ab. Zumindest war das Formular ein wichtiger Akt, übertrug er dadurch nämlich seine Schadensfreiheitsklasse auf mich. Da die Autos von den Kindern schon auf mich versichert waren, wäre eine hohe Einstufung aufgrund meiner Schadensfreiheits-Klasse ziemlich teuer geworden. Dass mein Versicherungsmakler sofort daran dachte, war für mich sehr beruhigend. Diesen Kostenvorteil wollte ich mir nun sichern. Ich platzierte das Versicherungsformular so auf den Garderoben-Schrank, dass ich es nicht vergessen konnte.

Ich nahm das Treffen auch zum Anlass, dass ich meine enge Jeans und den neuen Pullover in Größe 44 trug. Beachtliche 15 1/2 Kilogramm waren es jetzt schon weniger und ich war deshalb sehr stolz auf mich. Durch Sport und umgestellte Ernährung kam ich von Größe 48 auf die gute alte Größe 44. „Hallo, hab Dich schon lange nicht mehr gesehen Größe 44. Will mich aber gar nicht lange aufhalten, denn ich treffe bald Größe 42." Ich stellte mir meine verlorengegangenen Kilos wie auf einem Abrisskalender vor. Da würde er schon schauen....hoffte ich inständig!

Die Bestimmung ließ uns an der Straßenkreuzung so aufeinander treffen, dass er aus seiner Richtung kommend rot hatte und ich bis zur Grünzone ebenfalls an meiner Ampel wartete. Wir mussten aufgrund des Zufalls breit lachen und winkten uns zu. Ich hatte wirklich Schmetterlinge im Bauch, sah ich doch den Mann, der mir so vertraut war endlich wieder. Als seine Ampel auf Grün sprang, fuhr er betont langsam, so dass ich nach meinem grünen Ampelsignal zu seinem Audi aufholen konnte. So fuhren wir hintereinander bis zur Gartenwirtschaft. Was vorhin noch Freude war, schwenkte jetzt in komische Gedanken über. Wie blöd war denn das jetzt. Wir in zwei verschiedenen Fahrzeugen unterwegs zum Treffen. Solche Situationen standen nicht auf unserem Lebenslehrplan. Du begibst dich auf eine neue Reise und fühlst dich äußerst komisch dabei. Ich hoffe nur, dass es den Pärchen in ähnlicher Situation auch so ging. Wir parkten unsere Autos nebeneinander. Er war schneller aus seinem ausgestiegen und kam zu meiner Fahrertüre, um die Türe aufzuhalten. Mit der Gestik, dass er die Augenbrauen hochzog und nickte, ließ er die ersehnte Bemerkung los: „Hey, jetzt sieht man dir deine Abnahme ja ziemlich an. Schaust gut aus!" Ich grinste von einem Ohr zum anderen und hauchte nur ein leises „Danke" heraus. Ich war über mich selbst überrascht, warum war ich bei meiner „guten, alten, besseren Hälfte" so schüchtern. Um die Stimmung aufzulockern, schlug er vor, dass wir erst einmal ein Bierchen trinken. Ich stimmte dem zu und wir nahmen auf der überdachten Terrasse Platz und bestellten uns jeder ein Bier. Nachdem die nette Bedienung uns die Krüge hinstellte, prosteten wir uns zu und nahmen erst einmal einen tiefen Zug aus dem Bierkrug. Ich setzte ab und sagte: „Das zischt vielleicht." „Ha", sagte er, „dass ist der Satz aus Deinem Lieblingsfilm Overboard." Goldie Hawn ließ tatsächlich diesen Satz los und ich wunderte mich, dass er wusste, dass dieser Film mein Lieblingsfilm aller Zeiten war und ist. Ich musste diese Erkenntnis bekunden: „Roland, Du kannst dich daran noch erinnern. Das ist doch schon ewig her, als ich diesen Film bis zur Verwesung geschaut habe." Wie ein Mann, der vorher die Aufmerksamkeit gelöffelt hatte, meinte er betont locker: „Das ist doch klar, wenn man so lange zusammen ist wie wir. Dann kennt man sich doch in- und auswendig!" "Da hast Du Recht. Du fehlst mir wie blöd. Wenn ich abends vor dem Fernseher sitze, dann denke ich immer daran, wie gemütlich wir es hatten. Alleine, neben Dir zu sitzen, langte mir schon, um das vollkommene Glück auf Erden zu spüren. Sehr komisch, dass ich keinen mehr zum Plaudern habe, der mit mir auf gleicher Wellenlänge funkt." „Das stelle ich mir wirklich komisch vor. Was meinst Du, wie oft ich schon an Dich gedacht habe, dass Du jetzt alleine beim Abendessen oder Frühstück sitzt. Was habe ich Dir nur angetan." Damit mir nicht der einzig treffende Satz: „Da hast Du recht, Du Arsch…" herausrutscht, nahm ich lieber noch einen Schluck vom leckeren Bier. Ich bemerkte, dass es das regnen angefangen hatte und meinte: „Schade, wir wollten doch ein Stück Spazierengehen. Hinten im Wäldchen sind so schöne Bachläufe, die haben wir bisher noch nie gesehen, obwohl wir hier doch auch schon so oft gelaufen sind." „Ist eine gute Idee, wir sind doch nicht aus Zucker. Es hört bestimmt gleich wieder auf." Roland lugte dabei in den Himmel und kam noch zu folgender Prognose: „Sie haben zwar starke Regenfälle gemeldet, aber der Himmel schaut nicht danach aus." „Bist du jetzt unter die Wetterpropheten gegangen?", bewertete ich lachend seine Aussage. Damit er sich aber gut fühlte, bestätigte ich seine Wetterkenntnisse: „Aber hast Recht, ich denke, wir trinken aus und nutzen die nächsten Minuten, um ein Stück zu Laufen. Tut bestimmt gut nach Deiner langen Herfahrt." Ich schaute ihm tief in die Augen und er setzte zum Geständnis an: „Annette, ich muss Dir was sagen. Ich habe in den letzten Tage sehr viel über uns nachgedacht." „Ja? Und, was ging Dir durch den Kopf?" „Als ich dich vorhin an der Ampel in Deinem Auto gesehen habe, spürte ich eine tiefe Freude. Es tut so gut, wenn wir uns sehen. Alles ist so vertraut. Ich war die letzten Wochen wie besoffen. Christine hat zehn Tage Kreta für uns gebucht und ich hatte dort viel

Zeit, um mir über einige Fragen Gedanken zu machen." Ich drehte mich im Gefühlskarussell und in meinem Kopf überschlugen sich die Gedanken. „Was, ihr ward in Griechenland? Du hast uns nicht einmal gesagt, dass Du weg fährst." „Das ist nicht so einfach. Ich will Dir und den Kindern nicht noch mehr Ärger bereiten. In diesen Tagen wurde mir bewusst, wie schön wir es doch hatten. Es ist mit Christine ganz was anderes." Ich musste ihn jetzt wegen dem Alter ansprechen: „Dass Du mich wegen einer 21 Jahre jüngeren verlässt, hätte ich nie von Dir gedacht! Ich komme mir wie aussortiert vor, genauso wie in den ´zig Promigeschichten über die Du dich immer am meisten aufgeregt hast." Roland schaute mich betroffen an: „Ich kann nur ahnen, was Du durchmachst. Ich wollte Dir nie weh tun. Wegen Dir haben Christine und ich auch noch nicht miteinander geschlafen – ich muss immer an Dich denken." Wie fühlt man sich in dem Moment, wo einem der Mann erzählt, dass er noch nicht mit der vermeintlichen Schnepfe geschlafen hat? Besser? Nein, ich fühlte mich in diesem Moment klein. Er sprach so selbstverständlich von der neuen Beziehung, dass es mir schwindlig wurde. Wollte er jetzt eine Anerkennung

dafür? Tatsächlich war das Einzige ein freudiges: „Wirklich? Ihr habt noch nicht miteinander geschlafen?!?" Er nahm meine Hand und schaute mich an. „Nein, Du warst immer in meinen Gedanken. Ich muss aber ehrlich sein, wir haben schon…." Ich fiel ihm ins Wort: „Gefummelt und geknutscht, das habt ihr bestimmt!", ich konnte den vorwurfsvollen Unterton einfach nicht abschalten. Ich ärgerte mich über mein Verhalten, wollte ich ihn doch wieder zurückgewinnen. Es bestand jetzt schließlich auch von seiner Seite aus die Hoffnung - so wie er sich gerade verhält. Selbst wenn sie miteinander gepoppt hätten: Es ist ja schließlich kein Stück Seife, was sich abnutzt.... Na, und mit den Gedanken, dass SIE ihn verführt haben muss und er nicht anders konnte, war es doch schließlich erträglich und eine glückliche Zukunft mit uns als Ehepaar und Familie rückte wieder in greifbare Nähe! „Wie habt ihr Euch eigentlich genau kennengelernt - wie hat sich das zwischen Euch entwickelt?" stieß ich den Verlauf unseres Gespräches weiter an. Roland blies die Luft aus seinen zusammengepressten Lippen. Es hatte den Anschein, als überlegte er, ob er mir dies erzählen kann oder will – keine Ahnung. Jedenfalls startete er, mir filmreif zu erzählen, wie die Zwei sich genau kennengelernt hatten. „Die Kinder und Du haben ja schon herausgefunden, dass Christine bei mir im Geschäft arbeitet. Sie hat vor 4 Jahren als junge Praktikantin bei uns angefangen. Wir begegneten uns immer wieder bei Teambesprechungen. Damals fiel mir nur auf, dass sie eine sehr ehrgeizige junge Frau war. Sie war mit einer Mitarbeiterin von mir zusammen und war bei uns im Unternehmen als Lesbe bekannt. Zu diesem Zeitpunkt machten wir uns im Büro nur Gedanken, wer welchen Part innerhalb dieser Beziehung hatte. Christine hatte damals durch ihren Sport, den kurzen Haaren und der muskulösen Figur eher maskuline Züge. Im Team stach sie durch die Eigenschaft heraus, dass sie auch mal gegen mich schoss und mir sagen traute, dass sie völlig anderer Meinung wie ich war. Sie nahm sich als Einzige heraus, gegen mich als Chef zu kontern." Ich war jetzt ganz schön geplättet! „Sie ist lesbisch? Wie gibt es denn das, dass Du Dich in eine Lesbe verknallst." Dass Christine keine Schönheit war, das war zu sehen. Dass jeder, der das Bild von Facebook von ihr sah, sofort fragte, ob das ein Mann oder eine Frau war, erleichterte mir immer den Gedanken, dass diese „Frau" Rolands Herz eroberte. Dass sich diese Vermutung aber jetzt bestätigt, haute mich schier aus den Socken. „Erzähl weiter Roland", forderte ich ihn gespannt auf. „Vor circa einem dreiviertel Jahr kriselte es zwischen den beiden Frauen. Ich wollte keine der beiden Mitarbeiterinnen durch diese Beziehungskrise verlieren und schaltete mich ein, um zu vermitteln. Ich dachte, ich bewirke, dass wieder Ruhe in deren Beziehung einkehren würde. Christine nutzte diese Gelegenheit aus und rief mich immer häufiger an, wenn ich auf Dienstreise war. Ich fand das noch nicht komisch, dachte immer, sie wollte sich nur ihren Frust von der Seele reden. Dann fing sie an, durch diese Krise abzunehmen und auf ihr Gewicht zu achten, da klinkte ich mich mit meinen Erfahrungen von der laufenden Diät ein. Wir unterhielten uns über die Low-Carb-Methode und hatten beide unsere Erfolge zu verbuchen. Dies habe ich Dir ja schon erzählt. Hieraus entwickelten sich über geschäftlicher Ebene auch Gespräche in den privaten Bereich hinein. Da ich sehr häufig im Auto unterwegs bin, nahm ich ihre Anrufe immer zur Gelegenheit, noch geschäftliche Themen zu besprechen. Oft rutschten wir dann automatisch in das private Geplänkel ab. Mir wurde es dazwischen manchmal lästig, dass sie immer wieder bei mir anrief, zumal ich ein schlechtes Gewissen wegen Dir hatte. Sie flirtete mit mir. Im Geschäft ergab sich dann, dass in meinem Bereich eine Stelle ausgeschrieben wurde und ich für ihre Übernahme plädierte. So sahen wir uns zwar nicht jeden Tag, aber häufiger als zu der Zeit, als sie noch in dem anderen Bereich arbeitete. Da wir enger zusammenarbeiteten, ergaben sich vermehrt Telefonate, wenn ich unterwegs war. Da sie auch einen Mannschaftssport betreibt..." „Ja ich weiß, Handball!", erwähnte ich genervt. Wisst ihr eigentlich, dass Handballer eine komische Truppe sind. Da gibt es bei der Damenmannschaft auffällig viele Lesben! So richtige 10-Kampf-Weiber laufen da teilweise auf das Feld ein. Ein Bekannter von uns spielt ebenfalls Handball und ist deshalb auf sehr vielen Tournieren unterwegs und er bestätigte die überschwängliche Art des Umgangs. Alle waren ja so super befreundet und teilten sich quasi ein Handtuch. „Soll ich weitererzählen?" fragte Roland, da er wahrscheinlich meinen schief verzogenen Mund wahrnahm. Diesen angewiderten Gesichtsausdruck konnte ich mir während meines Darandenkens nicht verkneifen. „Ja, ja, erzähl weiter, wollen wir ein Stück laufen? Es hat aufgehört zu regnen!" Wir zahlten und als wir uns ein Stück außer Hörweite der Bedienung waren, fing Roland weiter an zu erzählen. „Wo war ich stehen geblieben? Äh, also, Christine rief mich immer öfter an. Annette, Du kannst mir glauben, ich dachte wirklich, ich kann eine Grenze einhalten. Aber dadurch, dass die Gesprächsinhalte von Christine mehr und mehr meinen Nerv trafen, schwappte das Ganze über. Du hast mir immer Vorwürfe gemacht, wenn ich zum Joggen ging, bei ihr bekam ich Zuspruch. Keine Ahnung, ob das der Auslöser war." „Also bitte Roland, erzähl mir doch nichts. Du warst vielleicht so angetörnt, dass so ein junges Mädchen zu Dir aufschaut, dass Du durch Deine – wahrscheinlich gerade aufkeimende – Midlife-Crises genau den Effekt erlebtest, wie Dein heißgeliebter Beckenbauer auch! Unter normalen Umständen - wenn Du klar denken könntest - würdest Du mir Recht geben. Wir waren immer für die Familie da. Meine Eltern, unsere Kinder, unsere Lilly, Deine Mutter und Dein Bruder - alle wollten ständig was von uns. Ich hatte doch gar nicht die Zeit, dass ich Dir noch schöne Augen machen konnte. Sie ist dagegen alleine, also zumindest nachdem die andere Lesbe sie verlassen hatte und hat nun freilich den Freiraum, um an Deinen Lippen zu hängen und Dir nach der Nase zu reden." „Wenn ich so überlege, kannst du schon recht haben.

Typisch Mann denkst Du Dir jetzt bestimmt. Klar, dachte ich auch an den Altersunterschied. Wobei sie überhaupt nicht so jung wirkt. Auf Kreta haben uns die Leute nicht komisch angeschaut, da sind alle ganz normal mit uns umgegangen." „Meinst Du jemand sagt es dem ungleichen Paar direkt ins Gesicht? Maaaann, bist Du naiv." Nachdenklich meinte er darauf: „Stimmt auch wieder. Was sie sagt, zeigt aber auch, dass sie viel Lebenserfahrung hat. So vernünftige Dinge bringt sie immer raus. Sie hat auch schon einiges mitgemacht. Zu ihrer Mutter ist das Verhältnis zerrüttet, überhaupt nach dem Tod von ihrem Vater." „Was?" sagte ich entsetzt: „Ihr Vater ist tot? Und Du glaubst jetzt nicht, dass sie an einem Vaterkomplex leidet. Das passt gut zusammen: 49jähriger Chefe in Midlife-Crises trifft auf 29jährige aufstrebende Praktikantin, welche ihrem Vater hinterher trauert. Roland, komm doch wenigstens jetzt zur Besinnung! Woran ist denn ihr Vater gestorben?" „Er hat sich umgebracht!", erzählte er betroffen. Jetzt bekam ich ja sogar Mitleid mit dem armen Hascherl. „Sauber, das ist nicht einfach!" meinte ich. „Er hatte eine Augenerkrankung, durch die er Stück für Stück erblindete. Er hat sich vor einen Zug geworfen." „Uhh, kein schöner Tod. Das ist für die Familie tragisch. Hat sie noch Geschwister?" Roland wusste nur von einem Bruder, aber so genau konnte er es gar nicht sagen. „Kennst mich doch, ich achte doch nicht auf jedes Detail. Do nei, do raus." Da musste ich ihm beipflichten. Es entstand eine kurze Gesprächspause. Wir bogen zu den romantischen Bachläufen ab. Heute eher schön matschig, war keine gute Idee, sich von der Überdachung zu entfernen, denn es fing wieder an zu regnen. „Shit, so ein Mistwetter", sagte ich und zog den Kopf ein. Roland meinte nur: „Warte", zog seine Jacke aus und spannte sie auf. Dadurch hielt er das „komm bei Regen unter meine

Jacke-Dach" über unsere Köpfe. Besser wie nix, aber die beste Lösung war es auch nicht. Ein kleiner Holzschuppen stand am Wegesrand, hier drückten wir uns ganz dicht an die Holzwand, damit wir noch besser geschützt waren. Diese Nähe hatte schon was. Er musste seinen Arm automatisch um meine Schultern legen, als wir uns in die Augen schauten, sagte er zu mir: „Da hab ich uns ganz schön in die Scheiße geritten. Im Urlaub auf Kreta habe ich wirklich die ganze Zeit an Dich gedacht." „Ich schaute ihm wie ein kleines Reh in seine blauen Augen und meinte: „Was meinst Du, was ich die ganze Zeit gemacht habe? Ständig nur an uns gedacht. Ich liebe Dich doch, wie konnte das passieren? Roland glaub mir, es gibt nichts, was wir nicht überstehen können. Ich habe Dir auch nicht mehr alles erzählt. Mir haben sie vor kurzem ein Muttermal entfernt. Ich hatte schon Angst, dass ich an Hautkrebs erkrankt bin. Das hat mir auch die Aufmerksamkeit für unsere Beziehung geraubt. Gott sei Dank war alles gut, aber ich weiß nicht, warum ich meine Ängste nicht mehr mit Dir teilen konnte. Vielleicht dachte ich, Du hast eh schon so viel Stress auf Arbeit, dann kann ich Dir nicht auch noch Kummer bereiten." Er drückte mich zum Trost ganz fest an sich und meinte: „So eine Dummheit, wie konnte uns das nur passieren. Du kannst doch über alles mit mir reden. Ich hatte auch drei Knubbel am Arm. Der Schmerz strahlte bis in meine Schulter. Ich dachte in der Zeit auch, ich könnte wie mein Vater, am plötzlichen Herztod sterben. Ich hab Dir das auch nie erzählt. Vielleicht hätten wir einfach öfter miteinander sprechen sollen. Dadurch wäre vieles zu vermeiden gewesen." „Du und die Kinder, Ihr seid mein Ein und alles. Ich wünschte, Du gibst uns nochmal eine Chance. Lass es uns nochmal versuchen. Komm zurück!" Ich kann Rolands Gesichtsausdruck nicht beschreiben. Er stand mir mit offenem

Mund nah gegenüber. „Lass uns einfach verrückt sein." Ich rannte los und drehte mich unter den Regentropfen. War ich das? Hallo, wo ist die steife Annette hin? Ich muss wohl durch die Aussicht, dass ich ihn zurückgewinne, einen elektrischen Schlag erlitten haben. Ich rannte den matschigen Waldweg zurück und rief: „Komm Roland, wir sind doch nicht aus Zucker!" Er startete los. Klar war Roland schneller als ich und dass der gute alte Trick „besieg mich" bei ihm klappte, lag schon immer an seinem Gewinner-Instinkt. Nennt es blanke Berechnung, aber in diesem Fall musste ich alle Register ziehen. War ich doch so nahe daran, ihn zurückzugewinnen. Jetzt wurden meine Jagdinstinkte geweckt. Ich werde doch wohl gegen eine Mittelklasse-Lesbe meinen Triumph davontragen. Ha, wäre doch gelacht. Ich versuchte mit meiner neu gewonnenen Leichtigkeit mehr an Geschwindigkeit draufzulegen. Kurz dachte ich sogar, dass ich es schaffen könnte, denn er war schon mächtig aus der Puste. Er schnaufte: „Das muss an den Zigaretten liegen." Ich stoppte so abrupt, wie wenn der Kettenhund seinen Anschlag erreicht hatte. „Zigaretten? Rauchst Du wohl wieder?" Dies war zwischen uns ein sensibles Thema. Es gab schon einmal eine Zeit, da rochen wir im Auto und an Rolands Klamotten immer Zigarettenqualm. Er stritt aber alles ab. War er es ja auch immer, der seinen Bruder in die Schranken wies. Und jetzt verplapperte sich der Gesundheitspapst mit diesem Geständnis. „Also doch, Du hast immer heimlich geraucht! Warum gibst du so etwas nicht zu? Es ist mir doch egal, aber allein, dass Du mir und den Kindern etwas vorgaukelst, finde ich nicht richtig." Er holte mich ein und hielt mich an meinen Händen fest. „Ich weiß auch nicht, warum ich das nicht bei Euch zugeben konnte. Ich rauche auf Arbeit. Jetzt noch mehr, da ich innerlich wirklich k.o. bin. Das ist der Stress. Aber schau, wieder eine Wahrheit, die uns näherbringt!" Unter anderen Umständen hätte ich ihn zur Minna gemacht. Heute wollte ich mich aber beherrschen, es ging ja ums Zurückerobern und nicht um wie werde ich ihn am schnellsten los! „Roland, Du bist ein erwachsener Mensch, Du musst wissen, was Du Deinem Körper antust. Also, vergessen wir das Rauchen. Ich liebe Dich doch so wie Du bist. Ein liebevoller Mann und das Beste, was mir im Leben passieren konnte." Meine Schmeicheleinheiten zeigten Wirkung. Er war jetzt Wachs in meinen Händen. „Also, was hältst Du davon, lass uns verrückt sein und komm wieder zu mir nach Hause. Für die Kinder wäre es eine Überraschung, das kannst Du glauben. Stell Dir mal vor, wie es wäre, wenn Du jetzt gleich mit zu uns fährst." Er starrte mich an: „Nein, das kann ich nicht machen, da muss ich schon vorher nochmal zu Christine fahren." Fast wäre mein normales Ich herausgesprungen und hätte geschrien: „Diese Sorgen hast Du Dir beim Auszug von daheim auch nicht gemacht." Ich behielt aber meines Kampfes zu liebe Ruhe und sagte: „Mach das, ich weiß ja, wie es sich anfühlt, wenn man vor vollendete Tatsachen gestellt wird." Wir drückten uns ganz fest und wollten uns in diesem Moment nicht mehr loslassen. Es hätte Scheiße-Batzen regnen können, es wäre uns in diesem Moment egal gewesen. Eng aneinander gekuschelt gingen wir zu unseren Fahrzeugen zurück. Ich hatte noch ein paar Zweifel, ob er heute bei mir erscheinen würde, war aber aufgrund der guten Stimmung und seines bestätigenden Blickes mit dickem Lächeln im Gesicht guter Dinge. Er stieg in sein Auto, ich stieg in mein Auto. Wir schauten uns nochmal tief in die Augen und winkten uns dann zu. Ich hob nochmal den Daumen wie Lewis vor seinem Formel 1-Rennstart. Froh gelaunt und glücklich, dass alles bald wieder in Lot kommt, fuhr ich nach Hause. Er hatte wieder seine mindestens 50 Fahrtminuten vor sich, ich war in 7 ½ Minuten wieder daheim. Meine Eltern waren heute bei meiner Schwester zum Essen. Ich funkte übers Handy bei ihnen durch. Die Pizza ist gerade geliefert worden, ich soll vorbei kommen. Meine Kinder waren auch dort versammelt, da alle wieder einmal die angespannte Atmosphäre lieber im Rudel abwarteten. War auch gut, denn so brauchte ich die gute Nachricht nur einmal zu erzählen. Kaum war ich zur Türe rein und hatte meine nasse Jacke über die Heizung gehängt, konnte ich die Neuigkeit nicht mehr für mich behalten: „Stellt Euch vor, Roland kommt wieder zurück zu mir." Alle schauten mich so an, wie wenn im Tatort der Täter kurz nach Auffinden der Leiche im Untertitel angezeigt worden wäre. „Ja, er hat es mir versprochen", umso öfter ich es sagte, desto glaubwürdiger hätte es sein müssen. Es fühlte sich nur nicht so an. Seit des „Sturzverlassens" war mein Vertrauen an die Menschheit auf minus 10 gesunken. Jeder, der mir etwas versprach oder mitteilte wurde von mir mit Misstrauen bestraft. Das ist wie bei einem kleinen Welpen, der immerzu geschlagen wurde. Wenn die Hand, die sich näherte, auch nur streicheln wollte, zuckt er erst einmal zusammen in der Erwartung, dass es gleich knallte. Ich spülte den miesen Geschmack der Zweifel mit einem geexten Rotwein-Schoppen runter. Eigentlich war der gute Rote von meiner Schwester viel zu schade, um für diese Spülung herzuhalten. Dies spielte für mich aber keine große Rolle. Ich kippte noch ein zweites Glas hinterher. Kooomisch - jedesmal, wenn ich einen gewissen Pegel an Rotwein - einfacher gesagt „Alohol" intus hatte, war alles erträglicher. Mama standen die Tränen in den Augen: „Annette, ich glaub das erst, wenn der Roland wirklich bei Dir vor der Türe steht." Ich wollte ihr schon anbieten, dass sie mir mit den „swei Rodwaingläschen" nachziehen sollte, dann glaubte sie auch daran, erwiderte aber nur: „Mama, Du wirst schon sehen. Er erzählte mir, dass er nun auch an der neuen Beziehung zweifelte." Ich schob mir schnell ein Pizzastück in den Mund und musste mich von dieser Veranstaltung „sturzverabschieden", mir fiel nämlich siedend heiß eine meiner 4-Uhr-19-Morgenaktionen ein. Das war so eine Sache mit dieser Uhrzeit. Seit Wochen war ich jede Nacht um dieselbe Uhrzeit glockenwach: 4:19 Uhr. Ich spielte schon die Lottozahlen mit der „4" und der „19" neben den restlichen vier weiteren Zahlen, so häufig begegnete mir diese Uhrzeit. Bisher leider ohne Erfolg, aber ich muss nur lang genug dran bleiben, dann gewinn ich schon einmal die Sechs Richtigen.

Ich verabschiedete mich schnell von dem Rudel und wankte nach Hause. Es war 20.30 Uhr, wenn ich es hochrechnete dann ist Roland um circa 21:00 Uhr daheim bei mir. Also jetzt schnell. Ich musste nämlich den ganzen Klamotten-Scheiß, den ich von Roland aus seinem Kleiderschrank in blaue Säcke geräumt habe, wieder zurückverfrachten. Shit, dass wird nicht einfach. Mir fielen dann die vielen kleinen Schubfächer ein, die ich in meiner Nacht-und-Nebel-Aktion ausgeräumt habe, wieder ein. Teilweise hatte ich mich mit meinem Krimskram in diese Schubfächer ausgebreitet. Ich bewegte mich sehr schnell, so wie wenn jemand den Recorder auf Rückspulen drückte und verstaute alles wieder an seinen Platz. Aufgrund des Alkohols im Blut, stimmten vielleicht manche Fächer nicht mehr mit dem Urzustand überein. Da würde Roland wohl den „Zooonk" in der erwarteten Schatztruhe von seiner Kommode finden. Keine Ahnung mehr, wo ich sein Zeugs vor nur wenigen Tagen raus geräumt habe! Hauptsache, es sieht annähernd wieder so aus, wie der Zustand, als er den Haushalt verlassen hatte. Ich kam mir vor wie jemand, der alles so hin drapierte, damit das Theaterstück mit den notwendigen Requisiten versehen wird. Ich hoffte auf Rolands schlechtes Gedächtnis und legte mich „entspannt" aufs Sofa. Kurz vor 21:00 Uhr versuchte ich ihn auf seinem Handy zu erreichen. Er ging nicht ran. Ich sendete ihm zwei App-Nachrichten mit der Frage, wann er denn ankommen würde. Er schrieb daraufhin: „Ich brauche noch 15 Minuten, dann fahr ich los." Ich jubelte innerlich. Super, er kommt! Jetzt konnte ich den Abend wirklich gelassen auf mich zukommen lassen. 21:30 Uhr: ich wählte wieder seine Handynummer. Roland meldete sich: „Ja?" „Bist Du schon losgefahren?", fragte ich und wäre froh gewesen, wenn ich Dominik Ortungstalent jetzt bei mir gehabt hätte. Sprechpause, am anderen Ende war es mucks-mäuschenstill! „Ich schaff es nicht!", schluchzte Roland ins Telefon. Mein markerschütternder Schrei zerfetzte die Dunkelheit in meiner Diele, da bin ich nämlich die ganze Zeit auf und ab gewandert, bis Rolands Ballon platzte. „Du Schweeeeiiin, Du feige Sau…" der Dezibelmesser würde wie beim Düsenjet ausschlagen: „versprichst mir etwas, was Du nicht halten kannst. Ich habe es schon den Kindern, meinen Eltern und meiner Schwester gesagt, dass Du wieder zu mir zurückkommst. Und Du lässt mich im Stiiiich." Ich schluchzte so laut, dass ich fast nicht hörte, dass Roland etwas sagte: „Warum hast Du es den Kindern und deinen Eltern schon gesagt. Hättest Du nicht einfach warten können?" „Auf was denn. Ich dachte, ich könnte Dir glauben." Und nochmal „Du Schweeeeiiiin…" Ich schaltete das Handy ab und tappte ins Wohnzimmer. Wie ferngesteuert marschierte ich zum Schrank, wo wir die alkoholischen Getränke wie Whiskey verstaut hatten. Ich nahm die erste Flasche heraus und schüttete mir ein Wasserglas bis zum Rand voll. Mit schnellen Zügen leerte ich das Glas.

Brennen verspürte ich überhaupt nicht. Wollige Wärme, das war es, was ich in diesem Moment spürte. Ein sich im Magen vergrößernder warmer Hefekloß mit leichtem Bitzeln machte sich bemerkbar. Auch dieses Gefühl war nicht unangenehm. Es war fast erlösend und vertrieb das gerade Erlebte aus dem Kopf. Ich schenkte mir nochmal ein – ja, bis zum Rand - und machte mich auf den Weg ins Schlafzimmer. Schon auf dem Weg dahin entblätterte ich ein Kleidungsstück nach dem anderen. Ich säte eine Kleiderspur. Der auf alt getrimmte Telefonapparat bei uns oben in der Diele schepperte und mein Sohn rief von meiner Schwester aus an: „Und, kommt der Vadder?" „Hmpf, pffff – neeiin, er schafft es nicht, er macht mich komplett kaputt." Ich konnte nur noch schluchzen. Mehr musste und wollte ich nicht sagen. Ich hätte auch keine weiteren Worte aufgrund meines Alkoholpegels mehr gefunden. Nackt stand ich mit triefenden Augen am Apparat. Meine Hand war zu schwach, um den schweren Hörer weiter zu halten und ich ließ ihn auf die Gabel sinken. Ich tappte zu meinem Schub, in dem die Badeanzüge lagen, schnappte mir den erst Besten und stieg umständlich in dieses – meiner Meinung nach – stark dagegen wehrenden Badeteil ein. Ich blieb am Beinloch hängen und stolperte nach vorne. Betrunken wie ich war, hatte ich mich dafür sehr schnell wieder gefangen und torkelte nun, da der Alkohol durch die Adern zu Hauf in mein Hirn gepumpt wurde – sehr besoffen in Richtung Treppe. Ich wischte mein Whiskeyglas noch von der Kommode, wo das Telefon draufstand und schwankte so die Treppe hinunter. Der Weg führte mich durch die Diele zur Küche, hier öffnete ich die Terrassentüre und schritt hinaus in die eiskalte dunkle Nacht. Den Weg zum Whirlpool habe ich ganz gut gemeistert! Wie ich die Abdeckung alleine unter diesen Umständen herunter heben konnte, das frage ich mich bis heute noch. Eine Geisterhand muss mir zu Hilfe gekommen sein, aber ja, ich schaffte es und so zeigte sich dampfend der Schlund des dunklen Beckens. Ich stieg mit dem Whiskeyglas über die Pool-Treppe hinein und freute mich über die angenehme Temperatur des Wassers. Laut sagte ich zu mir: „Ma-ann, das hätte ich schon viel früher machen sollen." Lauter: „Auch ohne den Scheißtypen!" Ich lachte, wie eine alte Hexe und kippte mir das zweite Glas Whiskey hinter die Binde. So benommen wie ich war, tauchte ich unter und versuchte mich unter Wasser zu halten. Da es gar nicht so leicht ist, sich selbst zu ertränken, schnellte ich natürlich immer wieder hoch und schnappte nach Luft. Wahrscheinlich würde dies in nüchternem Zustand besser funktionieren. Nach dem achten oder neunten Versuch ging mein Herz so schnell, dass ich mich erst einmal auf der Liegefläche ausruhen musste. Als traurigste Figur des heutigen Abends wurde ich so von meinen Kindern aufgefun-den. Marcel schreite verängstigt meinen Namen: „An-nette, Annette, was machst Du denn?" Er zog mich am Arm weiter aus dem Wasser, weil er befürchtete, ich wäre schon eine Wasserleiche. Fürchterlich, wenn ich mich aus heutiger Sicht daran erinnere. Wie jämmer-lich! Marcel schrie so laut, dass Julia ihn bat, etwas ruhiger zu werden. Dieses in-die-Schran-kenweisen, bewirkte, dass Marcel gegen die Poolverkleidung trat. Ein dumpfes Knacken, als Zeichen des Zerbrechens, war zu vernehmen, aber es hat in diesem Moment keinen interessiert. War ja mein Herz viel schlimmer gebrochen worden! Der Pool mit samt seiner Verklei-dung war jedem herzlich wurscht. Ich stellte mich auf und wollte den Kindern so beweisen, dass alles in Ordnung mit mir war. Luise hielt sich erschrocken die Hände vors Gesicht, Dominik schaute so verdutzt, dass ich zur Absicherung tatsächlich einen Badeanzug zu tragen, an mir herunterschaute. Also, das konnte es nicht sein, ich war bekleidet! Als ich mir vorstellte, diese Aktion im nackten Zustand absolviert zu haben, musste ich laut lachen. Die meisten kennen diesen durch geknallten Zustand! Da die Kinder von mir einen Bericht erwarteten, legte ich los, meine Kanzel war der Pool: „Ich verfluche Euren Vater. Dieses Weichei schafft es nicht, von dieser kleinen Schlange loszukommen. Versprichт mir heute das Blaue vom Himmel – das feige Schwein." Zur Untermalung meiner Wörter, feuerte ich mein leeres Whiskeyglas über die Hecke in hohem Bogen auf Nachbars Grundstück, wo es noch heute ruht. Nastrovje!! Es ist mir in diesem Moment egal gewesen, wenn ich durch mein Gebrüll die gesamte Nachbarschaft aufgeweckt hätte. Keine Ahnung, ob es jemand mitbekommen hat – es liegt aber nahe. Julia machte sich Sorgen, dass ich mich erkälten könnte: „Mama, komm, steig jetzt aus den Pool." Und wedelte wie beim Stierkampf mit einem Badehandtuch. Wo hatte die Maus nur so schnell ein Tuch herbekommen? Ich staunte häufig über die Aktionen meiner Kinder – überhaupt in den letzten Wochen und der damit verbundenen Ausnahmesituation. Stolz, dass Julia so fürsorglich war, stieg ich brav aus dem Pool und ließ mich von Julia ins wärmende Tuch einwickeln. Kümmerlicher Zustand, aber daran habe ich in diesem Augenblick gar nicht gedacht. Ich fühlte mich von meinen Kindern so umsorgt, dass ich mir wie ein hilfloses Kind vorkam, welches man jetzt gleich ins Bett brachte und alles war dann wieder gut. Da ich den Kindern als Brocken zu groß war, ließ ich mich von den Kindern ins Haus schieben - rechts Marcel und links Julia, gefolgt von Luise und Dominik. Wiedermal eine skurrile Situation: Der kleine Trauerzug in Richtung Licht. Wow, es war ganz schön viel Licht im Haus. Jede Lampe brannte. Ich sagte: „Ist schon wieder Lichtmess` oder warum brennen alle Lichter bei uns im Haus." „Wir haben Dich in der ganzen Burg gesucht, Du Dummie. Gott-sei-Dank bist Du in dem Zustand daheim geblieben. Gar nicht auszudenken, was passieren hätte können." Ich würde meinen Kindern nicht erzählen, dass ich versucht habe für immer „abzutauchen". Keinesfalls! Wer will denn schon zugeben, so schwach zu sein, dass man wegen so einem Arsch sein Leben aufgeben würde! Naa. Keine Chance. Ich fühlte mich durch das Beturteln der Kinder geborgen. Sie führten mich die Treppe hinauf und schoben mich behutsam ins Elternbad. Ich stand mit hängenden Armen vor dem Spiegel. Au weia, wer war die spuky Amazone dort im Spiegel? Wirre nasse Haare, verschmierter Kajal und ein ziemlich stark angetrunkener Blick. „Tzz, schämst Du Dich nicht?" fragte ich das Spiegelbild. Der einzige, der Antwort gab, war mein Sohn: „Du brauchst Dich nicht zu schämen. Kein Wunder, was Du heute erleben musstest. Ich will, dass Du wegen dieses Arschlochs nie mehr so fertig bist. Das hast Du nicht verdient. Du nicht! Wenn, dann soll er in der Gosse landen!" Er sagte es so deutlich, dass ich ihn kurz drückte. Dankbar, dass er mich aufbaute und stolz, dass ich so einen vernünftigen und verständnisvollen Sohn habe. Julia war die fürsorgliche „Ersatzmama". Sie holte meinen Schlafanzug und trug mir auf, dass ich aus dem nassen Badeanzug schlüpfen sollte. „Und dann gehst Du ins Bett und wärmst Dich auf. Ich mach Dir Tee." „Nein, mach mir lieber einen starken Kaffee, ich bin total voll." Ich schwankte, als ich den Schlafanzug vom Hocker nahm. „Bin ich fertig mit der Welt!" „Wird schon wieder", baute Julia mich auf und Marcel unterstrich es mit einem Schulterklopfer. Luise und Dominik warteten außerhalb der Diskretionszone – sprich vor meiner Schlafzimmertüre – und flüsterten. Die wunderten sich bestimmt auch über ihre Schwiegermutter in spe. Ich sagte laut nach draußen: „Woanders muss man für so etwas Eintritt zahlen – hier bei den Alts gibt es das umsonst." Mein Lacher war zu übertrieben, wahrscheinlich aus Peinlichkeit! „Lasst ihr mich kurz allein, ich möchte mich schnell umziehen." Ich brauchte zum Umziehen gefühlte fünf Stunden, aber zumindest schaffte ich es alleine. „Erstaunlich gut im Training, Annette!" sprach ich zu mir selbst, als ich das Badezimmer verließ. Ich hörte die Kinder mit jemandem an unserem antiken Telefon sprechen: „Wenn Du jetzt nicht wie versprochen kommst, dann bist Du für uns auf immer und ewig gestorben!" Hopsala, waren die Kinder heute aber überehrlich. Brabbelnd bewegte ich mich in Richtung Bett und ließ mich hineinfallen. Ich bleib so liegen, meine Knochen waren zu schwer, als hier noch einmal etwas korrigieren zu können. Marcel kam rein, er zog die Bettdecke unter mir hervor und deckte mich zu. „Julia ist gleich da mit dem Kaffee und Papa ist jetzt losgefahren. Er kommt. Dominik hat ihn auf der Ortung. Er braucht ungefähr 50 Minuten." Ich wollte schon erwidern: „Ich weiß, wie weit entfernt Bayreuth liegt!" Sparte mir diesen Satz aber, es langte, wenn ich dies nur für mich dachte. In meinem Kopf herrschte eine Leere. Das Gefühl „hohl-wie-eine-Nuss" machte sich in mir breit. Es fühlte sich in meinem Schädel wie Gummi an! Ich sabberte ins Kopfkissen. Wah, war mein Zustand widerlich. Julia kam mit einer Tasse Kaffee ins Schlafzimmer. Ich konnte ihn schon aus ein paar Metern Entfernung riechen oder war es der Geruch, der schon seit Minuten zu mir hoch waberte. Ich setzte mich im Bett auf und freute mich auf den ersten Schluck der braunen Brühe: „Scheiße, ist der heiß." „Kalt kochen geht nicht", meinte Julia. Ich schaute sie über den Rand meiner Tasse an und grinste. Beide wussten wir, dass ich mich jetzt freute, da dieser

Spruch auf meinem Mist gewachsen ist und ich ihn von meiner Mutter übernommen habe. Das sind die Momente, wo Du weißt, Du hast als Mutter alles richtig gemacht. Das Gut, welches Du den Kindern vorlebst, wird übernommen. Ich musste mich zu meiner Entgleisung rechtfertigen, wenn nicht sogar bei ihnen entschuldigen. „Das ist das Dümmste, was ich je gemacht habe. Entschuldigt bitte mein ausfälliges Verhalten. Ist nicht gut, wenn man seine Mama in diesem Zustand sieht. Tut mir wirklich leid." „Was soll`s, ist ja nicht Deine Schuld. Auslöser ist wieder mal der kleine Gnom, der uns seit Monaten das Leben zur Hölle macht", fauchte Marcel. Ich musste grinsen, obwohl es eigentlich zum Heulen gewesen wäre. Dominik unterbrach unser Gespräch, da er uns mit den Neuigkeiten von der Ortung in Kenntnis setzte: „20 Minuten bis zum Eintreffen." Es hörte sich an, als wenn wir hier in der Basis eines Security-Offices wären, nach dem Motto „Paket wird in 20 Minuten geliefert, alle Mann auf Position." Ich hätte gerne darüber gelacht, sprang in diesem Moment aber aufgeregt auf. „Wie sehe ich denn aus. So macht er ja gleich wieder eine Kehrtwende!" Ich rannte – besser gesagt – stolperte bis zum Elternbad, schmiss den Fön an und rettete, was zu retten ging! Etwas Schminke, nur nicht zu viel, sonst schaut es aufgesetzt auf. So gestylt sprang ich wieder ins Bett. „Ist doch blöd, wenn ich den Schlafanzug anhabe", bemerkte ich. So sprang ich wieder raus und zog mir eine Jeans und ein passables Shirt an! „Besser?" fragte ich. „Ja, viel besser", meinte Julia, „obwohl das heute nicht wichtig ist." „Es kann aber auch nicht schaden, wenn man seinem Mann gut gestylt entgegen tritt. Das habe ich schon immer so gehalten. Auch wenn wenig Zeit zwischen Arbeit und Haushalt blieb. Euer Vater hat daheim nie eine runter gegammelte Schlora angetroffen, darauf lege ich Wert." Ein Satz zum Mitschreiben! Immer gut ausschauen, auch wenn man hundemüde ist. Ist doch am Schlimmsten, wenn Du als Mann nach stressiger Arbeit heimkommst, von einem Ort, wo es nur aufgetakelte Frauen gab, und hättest jetzt nur eine zerknitterte Frau beim Abendessen gegenüber sitzen. Gilt aber für beide Seiten. Es hat mir umgekehrt nie gefallen, wenn Roland am Wochenende am liebsten in seiner Schlabberhose verbrachte und manchmal sogar fleckige T-Shirts anhatte. Jedes Mal, wenn ich ihn bat, etwas Frisches anzuziehen, ging ich ihm zwar auf die Nerven, ich fand es einfach nur schön, wenn man nicht das Gefühl hat, Du musst Deinen Mann daheim in Klamotten aus der Kleidersammlung begegnen. Er würde in diesem Outfit ja auch nicht zur Arbeit gehen! Alles eine Sache des Respektes gegenüber seinem Partner!

Dominik kam mit den aktuellen Daten: „Noch fünf Minuten bis zum Eintreffen." Es verzögerte sich aber noch um 15 Minuten. Sein Atem sollte verraten, dass er noch angehalten hatte, um in Ruhe eine zu Rauchen! Ich schlug den Kindern vor, dass es einen besseren Eindruck macht, wenn wir alle ins Wohnzimmer gehen. Gesagt, getan. Ich ordnete die Bettdecke, soll ja nicht aussehen, wie bei Hampels unterm Sofa! Roland würde ja – hoffentlich – diese Nacht wieder in unserem Bett verbringen.

Diesmal sperrte er die Haustüre auf! Gutes Zeichen, er ist wieder Herr der Lage! Man hörte seine schnellen Schritte in der Diele und er fand uns auf dem Sofa im Wohnzimmer. „Annette, was machst Du denn für einen Scheiß?" „Ich? Warum ich? Wenn, dann verzapfst Du hier den Scheiß! Wie kann man sich nur so verändern? Ich laufe bald Amok", spuckte ich wütend aus und dachte mir, wenn ich diesen Satz am Flughafen von mir geben würde, dann buchten sie dich gleich ein. Ich bekam nur eine schlampige Antwort von Roland zu hören: „Ich weiß nicht, wo ich zuerst eingreifen soll. Weißt Du, dass Christine vollkommen durchgedreht ist, als ich ihr von meiner Rückkehr zu Dir erzählt habe? Sie rannte auf den Balkon und wollte sich runterstürzen." Julia meinte nur: „Sie hätte sich aus der Höhe nur blaue Flecken geholt. Die Mühe braucht sie sich nicht zu machen." Ich schaute Julia an und fragte: „Woher weißt Du denn, wie es bei ihrer Wohnung ausschaut?" „Dominik und ich sind vor drei Tagen hingefahren. Voll das Wohnghetto, wie Hamsterkäfige. Da rennst Du Dir einen Wolf, wenn Du Deinen Wocheneinkauf erledigt hast. Schaut dort voll scheiße aus!" Ich war baff: „Erzählst es erst heute, das hättest Du doch auch schon früher sagen können." „Reine Neugierde, wollte nur sehen, wo es Papa hin verschlagen hat. Ich hätte Dir nichts Aufregendes berichten können." „Ist doch jetzt nicht wichtig.", meinte Roland. Er lief zu uns rüber und setzte sich zwischen Marcel und mir, zog mich in seinen Arm und sagte: „Was machst Du denn für dämliche Sachen? Von Dir hätte ich nicht erwartet, dass Du so dermaßen durchdrehst." „Ich hatte in diesem Leben noch keine Zeit für so etwas zu üben. Ich kann nur sagen, Dein Verhalten verletzt viele Menschen. Du verletzt mich, Deine Kinder, Deine Schwiegereltern, Deine Schwägerin und deren gesamte Familie und jetzt hätte sich dieses Mädchen fast noch vom Balkon gestürzt. Siehst Du was Deine Aktionen auslösen? Du bist der Auslöser dieser schlimmen Handlungen." Ich schob ihn auf Abstand, ich brauchte jetzt seine blöde Umarmung nicht, zumal die Schnepfe vorhin mit gleicher Geste getröstet wurde. Schon die Vorstellung, dass ich auf die gleiche Stelle heulte, wie die Nebenbuhlerin, ekelte mich an. Ich nahm einen fremden Geruch an Rolands Klamotten wahr. „Deine Kleider riechen voll intensiv." „Das ist das Waschmittel von Christine, sie hat alle meine Sachen durchgewaschen, weil sie den Geruch von hier nicht ertragen konnte." „Warum erzählst du mir das, wie wenn Du mir eine Speisekarte vorliest. Kannst Du Dir vorstellen, dass Du in mir Bilder auslöst, welche mich stark verletzen. Du tickst doch nicht richtig?" Marcel beruhigte mich und legte seinen Arm um meine Schultern. Mit dieser Bestärkung setzte ich einen oben drauf: „Denkst Du, mich interessiert es einen Funken, was die Frau mit Deinen Sachen gemacht hat? Hast Du Dein Zeugs wieder dabei?" „Nein, dazu war keine Zeit. Lass uns morgen in Ruhe darüber reden." Er sah die Kaffeetasse „Habt ihr noch einen?" Julia holte ihrem Vater eine Tasse Kaffee. Ich sah, dass sie Rolands Lieblingstasse ausgewählt hatte „Ohne Dich ist alles pupsegal!" stand neben dem aufgedruckten Schaf. Ich hätte mit Edding daneben schreiben können „und mit Dir ist alles scheißegal." Ich war so aufgewühlt, dass ich in dieser Nacht keinen klaren Gedanken mehr auf die Reihe brachte. Die Kinder verzogen sich einer nach dem anderen. Dominik und Julia hatten ja noch die Heimfahrt vor sich. So saßen Roland und ich zu zweit auf dem Sofa. „Wollen wir fernsehschauen, es läuft die Wiederholung von der Sportschau." Ein Hoch auf die deutsche Familie! Es wird alles durch die Flimmerkiste zur Nebensache. Da meine Augen schon zugingen, war ich ganz froh, dass ich kein anstrengendes Gespräch mehr führen musste. Wir hätten morgen noch Zeit genug. Es war der Pfingstmontag, da mussten wir nicht auf Arbeit, zumindest das passte.

Als ich in der Nacht um 1:15 Uhr auf dem Sofa aufwachte, fand ich mich zugedeckt wieder. Ich schaute benommen auf und sah Roland neben mir. Er lag, wie er schon seit 31 Jahren auf dem Sofa schlief: Eine

Hand unter der Wange, mit angezogenen Beinen. Auf seinen Beinen lag unser schwarzer Kater Tommy. Die Katzen sind ja sehr feinsinnige Lebewesen. Mir fiel ein, wie unsere kleine Katze Emily sich nach Ankunft von Roland unter das Sofa verkroch und knurrte. Er war ihr scheinbar nicht geheuer, strahlte auf sie etwas Angsteinflößendes aus. Sie war es auch, die Wochen vorher immer wieder auf seinen Bettvorleger schiffte. Vielleicht wollte sie mir damals schon bekunden, dass bei Roland etwas nicht mit rechten Dingen zuging. Aber unseren Tommy brachte so schnell nichts zum Grübeln. Er war einfach nur froh, dass er jemanden gefunden hatte, auf dem er es sich gemütlich machen und die Strahlungswärme nutzen konnte. Ich stand leise auf und weckte Roland durch leichtes Handauflegen. Es dauerte ganz schön lange, bis er ansprechbar war. Ich sah das leere Whiskeyglas und fand die Bestätigung, dass er sich auch noch betäubt hatte. Alkohol ist doch keine gute Lösung und nahm mir mein Benehmen vom Vorabend als Anlass zur Besserung. Zum einen macht die Leber das auf Dauer nicht mit und die Kalorien sind auch nicht zu verachten. Ich schloss innerlich einen Pakt mit mir, dass ich die nächsten Tage zu hundert Prozent darauf verzichten würde. Der Geschmack in meinem Mund war auch unerträglich. Leerer Magengeruch vermischt mit Whiskeynote. Bezaubernd! Damit Roland davon nicht noch ohnmächtiger wurde, hielt ich weit genug Abstand und flüsterte leise: „Roland, komm wir gehen hoch. Wach auf, hier ist es unbequem." Er zuckte zusammen: „Was, wie viel Uhr ist es, müssen wir zur Arbeit?" „Nein", beruhigte ich ihn, „Wir haben doch heute frei. Komm, lass uns nach oben gehen, dann können wir uns in Ruhe ausschlafen." Oben angekommen bemerkte Roland, dass er gar keinen Schlafanzug mehr da hatte. Mir fiel ein, dass ich einen alten vorhin noch irgendwo hineingestopft hatte, ich wusste nur nicht mehr wo. Ich meinte zu ihm: „Schau doch mal in die Kommode." Er zog den Schub auf und sagte: „Also hier waren meine Mützen und Schals auch noch nie untergebracht." „Schuldbewusst lenkte ich ab und beschäftigte mich mit dem Umziehen. Ich tat so, als hörte ich seine Frage gar nicht." Er ließ nicht nach: „Hast Du hier umgeräumt?" Ich drehte mich langsam zu ihm um, damit ich noch Zeit herausholte, um nach einer passenden Erklärung zu suchen: „Ich habe Deine Sachen vom Dielenschrank hier reingeräumt, da ich dachte, wenn Du den Rest holen möchtest, dann liegt alles beieinander." Tatsächlich hatte ich im Dielenschrank schon andere „Nicht-Roland-Sachen" verstaut und war vorhin so nachlässig, dass ich alles einfach hier reingestopft hatte. „Können wir ja wieder umräumen, wenn Du eh Deine anderen Sachen geholt hast. Du holst Deine sieben Sachen doch morgen wieder aus der Wohnung? Oder?", fragte ich stockend. „Klar, das bekomme ich morgen schon zeitlich hin", erwiderte er. Ich schaute ihn prüfend im spärlichen Strahl meiner Nachttischlampe an und konnte nichts erkennen, was dagegen sprach. Mal schauen, ob er das wirklich so einfach hinbekommt. Ich rückte zu ihm hinüber und er nahm mich in seinem Arm auf. Das war auch eine Prüfung von mir. Alles stand zu diesem Zeitpunkt auf Wiedervereinigung und einer Versöhnung stand nichts im Wege. Na ja, mein letzter Einschlafgedanke war zwar nicht so rosig, wie ich jetzt oben beschrieben hatte. Ich fühlte mich vollkommen unwohl in seinem Arm. Nichts war mehr auf kuschelig programmiert. Es hat sich eher nach innerem Widerstand angefühlt. Mir tat in der Position auch die Schulter weh und mein Knie kitzelte. Ich ließ die Unannehmlichkeiten aber bei Seite und blieb starr so liegen, denn ich wollte ihn nicht beim vertrauten Einschlafen stören. Kann einem der eigene Mann binnen ein paar Wochen so fremd und unbequem vorkommen? So, wie ich dalag, konnte ich unmöglich einschlafen. Ich tat nur so entspannt, um mich nach der Gewissheit, dass er tief schlief, aus seinem Arm herauszuschälen und mich auf meine Seite zurückzuziehen. Unglaublich, wie tief mein Aufatmen war. Jetzt konnte ich einschlafen, der Tag hat mich bis an meine Grenzen gebracht.

Als ich am Pfingstmontag aufwachte, war mein Mann nicht mehr im Bett. Ich schreckte zusammen und rannte zu seinem Kleiderschrank. Ja klar, war der noch so leer, wie nach dem „Sturzverlassen", er hatte seine Sachen ja noch nicht geholt. Die bekannte Panik machte sich dennoch breit. Ich konnte auf dem Weg nach unten ins Wohnzimmer nicht atmen. Als ich die Türe von der Küche langsam aufmachte, konnte ich dann doch durchschnaufen. Roland stand vor der Kaffeemaschine und wartete darauf, dass der Kaffee durchgelaufen war. „Guten Morgen Roland. Ausgeschlafen?" Er drehte sich um: „Na ja, eher aufgehört. So richtig fit bin ich nicht. Es geht mir schon sehr viel durch den Kopf. Was wir die letzten Tage durchgemacht haben, das glaubt uns ja kein Mensch." „Stimmt, aber lass uns erst in Ruhe einen Kaffee trinken. Das andere hat bis später Zeit." Ich war auch noch zu müde, um mich dem nächsten Akt in diesem Drama zuzuwenden. Wir setzten uns mit unseren Kaffeetassen an den Esstisch. Stumm verweilten wir so minutenlang – es zog sich wie Kaugummi. Ich trippelte mit den Fingernägeln an meine Kaffeetasse als ich merkte, dass ihn das nervte, stellte ich es sofort ein. „Willst Du vielleicht was frühstücken? Ich mach uns Brote?", fragte ich Roland, um die unangenehme Stille zu brechen. „Nein, ich esse doch kein Brot mehr." „Was willst Du denn dann zum Frühstück? Hast du überhaupt Hunger?" Er schaute vom Starren auf die Tischplatte auf: „Ich habe wirklich Hunger. Gestern habe ich nach dem Frühstück nichts mehr gegessen!" „Wieso hast Du Dir denn dann gestern nicht noch etwas gemacht? Du bist doch hier daheim." „Da war es schon zu spät! Das ist nicht gut, so spät zu essen!" Es klang wie eine Zeile aus dem Buch „Moppel ich". „Das stimmt, aber jetzt hast Du Hunger. Dann schau doch, was der Kühlschrank für Dich hergibt." Er stand mit mir auf, lief Schulter-an-Schulter in die Küche. Wir kamen fast nicht durch die Schiebetüre. Was war denn mit ihm los? Es schien, als ob er völlig an Haltung verloren hatte. So zusammengeschweißt, wurde es mir zu eng. Ich hatte meine Kaffeetasse mitgenommen und löste mich aus dieser „Siamesischen-Zwilling-Aktion". Ich stellte mich ganz nah zur Kaffeemaschine und drückte auf das Tassensymbol, gleichauf legte die Maschine mit lautem Mahlen des Kaffees los. Tut das gut. Der Zwang, sich miteinander zu unterhalten wurde dadurch unterbrochen. Wenn es nach mir ginge, würde ich auch noch Stunden so stehen bleiben können. War alles angenehmer, als der Unterhaltungszwang! Ich hörte das Geräusch, wenn ein rohes Ei auf den Boden fällt. Hätte ich sonst mit Tollpatsch-Titeln etc. reagiert, riss ich nur ein paar Blatt Küchenrolle für Roland ab. Ich stand ja gerade neben dieser Rolle. Ich langte die Blätter zu ihm hinüber. Er riss sie mir förmlich aus der Hand – selbst auf sich sauer über diese unnötige Aktion. „Ich hol den Putzeimer aus dem Keller", schlug ich vor. „Das kann ich schon selber machen, ich bin ja schließlich hier daheim", gab er trotzig von sich. „Ja, O.K., dann mach das." Ich wollte mich nicht darüber ärgern und schüttelte es einfach ab. Ich rief ihm beim Runtergehen in den Keller nach: „Soll ich Dir Spiegeleier machen?" Es hallte laut aus dem Keller: „Nein, das mach ich auch selber!" Da wird es ja zukünftig viel einfacher für mich. Er macht ab jetzt alles selbst! Als ich die zwei Scheiben Weißbrot in den Toaster schob, musste ich schmunzeln. In was für einer Show spiele ich denn heute mit? Ich setzte mich mit meinen beiden Toastscheiben und der Tasse Kaffee zurück an den Esstisch. Es dauerte wirklich lange, bis sich Roland sein Frühstück zubereitet hatte. Ich war schon kurz davor, mein artiges auf-ihn-warten abzubrechen, dann kam er doch mit einem tiefen Teller und einer Tasse Kaffee zu mir rüber. Ich schaute auf sein Mahl: Gebackene Bohnen und drei Spiegeleier. „Hej, ein richtiges Cowboy-Frühstück." Ich dachte, mit diesem Satz breche ich das Eis zwischen uns, aber er antwortete nur mit Schulmeister-Stimme: „Eiweiß kannst du viel essen! Man glaubt gar nicht, wie gut der Körper das verbrennt. Bohnen sind auch gut – Hauptsache kein Brot oder Weißmehl!" Strafend schaute er auf meine beiden Toastscheiben, als würde die Anwesenheit dieser unschuldigen Scheiben, schon für Gewichtszunahme sorgen. „Super, ab heute mach ich dann bei Dir mit. Weg mit den gefährlichen Kohlenhydraten!" Ich saß binnen Sekunden vor meinem leeren Teller. Die Toast waren durch das lange Liegen wirklich kein Zungenschnalzer. Ich fragte Roland: „Machen wir dann heute Abend Salat? Wir haben auch Thunfisch in Dosen, das passt doch dann in unseren Diätplan." Er schaute mich schief an: „Du willst wirklich mitmachen?" Ich bestärkte ihn aufs Neue: „Was meinst Du denn, wie ich mich die letzten Wochen ernährt habe – ich habe auch darauf geschaut. Jetzt machen wir es nach Deiner erfolgreichen Methode. Du hast Dein Gewicht ja ganz schön reduziert!" Er freute sich über das Kompliment. In Wirklichkeit fand ich, dass er wie ein Schatten seiner selbst wirkte. Sein Kopf schaute wie ein Totenschädel aus. Dennoch suchte ich darin nach einer Attraktivität. Denn der Plan war ja zusammenhalten, was zusammen gehört. Als wir beide fertig waren, stellte ich die unausweichliche Frage. Ich hatte mich die ganze Zeit schon damit herumgequält. Wenn ich das Thema anschnitt, dann war es damit verbunden, dass er nochmal zu der Schnepfe nach Bayreuth fahren musste! „Holst Du heute Deine Klamotten aus der Wohnung?" Er antwortete schneller und sicherer, als ich erwartet hätte: „Ja, ich denke, so gegen 11.00 Uhr werde ich losfahren." „Schaffst Du das alleine? Ich würde an Deiner Stelle Unterstützung mitnehmen. Soll Dich der Marcel begleiten?" Er schaute mich fragend an, so als wollte ich ihm unterstellen, dass er wieder einbricht - er kannte mich wirklich gut! „Wenn ich das jetzt nicht für unseren Wiederanfang erledige, wie sollen wir es denn dann hinbekommen. Ich muss es alleine schaffen, sonst wäre etwas nicht richtig an meiner Entscheidung. Und dem ist nicht so! Ich bin mir sicher, dass ich bei Dir bleiben möchte." Leider löste dieses Gefühl bei mir nicht die gewünschte Klarheit aus. Wenn ich an die umständliche Nacht und das komische Gefühl neben diesem Mann dachte, dann machte mir die Ankündigung sogar ein unbehagliches Gefühl. Jetzt zweifelte ich wirklich daran, dass ich ihn zurück haben wollte? Nach all den Anstrengungen und Registern, die ich zog? Ich schnaufte tief durch: „Ja, Du hast Recht. Ich bin froh, wenn Du dann wieder da bist und wir uns auf uns konzentrieren können." Ich sah Dominik und Julia durch die Glastür in der Diele zu uns kommen. Sie wollten wohl schauen, ob wir beide noch lebten. Nachdem ich die Türe geöffnet hatte, fragte Julia: „Und, schon fertig? Wir fahren um 10.00 Uhr los." „Ach Mist, ich habe ja ganz vergessen, dass wir heute ins Cafe zum Brunchen wollten. Ich weiß nicht. Seit Ihr mir böse, wenn ich mich ausklinke?" Sie legten ihre Jacken ab und gingen zu Roland ins Wohnzimmer. Julia umarmte Roland und küsste ihn wie gewohnt zur Begrüßung auf die Wange. Jeder wollte durch das normale Verhalten Zeichen setzen, dass ab jetzt alles auf erprobtem Alltag gepolt ist! Aber auch das fühlte sich in echt nicht danach an. Ich beobachtete Dominik bei der Begrüßung. Alles war mit einer zu weiten Distanz verbunden. Sie fühlten sich auch nicht wohl, das merkte ich. Wir konnten es zu diesem Zeitpunkt aber noch nicht unversucht lassen. Wir mussten schauen, dass wir wieder in unser Leben zurückruderten! Langsam, langsam – Stück für Stück." „Papa hat vor, dass er hinfährt und seine Sachen abholt." Informierte ich die Kinder. Roland bestätigte dies und meinte: „Ja, da ich ca. 50 Minuten bis dahin brauchte, fahre ich in ein paar Minuten los. Annette, Du kannst doch mit den Kindern mit, sonst wird es Dir alleine daheim zu langweilig. Ich brauch bestimmt drei Stunden bis ich wieder da bin. Ich muss ja die ganzen Sachen einpacken." „Und einen weiten Weg zum Auto schleppen!", betonte Julia sarkastisch. Ihre blitzenden Augen zeugten davon, dass sie auch ihre Zweifel hatte, dass Roland das alles auf die Reihe bekam. Aber was sollten wir machen? Anbinden konnten wir ihn nicht. Ich konnte auch nicht mit. Da würde ich mich ja zum Affen machen. Er muss es alleine schaffen, schon deshalb, dass ER sich sicher war, dass ER wieder hier bei uns sein wollte. Ich überlegte ein paar Minuten: „Na gut, dann geh ich mit Euch mit. Stimmt schon, daheim würde es mir zu langweilig werden, dann grübel ich bloß wieder. So verkürzt sich die Wartezeit. Wir sehen uns also später." Ich beugte mich zu Roland und gab ihm einen Kuss auf die Wange. „Hab ich einen Grund zum Grübeln? Bist Du Dir sicher, mit dem, was Du jetzt machst?", Roland nickte und meinte: „Ich freue mich auf unsere zweite Chance, das wird schon." Beruhigte er mich. Es war schon fast eine Erleichterung, mit den gewohnten vier im Auto zu fahren. Wir nahmen das neue Auto von Marcel. Marcel und Luise entschieden nach der unbequemen Erding-Fahrt, dass sie fürs neue Familienauto sorgen wollten bzw. mussten. Das fand ich wirklich hinreißend und fürsorglich. Der Autokauf war jetzt 14 Tage her. Ich saß heute das erste Mal länger in dem Fahrzeug und beäugte den Touran genauer. „Den habt ihr wirklich gut gekauft. Ich wünsche euch allzeit gute Fahrt." Vor meinem geistigen Auge sah ich mich schon mit den Kindern und deren Kindern in dem Auto herumfahren. Wo war bei meinem Tagtraum der Roland? Er saß in meiner Denkblase auf alle Fälle nicht mit im Auto! Ich tat den Gedanken ab und schaltete eine Begründung dazu: Er war bestimmt geschäftlich unterwegs. Das Gefühl, dass die Kinder sich dieses Auto leisten konnten, machte mich stolz. Das merkte ich auch Marcel an: „Ja, das ist schon ein super Auto. Luises Lieblingsauto. Deshalb haben wir es dann auch gekauft." „Und, weil Du Dich verantwortlich gefühlt hast, dass wir bei Ausflügen alle Platz haben. Danke Euch, ihr seid immer für mich da, das ist etwas Schönes. Mal schauen, wer alles in diesem Auto sitzen wird. Hoffentlich nur Menschen, die es immer gut mit Euch meinen." Das Auto stand vor kurzem noch als Sinnbild für einen familiären Neuanfang, ohne Roland. „Was hat Papa denn zu dem neuen Auto gesagt?" Marcel schaute Luise an und zögerte mit der Antwort. „Da haben sich Marcel und ich a bissla gewundert. Er kommentierte es so: Ja, dachtet ihr, ich komme nicht mehr zurück? Wir konnten gar keine Antwort auf seine Aussage geben. Sein Auszug war schon etwas Endgültiges und jetzt ist er doch zurück. Wir hoffen, er macht zukünftig keinen Scheiß mehr. Das bisher Erlebte langt uns völlig aus. Wir sind bedient." „Hm, da hast Du Recht! Das langt wirklich aus – mehr, als es für ein Leben gebraucht hätte!", hängte ich an Luises treffender Aussage als Bestätigung an.

Julia meinte nur trocken: „Er hat wohl gedacht, wir rennen ihm alle hinterher. Ich bin wie besoffen, wenn ich über die vergangenen Tage nachdenke. Aber, es ist gut, dass er wieder da ist. Mal schauen, wie er sich die nächste Zeit verhält. Etwas sonderbar ist es schon, wenn man jetzt so tut, als wenn nichts geschehen wäre. Da stehen noch sehr lange Gespräche an. Er braucht nicht zu denken, dass er so sang- und klanglos wieder auf normal schalten kann. Dafür hat er uns zu sehr verletzt." Dominik setzte der düsteren Stimmung einen Punkt dagegen: „Jetzt freuen wir uns auf den Brunch. Wir sollten jetzt abschalten!" Den Rest der Fahrt verbrachten wir stumm, jeder mit seinen eigenen Gedanken beschäftigt.

Wir parkten an einem Parkplatz, von wo aus wir noch ein Stück laufen mussten. Marcel hielt mit Luise Händchen, Julia lief mit Dominik Arm-in-Arm und ich dachte mir nur: Der Mensch wird durch einen zweiten Menschen erst komplett. Das ist es, wonach wir alle streben und verfiel wieder in die Frage, ob ich dachte, dass Roland noch der richtige Mann für diese zu vergebende Stelle bei mir war. Sein „Sturzverlassen" hat nachdem die schmerzliche Phase besser wurde, bei mir tatsächlich den Anlass zum Nachdenken über meinen zukünftigen Lebensplan gegeben. Ich sah viele neue Möglichkeiten. Da er seit vier Jahren wegen seinem Geschäft so oft unterwegs war, unternahm ich zunehmend etwas alleine, feierte alleine bei Freunden und Familie. Genau das machte mich stutzig, denn ich habe mich bei meinen „Strohwitwen"-Streifzügen nie unwohl gefühlt. Eine Kernsituation war eine Weihnachtsausstellung bei uns im Schloss. Sehr intensiv habe ich das Gefühl der Zufriedenheit auch ohne Roland verspürt. Auch nach Stunden flanierte ich, ohne dass ich etwas vermisste, umher. Ich hatte keinen

Stress, dass ich irgendwo zu lange stehen geblieben bin, keiner kritisierte mich, dass ich diese kitschige Weihnachtskugel haben musste. Ich würde es fast als Schwerelosigkeit bezeichnen, die ich beim Herumbummeln verspürte. Heute kam ich aufgrund der gesammelten Erfahrungen zu dem Ergebnis: „Eigentlich komme ich ohne Roland besser aus!"

Wir betraten das Cafe, wo wir unseren Tisch für den Brunch reserviert hatten. Am Nebentisch saß ein Bekannter und rief zu uns herüber: „Hey, hallo, auch futtern?" „Ja, wir lassen es uns nicht schlecht gehen! Man ist ja nur einmal auf der Welt. Wie ihr!" „Und Euern Vadder habt ihr daheim gelassen, hä?" „Ja", rief ich ihnen zu, „der hat Magen-Darm-Grippe." Ich schaute die Kinder an und wir mussten prustend lachen. Ich zuckte dann nur mit den Schultern: „Ja, was soll ich denn sonst sagen, klappt doch und scho is a Ruh. Die kommen bestimmt auch nicht rüber und reden mit uns, schon aus Angst sie könnten sich bei uns was holen." Ich grinste triumphierend. Genau das war es, es könnte so weitergehen. Roland nicht dabei, da Magen-Darm-Grippe. Da mich das Gedankenspiel weiterhin beschäftigte, sprach ich es laut aus: „Kinder, ich bin mir gerade nicht im Klaren, ob ich es überhaupt will." „Was?", witzelte Dominik „Dass der Roland Magen-Darm-Grippe hat? Also, ich fände es gut!" „Neeiin, ich meine, ich bin mir nicht sicher, ob ich es überhaupt will, dass der Roland wieder daheim einzieht. Gerade fühlt es sich falsch an." Dieser Satz sorgte für Stille. Marcel war derjenige, der meine Aussage genauer analysierte: „Du meinst, Dir wäre es lieber, wenn er bei Christine bleiben würde? Na, das ist a Ding. Warum bist Du dann gestern so durchgedreht?" Ich antwortete: „Ja, vielleicht, weil es sich in diesem Moment für mich bestätigte, dass wir für immer und ewig getrennt sind. Auseinander – nix mehr Annette und Roland...." Marcel wollte es noch genauer wissen: „Heute Morgen hast Du Dich gegenüber Papa aber ganz anders verhalten. Du hast das Signal gesendet, dass Du Bedenken hast, dass er nicht wiederkommen könnte. Lass es doch fließen, was machst Du Dir denn die Gedanken. Es passiert, wie es passieren muss. Wenn es nicht klappt, dann war es zumindest dafür gut, dass Du diese Chance genutzt hast. Ich glaube auch noch nicht, dass die Versöhnung klappt. Das Beste ist, wenn Du abwartest" Luise meinte nur: „So, wie er gestern Abend drauf war, haben wir die Wohnungstüre abgeschlossen. Er kam mir irgendwie eigenartig vor. Ich hätte da nicht schlafen können." „Echt, ihr seid ja krass drauf!", bewertete ich diese Aussage. Ich erinnerte mich an mein Gefühl von gestern und es war so, dass ich ähnlich empfand. Ich kam nicht weiter dazu, darüber nachzudenken, denn die Bedienung deckte unseren Tisch. Der Brunch war gut und reichlich. Ich habe wegen meines guten Vorsatzes, weiter auf die Ernährung zu achten, die Low-Carb-Variante gewählt. Scheinbar ist die Ernährungsvariante so hipp, dass sich die Gastronomie reihenweise darauf einstellte. Es war also nicht nur der Roland, dem diese Ernährungsweise wie ein Wunder vorkam. Diese Spezies breitet sich aus. Ich bin ja eigentlich ein Kohlenhydrat-Fan. Ich esse für mein Leben gerne Kartoffeln, Nudeln und Reis. Das war jetzt harter Tobak, darauf zu verzichten. Ein Frühstück ohne Brot ist nicht vorstellbar, aber es gab ja die alles rettenden Eiweißbrötchen. Sogar bei den Discountern wurde das Brötchen-Angebot gezielt für diese Leute aufgestockt. Die Kinder brachten bei der Diskussion über Low-Carb an, dass es low und nicht not heißt. Es verwunderte mich, dass Roland darin so aufging. Vielleicht handelte es sich um ein

Ablenkungsmanöver. Ich hatte weit größere Probleme als das Kilo Kohlenhydrate mehr oder weniger in meinem Leben. Wir fünf machten uns um 13.00 Uhr auf den Weg nach Hause. Ich denke, die Kinder haben den Brunch extra hinausgezogen, so dass wir nicht vor Roland daheim ankamen. Von der Ortungs-App wusste Dominik zu diesem Zeitpunkt, dass Roland - wie versprochen - auf dem Weg zurück war. Aha, Wunder geschehen – manchmal aber manchmal auch nicht!

Wir kamen fast zeitgleich auf der Hofeinfahrt an. „Gutes Timing", stellte ich beim Aussteigen fest. Als ich Roland sah, wie er seinen Kofferraum öffnete und wild hinein geworfene Koffer und Klamotten herausquollen, empfand ich das Zurückkommen genauso absurd und komisch, wie das „Sturzverlassen". Was jetzt aufs Ausräumen wartet, wurde vor kurzem hinein verfrachtet, da er uns verlassen hat. Es muss ein ähnliches Bild dieser Szene gegeben haben, bevor er ohne eine persönliche Erklärung abhaute. Dies verursachte wieder Schmerzen an der Stelle, wo mein Herz sitzt. Standen die Bilder im direkten Zusammenhang. Es war äußerst skurril, was es in mir auslöste. Zumal ich eigentlich fühlte: „Klatsch den Kofferraumdeckel wieder zu und verschwinde." Der gesamte Krempel von Roland ging trotz meines inneren Impulses wieder zurück ins Haus und nach oben. Der mittlere Koffer, den ich trug, war so schwer, dass ich das Gefühl hatte, mein zweites Ich hing daran, um mit aller Kraft zu verhindern, dass ich den Mann, der mir die schlimmsten Schmerzen meines Lebens angetan hatte, wieder in mein Haus ließ. Ich half Roland selbstverständlich beim Einräumen der Kofferinhalte und wunderte mich über jedes Teil, was ich verstaute. Zum einen stieg der penetrante Waschmittel-Geruch in meine Nase, zum andern wusste ich nicht, welche Klamottenteile schon von der Kleinen

115

kontaminiert waren. Ich hatte eine Abneigung gegen jedes Stück, aber es galt die Devise: „Lass es fließen." Zum Durchwaschen von seinem Krempel war ich zu faul! Diverse Teile kannte ich nicht. Binnen ein paar Tagen hatte er sich ganz schön viele Kleidungsstücke gekauft. Beim Herausräumen seiner Unterhosen musste ich daran denken, wie wir diese – 3 ungefähr drei Wochen vor seinem „Sturzverlassen" - bei Karstadt gekauft haben. Dies erfolgte auf meine Bitte – ja, eher Anweisung. Damals habe ich nach dem Zusammenlegen von der sauberen Wäsche bemerkt, dass Roland ziemlich viele verschlissene Unterhosen angesammelt hatte. Teilweise habe ich sie gleich entsorgt, 2-Euro-Stück-große Löcher sind in die guten Tarzan-Buxen reingefallen. Ich wühlte wie eine verrückte bei den „Sales"-Ständern und gab ihm jedes neue Schnäppchen-Set zu seiner Begutachtung. Es waren sportliche Unterhosen mit angeschnittenem Bein. Ich meinte zu ihm, dass dies besser aussehe, als die „Schlübber" aus den 80ern. Beim Mitzählen meinte Roland, als er bei 20 Stück war: „Jetzt reicht es aber schon." Ich sah aber noch ein paar heruntergesetzte Schlüpfer von Esprit. Grün-dunkelblau gestreift. Verrückt, vielleicht hätte ich ihn damals in seinen löchrigen Unterhosen steckenlassen sollen, dann hätte er sich nicht getraut, bei ihr in diesem einwandfreien Outfit aufzukreuzen. Noch heute ist es ein Insider, wenn z. B. meine Schwester erzählt, sie habe so günstige neue Unterhosen für ihren Mann gekauft. Meine Mutter und ich sagen dann immer: „Lass ihm die alten am Arsch, dann bleibt er Dir!" Natürlich nicht ohne unser bekanntes Drei-Gespann-Gelächter. Wir konnten uns bei dem Gedanken, Roland hat sich erst oder ausschließlich durch die Anschaffung der neuen Unterhosen an die Front getraut, nicht beherrschen. War das nicht schon ein Zeichen, dass sein Auszug eigentlich gar nicht so unlustig war? Humor ist, wenn man trotzdem lacht.

Als wir seinen letzten Koffer ausräumten – es waren insgesamt drei an der Zahl – kam eine ganze Ansammlung von Hippster-Shirts zum Vorschein. Pink, auffälliges grün – alle mit großem Print vorne drauf. „Roland, das ist doch überhaupt nicht Dein Geschmack. Und die Schuhe sind doch auch viel zu jugendlich!" Sie waren ebenfalls von dieser Hippster-Marke. Hast Du aus Versehen ihre Klamotten mit eingepackt?" Ich war mir felsenfest sicher und so war ich überrascht, als er erklärte: „Nein, das sind meine Schuhe. Die gefallen mir." Er nahm das hippe Schuhpaar wie rohe Eier in die Hand und platzierte sie in unserem Schuhregal. Sie bekamen einem extra geräumigen Platz. Er schaute sie nochmal an: „Doch ich finde die schön. Ich bin doch noch kein alter Opa. Die stehen mir." Ach, aus der Ecke wehte der Wind. Ich wusste, dass die Schnepfe diese Schuhe für ihn rausgesucht hatte, der Stil passt in den Jahrgang, vergleichbar mit Marcel und Dominik Geschmack. Aber, um der Sache nicht mehr Aufmerksamkeit zu schenken, als diese komischen Schuhe es verdienten, reagierte ich ohne Kommentar auf seine Bemerkung und drehte mich um. Ich glaube, das hat ihm ein bisschen gestunken, mir war es aber egal. Ich merkte, dass ich mich für ihn nicht zu sehr verbiegen lassen wollte. Es kamen ansonsten keine komischen Errungenschaften mehr zum Vorschein. Seinen Ordnungssinn hatte Roland auf jeden Fall nicht verloren! Er gab erst Ruhe, bis alle Sachen wieder an ihrem Platz verstaut waren. Als er zuletzt noch die Koffer hinter unsere Kommode räumte, sagte er: „So genug hin- und hergezogen. Das langt jetzt für die nächsten Jahre." Ich schaute ihn verdutzt an. „Nein, das war doch nur ein Scherz, ich verlass Dich doch nimmer. Ich habe auch die Schnauze voll von dem ganzen Gschmarri." Auch hier erwiderte ich nichts – ich ließ es einfach fließen.

Wir wollten den Abend mit den Kindern verbringen. So vereinbarten wir, dass wir in der Stadt etwas essen gehen. Wir trafen uns alle sechs im Stadtlokal. Roland hing mir den ganzen Abend an der Pelle. Er setzte sich zu mir auf die Bank und machte so das Schlusslicht. Tatsächlich hätte er sich auch mir gegenüber setzen können, dann wäre es besser von der Platzverteilung aufgegangen, aber scheinbar wollte er etwas Sicherheitsabstand zu den Kindern wahren. Erst mal die Lage peilen, wie die Kinder so drauf waren. Es wollte einfach kein richtiges Gespräch entstehen. Zwischen den Kindern, Roland und mir herrschte eine riesige Kluft. Keiner wollte den Auszug oder jetzt wieder den Einzug thematisieren. Julia fing von Marcels Bachelor-Feier an. Es war eine Gratwanderung zwischen Informationsaustausch und Vorwurf wegen Rolands Fernbleiben. Also hakte Julia das Thema von sich aus wieder ab und keiner fasste nach. Roland saß mir fast auf dem Schoß, so als ob ich sein Schutzschild wäre. Sein Unbehagen übertrug sich auf mich. Roland bestellt sich einen Salat: „Bitte das Dressing separat bringen." Na, man kann es auch mit dem Kalorienzählen übertreiben. Ich schloss mich aber seiner Bestellung an: „Für mich dasselbe." Darauf kommentierte Marcel: „Macht ihr jetzt beide eine Salatkur?" „Wir schauen halt a weng drauf." minderte ich unsere Entscheidung für den selten bestellten Salatteller. Sonst stand in diesem Lokal immer Schnitzel mit Bratkartoffeln auf dem Plan. Das war aber auch lecker! In diesem Gedankengang, bereute ich schon fast meine Entscheidung zum Salat, war es auch schon ein Stück her, seitdem der Brunch in meinen Magen wanderte.

Gott sei Dank wurde das Essen ziemlich schnell serviert. Die Kinder hatten durch die Bank das Schnitzel gewählt. Ich schaute gezwungener Maßen freundlich auf meinen Salatteller und sprach ein herzliches: „Guddn Roland." Ich erwartete eine Erwiderung von Roland, der schlang aber die frischen Salatblätter schon hinein. Scheinbar war er so knackig, dass er meinen Tischgruß wegen des Kaugeräusches nicht hörte. Roland träufelte sich bedacht das böse Honig-Senf-Dressing auf seine Salatblätter. „Ja, pass auf, nur nicht zu viel, Du könntest direkt nach Verzehr wegen Herzverfettung umfallen!" Wenn ich Roland beobachtete, dachte ich mir häufig Kommentare dazu. Aussprechen konnte ich sie nicht, sonst hätte er gegen sein Vorhaben zu bleiben, gleich wieder die neu erworbenen flotten Hippster-Meilenstiefel angezogen und wäre von Dannen gezogen. Nach der Devise: „Reden ist Silber, Schweigen ist Gold!" hielt ich mich an meine stille Abmachung mit mir selbst. Auch dieser Abend nahm ein Ende. Wir verabschiedeten uns umständlich von den Kindern. Da sich die Hände überkreuzten, stoppten wir aus Aberglauben und schlugen uns mit mehr Zeitaufwand durch den Arm- und Handdschungel. Ich fuhr mit seinem Audi heim. Wegen meiner Aufregung passierte es mir, dass ich aufgrund der Automatikschaltung zweimal aus Versehen die Bremse betätigte. Wir wurden jedes Mal ganz schön durchgeschüttelt und hatten Glück, dass uns der Hintermann nicht drauf fuhr. Unter normalen Umständen hätte er mich zusammengefaltet. Heute blieben meine Fehltritte unkommentiert. Vielleicht hoffte er, dass sein Fehltritt auch unausgesprochen bleiben würde. Für heute war dies der Fall, ich hatte wieder einen anstrengenden Tag hinter mir. Ich empfand die Wiedervereinigung mittlerweile als sehr aufreibend und Kräftezehrend. Ich hatte das Gefühl, ich müsste die ganze

Zeit moderieren und unsere Stimmung aufhellen. Meine eigentlich vorhandene Missstimmung musste ich zurückschrauben und das Motto hoch halten: „The show must go on." Schlimmer als ein Marathon, ich konnte aufgrund der geringen Kalorienzufuhr des Tages bestimmt wieder ein Kilo weniger auf der Waage verbuchen. Gleich am Dienstag nach Pfingsten musste Roland schon wieder zeitig geschäftlich los. Dies erfuhr ich an diesem Abend sehr kurzfristig, aber wir hatten ja auch erst seit zwei Tagen wieder unseren gemeinsamen Haushalt aufgenommen, da passiert es schon, dass solche Information noch nicht ausgesprochen werden konnten oder untergingen. Ich verkniff mir das „schon wieder musst Du los - gibt es ein Leben neben Deiner Firma" wie in der Vergangenheit, sondern fragte brav nach dem Grund der Reise. Roland sprang sofort darauf an und erzählte: „Wir erweitern unseren Standort und da schauen wir uns ein vergleichbares Lager an. Wir wollen uns vor Ort ein Bild von der Technik machen. ICH habe diesen Vorschlag gemacht und alle waren von MEINER Idee beeindruckt. Auch, als ICH unser Projekt beim Vorstand vorstellte, bekam ICH so viel Beifall. Danach löcherten MICH alle, wie toll ICH das Konzept ausgearbeitet habe. Von MEINER Arbeit sind die Leute voll begeistert." Es fiel mir seit gestern auf, dass wenn Roland von seiner Arbeit erzählte die Betonung immer auf seiner Person lag, verbunden mit der Erkenntnis, was für ein toller Held er in seiner Firma war. Ich sollte nicht die Einzige bleiben, der dies auffiel. Die Gegenwart-Annette dachte sich hier nur ihren Teil. Mal schauen, wie die Zukunfts-Annette noch regieren wird. Am Dienstagmorgen klingelte Rolands Wecker um 04:30 Uhr. Ich schrak zusammen, nutzte das abrupte Aufwachen, dass ich nach kurzem Durchatmen mit aufstand. Ich trottete müde in die Küche und setzte mich auf einen Stuhl. Roland war überrascht: „Warum bleibst Du denn nicht im Bett?" Bei unserem Gespräch in der Gartenwirtschaft ließ er in einem Nebensatz die Äußerung fallen, dass er das Gefühl hatte, ich interessierte mich nicht mehr für seinen Tagesablauf oder besser gesagt Tagesinhalt. So erachtete ich es als meine Pflicht, dass ich seiner Brotzeitschmiererei beiwohnte. Ich sagte dazu nur: „Ich kann sowieso nicht mehr schlafen. Ist doch schön, wenn man früh nicht alleine in den Tag startet." Das beeindruckte Roland – vielleicht dachte er sich etwas anderes - er gab mir aber einen Kuss der Anerkennung. Lang hatte Roland nicht Zeit, er musste zusehen, dass er loskam, damit er pünktlich zum Termin kam. Ich schlurfte hinter ihm zur Haustüre, er drehte sich um und gab mir einen Abschiedskuss. Ich wartete in der Türe, bis er mit dem Auto draußen war und winkte ihm nochmal hinterher. Diese Szene erinnerte mich daran, wie ich am Tag des „Sturzverlassens" hinausfuhr und ihm in aller Ruhe winkte. Seitdem fehlte unsere süße Lilly und ich trug eine beachtliche Zahl an frisch verursachten Lebensnarben mit mir herum. Was würde er machen, wenn ich jetzt auf und davon rannte, alles stehen und liegen lassen. Manchmal ist es ein befreiender Gedanke, sich dies vorzustellen. Aber ehrlich – so etwas war doch eine Ausnahme. Wer bringt denn sowas übers Herz? Ich nicht! Kaputt wie ich war, legte ich mich aber nicht mehr ins Bett, sondern machte mich auch für die Arbeit fertig. Bevor ich loszog, rief ich Roland nochmal an. Vielleicht wollte ich prüfen, ob die Leitung frei war oder ich wollte hören, ob sie vielleicht mit im Auto saß. Er ging aber sofort an sein Telefon und meldete sich mit „Hallo Annette, ist was passiert?" „Nein, was soll denn passiert sein, wollte mich nur nochmal bei Dir melden. Mach mir Gedanken um Dich. Ich bin noch voll müde. Wie hast Du denn geschlafen?", fragte ich interessiert. „Na ja, schon unruhig. Stell Dir vor, Christine hat mir 162 App-Nachrichten heute Nacht gesendet." Jetzt war ich glockenwach: „Wie viele? Spinnt die, die ist doch völlig durchgedreht." Roland meinte dazu nur: „Sie hätte den Text auch in einer Nachricht schreiben können." Mir fiel nichts darauf ein. Der Inhalt hat mich auch nicht interessiert. Ich war wieder in einer Blase gefangen. Roland holte mich aus meiner Schockstarre zurück: „Annette, ich wollte Dich nur informieren, dass ich sie wegen des heutigen Termins gleich anrufen muss. Ich brauche noch Informationen von ihr." Es entstand eine lange Pause, da ich nicht im Stande war, auch jetzt etwas zu erwidern. Na klar, die zwei hatten immer intensiven Kontakt. Er konnte sie nicht zu 100 % verlassen, waren sie ja auf geschäftlicher Ebene eng miteinander verbunden! Sie würden auch in den folgenden Tagen immer aufeinander treffen. Darüber wurde ich mir das erste Mal so richtig bewusst. Das ist ja furchtbar. Ich verspürte in meiner Magengruppe genau das bedrückende Gefühl, wie am Tag des „Sturzverlassens" und konnte nicht durchatmen. Diese Situation ließ mich hyperventilieren und es wurde mir schwindlig. „Wie habe ich das nur verdient? Ich habe überhaupt keine Chance, dass Du bei mir bleibst. Sie wird nicht von Dir ablassen." Roland beruhigte mich: „Dazu gehören immer zwei. Du musst mir bitte vertrauen. Ich kann auf professioneller Ebene mit ihr umgehen und werde Gespräche unter vier Augen mit ihr vermeiden. Wenn ich das sage, dann kannst Du mir glauben!" Glauben? Was sollte und kann ich ihm denn überhaupt noch glauben. Vorhin hätte er mir schon von den übertriebenen Nachrichten erzählen sollen. Am Telefon macht das für mich wenig Sinn. Konnte er mir diese Mitteilungen nicht machen, wenn wir uns persönlich gegenüber standen? Am Telefon geht's, da muss er mir nicht in die Augen schauen. Ich hatte hierauf keinen Einfluss, ich musste ihm vertrauen – ich konnte es nur versuchen. „Durch welche Hölle muss ich denn noch gehen?", fragte ich ihn. Er meinte darauf: „Das kann ich Dir auch nicht sagen!" Ich konnte mich auf Arbeit keine Sekunde konzentrieren. Nächste Woche war am Donnerstag ein Feiertag. Ich musste schauen, dass ich den Freitag dazu frei bekam. Darum bat ich Roland auch per Email. Ich fand es als gute Idee, wenn wir vier Tage intensiv miteinander verbrachten. Als er nachts heimkam, wollte ich wissen, ob er den freien Tag eintragen konnte. Müde erwiderte er nur: „Das muss ich morgen klären, heute war zu viel los." Ich hatte Roland in der Küche einen Snack vorbereitet, den er aber links liegen ließ, da es Nudeln mit Garnelen waren. „Ach ja, Kohlenhydrate, stimmt ja. Gar nicht so einfach Low-Carb", kommentierte ich sein Widersagen des Nudelgerichtes. Darauf meinte er: „Alles eine Sache der Gewohnheit!" Für mich war es weit her mit den gewohnten Dingen. Ich sah Roland oft von der Seite an und fragte mich, wer er war und was dieser Mann hier eigentlich noch wollte. Warum habe ich ihn wieder in mein Leben gelassen. Ich denke, dass wir Frauen so etwas auch unternehmen, weil uns die Familie wichtig ist. Es ist ja auch zu schön, wenn alles super läuft. Sollte es jemals wieder so werden, wie wir es kannten? Niemals, lautete damals immer häufiger meine Antwort. Manches hätten wir uns ersparen können. Die Arbeitswoche verging sehr schnell. Auf Arbeit hatten wir beide wieder viel zu tun. Die Abende verbrachten wir mit oberflächlichen Gesprächen. Roland erzählte wieder, wie toll er auf Arbeit ankam - wie sehr alle zu ihm aufschauten. Godfather Roland! Es gab wohl aber einen im Vorstand, der nicht voll auf seiner Seite war. Roland war sich aber sicher, dass er auch diesen Menschen von seinen Vorzügen überzeugen konnte. Ich stellte wenig Fragen. Er erzählte schon zu viel von sich aus. Ich verzichtete bewusst darauf, dass ich nachfragte, ob er Christine begegnet ist. Ich wollte es gar nicht wissen. Es kam mir so vor wie, wenn ich nicht davon redete, dass diese Person sich Stück für Stück in Luft auflösen müsste. Erst am Wochenende kam es zu einem intensiven Gespräch. Es war auch mal von Nöten, dass man die Sache auf den Punkt brachte. Was sonst tot geschwiegen wurde, konnte nicht einfach verschwinden. Auslöser war vielleicht auch, dass er mir bisher noch nicht bestätigt hat, dass er den Brückentag frei genommen hatte. Ich hielt ihm vor: „Willst Du den Tag überhaupt frei oder vermisst Du dann schon die Schnepfe? Für Euch ist es wohl unvorstellbar, mal einen Tag ohne einander auszukommen. Versetz Dich in meine Lage. Du trägst nicht viel dazu bei, dass Du mir das Gefühl gibst, wirklich von ihr loszukommen. Immer wenn Du morgens aus dem Haus gehst, weiß ich nicht, was Du den Tag über machst. Geht ihr mittags zusammen raus?" Er schaute auf den Fernseher. Wütend nahm ich die Fernbedienung und drückte den Aus-Knopf: „Hör mir doch mal zu. Wir müssen uns aussprechen. Denkst Du durch Schweigen wird es je wieder zwischen uns klappen. Ich mache mir ständig Gedanken, ob Du sie auf Deinem Schreibtisch fickst..." Ich erschrak über mich selbst, Roland erst Recht: „Das ist es also, was Du denkst! Meinst Du ich bin so widerlich. Wenn Du solche Gedanken hast, dann schaffst Du es doch nie mehr, dass Du mir vertraust. Das steht doch immer zwischen uns." Ganz ehrlich, ich fühlte mich in dieser Beziehung mittlerweile wie auf einem Nagelkissen. Keine Sekunde verging, in der ich mir nicht vorstellte, was die zwei auf Arbeit machten. Roland legte weiter los: „Es gab keinen Geschlechtsverkehr zwischen uns. Ich habe Dir schon gesagt, dass ich es nicht konnte. Du warst immer in meinen Gedanken." Ich schaute ihn prüfend an: „Ich habe dafür keine Bestätigung. Sie ist 21 Jahre jünger. Denke, man tut sich als Mann ziemlich schwer, dass man das nicht ausnutzt. Hatte sie gar keine Ambition mit Dir zu schlafen?" Jetzt wurde es spannend: „Du meinst, weil Christine vorher mit einer Frau zusammen war? Darüber habe ich mir auch Gedanken gemacht. Sie hat mir aber erklärt, dass sie bisexuell ist, nicht lesbisch." „Freut mich für Dich Roland. Halleluja sie ist bi. Du warst bisher so ein Normalo, dass ich mir nicht vorstellen kann, dass Du Dich zu so jemanden überhaupt hingezogen fühlst." Von Roland kam dann folgende Erklärung: „Das stimmt. Am Anfang sah ich in ihr nur die strebsame Mitarbeiterin. Durch die vielen Gespräche fanden wir uns sympathisch. Das habe ich Dir doch schon erzählt." Darauf meinte ich: „Ja, aber ich will genau wissen, was da lief. Was trieb Dich dazu an, dass Du gleich bei ihr eingezogen bist?" Roland setzte sich gerade hin: „Die freundlichen Gesten von ihr, auch, dass sie mir mal über die Goschn als Chef gefahren ist, das hat mir imponiert. Irgendwann nach einem längeren Arbeitstag, waren wir nur noch zu zweit in der Firma. An diesem Tag passierte es einfach, dass wir uns geküsst haben." Das machte die Sache nicht besser. Jetzt waren sie immer noch auf Arbeit zusammen. Die Gedanken, welche ich mir machte, waren also berechtigt. Sie würde nicht von ihm ablassen. Mein Therapeut sagte mir zwar, dass, solange der Roland bei mir Zuhause ist, ich die Spielführerin sei, aber in der Zeit auf Arbeit, war ich ja überhaupt nicht anwesend. Das konnte doch nicht klappen. Es machte mich schier wahnsinnig. Die Vorstellung, dass ich meinen Mann immer wieder in den Fängen der jungen Frau sah, würde ich nicht ein ganzes Leben ertragen. „Dann muss sie sich eine andere Arbeit suchen", warf ich ihm entgegen, „es geht nicht, dass ich mich tagtäglich fragen muss, ob sie Dich mehr oder weniger anzieht. Nein, das mach ich nicht mit! Haben es Eure Kollegen schon erfahren? Das wäre ja gut. Vielleicht sind wir auch schon in Deiner Firma das Gespött." Sein Ansehen auf Arbeit war ihm sehr wichtig. Er setzte durch diese Affäre auch seinen guten Ruf aufs Spiel. Wenn ER seinen Job riskierte, nur wegen dieser kleinen Bitch, dann waren wir im Eimer. Unser Haus war zwar abbezahlt, aber der Lebensstand, den wir hatten, war nicht einfach. „Als Du im April verschwunden warst, habe ich Deinen Chef angerufen. Weiß er von der Geschichte mit Dir und Deiner Mitarbeiterin?" „Du hast mit Tim gesprochen? Das hat er mir nie erzählt. Was hat er denn gesagt?" „Ich fragte ihn, ob er wüsste, wo Du bist, da wir Dich ja nicht erreichen konnten. Ich klärte ihn über Dein „Sturzverlassen" auf und er meinte nur, dass er Dich ganz neutral anrufen werde. Er informierte mich nur darüber, dass es Dir gut gehen würde. Er hat keine Anzeichen, dass Du psychisch nicht in Ordnung wärst und meinte zu mir: „Ihr werden bald wieder alles zusammen machen." Roland überlegte und wollte sich an dieses Gespräch erinnern: „Das war das Gespräch, wo ich mich noch wunderte, dass er von sich aus bei mir anrief. Das Telefonat hatte deshalb keinen geschäftlichen Hintergrund. Er erzählte mir, dass seine Freundin unter Depressionen litt, weil sie jetzt in einer anderen Firma arbeitet. Marie machte es Tim jetzt zum Vorwurf, dass er daran schuld sei, dass sie ihren guten Job aufgeben musste." Es war damals ein riesen Thema bei Rolands Firma, dass sein Chef mit der Sekretärin zusammen war. So, nun hatten die beiden eine weitere Gemeinsamkeit. Bei Tim ging es so aus, dass er sich von seiner Frau trennte. Das Unternehmen legte ihm aber ans Herz, dass seine Freundin sich eine neue Stelle suchen müsste. Durch die Tatsache, dass Tim Marie immer auf Geschäftsreisen mitnahm und sie dadurch den Fokus auf ihre Beziehung legten, ließ das Unternehmen keine andere Wahl zu. Ich fragte mich gerade, ob Tim der richtige war, den ich damals angerufen habe. Besser wäre es gewesen, den Boss anzurufen, bei dem Roland nicht so in der Gunst stand. Was soll`s, ändert ja heute nichts mehr – schon vorbei. „Du siehst ja bei Tim, dass sogar das Unternehmen wollte, dass Marie es verlässt. Hast Du Christine in ihrem beruflichen Werdegang bevorzugt?" Roland antwortete ohne Pause: „Das war nie ein Thema für mich. Sie hätte das alles auch ohne mich erreicht." „Freilich!", dachte ich mir nur und es fiel mir nicht auf, dass er es mit einem gewissen Stolz auf das tolle Mädchen aussprach. Um etwas für unsere gemeinsame Zukunft zu unternehmen, machte ich den Vorschlag, sobald er wusste, dass er den Brückentag wegen seines Terminplanes nehmen konnte, ob es schön wäre, wenn wir wegfahren würden. So eine kleine Auszeit mit Tapetenwechsel würde uns gut tun. Nur wir beide, dann kann man sich wieder aneinander gewöhnen. Es war nach der kurzen Trennungszeit tatsächlich ein bisschen so, als hätte man einen anderen Mann zurückbekommen. Wegen des Ausfluges fragte er: „Meinst Du mit dem Auto? Oder wollen wir wohin fliegen? Kreta soll sehr schön sein?", er schaute mich von der Seite an und schmunzelte: „Noch zu früh für Scherze?" Da ich es wirklich zu früh empfand, über das Reiseziel von Roland und Christine zu sprechen, antwortete ich: „Ich werde jeden Tag daran erinnert, wenn ich Deine Urlaubsbräune sehe, also kann mich der Satz nicht aus der Ruhe bringen. Ich kann aber auch nicht darüber lachen." Gleich einen Urlaub miteinander zu verbringen, dass fand ich schon dreist. Ich fragte mich, ob Roland dort auch den Klo-Gang auf eine halbe Stunde ausdehnte. War immer schön, wenn wir im Urlaub waren, ich habe das Zimmer dann lieber verlassen und mich zu den Kindern gesellt. Diese Zelebration des Auswurfes seines Darminhaltes musste ich nicht miterleben. Er hätte am liebsten immer noch ein Erinnerungsfoto für die Diashow geschossen. Klick, „da haben wir uns ein Boot gemietet, ich war der Kapitän", klick, „in dieser Bucht sind wir nach Muscheln getaucht", klick „das ist die Ausbeute – schöne Muscheln", klick, „unser Abendessen, Pljeskavica , leeecker", klick „ah und hier nochmal das Pljeskavica!"

Am anderen Tag begab ich mich in ein Reisebüro, um abzuchecken, ob ich noch etwas für nächste Woche für uns finden würde. Eine sehr nette Reisekauffrau nahm sich meiner an. Ich muss dazu sagen, meistens kümmerte sich Roland um die Buchung unserer Urlaube. Die letzten Jahre verlief das aber einfach, denn außer derselben Insel in Kroatien, stand es nicht viel um Abwechslung. Dies erfolgte aber auch wegen unseres Familienhundes. Wir wollten Lilly immer dabei haben und da ist es in Kroatien sehr unkompliziert. Trotz Hundeverbot-Schilder am Strand, nahm es hier keiner zum Anlass einen mit Hund zu ermahnen. Anders auf Rügen: Kaum hast Du einen Fuß bzw. eine Pfote auf die hundefreie Strandzone getan, wurdest du über die Wachtürme ausgerufen: „BITTE BEGEBEN SIE SICH MIT IHREM HUND IN DEN BESCHILDERTEN HUNDEBEREICH." Das taten wir uns nur einmal an!

Also Kroatien wäre nichts Neues gewesen. So schlug mir die nette Dame vor: „Kreta, das ist heuer sehr gefragt." Da ich auch freundlich und stets mitteilungsbedürftig bin, erwiderte ich: „Das fällt weg, da kam mein Mann gerade mit seiner 21 Jahre jüngeren Affäre zurück. Es muss etwas anderes sein." Sie ließ sich nichts anmerken und machte im Programm weiter: „Tilos und Paxos sind auch Renner – wahre Geheimtipps." Ich schlug vor, etwas außerhalb des griechischen Angebotes zu suchen: "Wie schaut es mit dem Gardasee aus?". Meine nette Beraterin zeigte mir ein paar Angebote war es mir aber nicht wert, dass wir pro Nase 640 Euro in die Hand nahmen – zu teuer für vier Tage! Ich nahm zwei Kataloge mit nach Hause und rief Julia an: „Du, könnt ihr heute Abend bei uns vorbei kommen? Ihr habt doch Erfahrungen mit Hotelbuchungen aus dem Internet?" „Wer will denn weg?" fragte Julia erstaunt. „Euer Papa und ich dachten, es wäre ganz gut, wenn wir uns etwas ablenken." Julia erwiderte: „Hat er wohl ein schlechtes Gewissen, weil er schon 10 Tage Urlaub auf Kreta hinter sich hat?" „Weiß ich nicht, aber es wäre für uns bestimmt gut." „Mama, denk daran, da kannst Du Dich nicht zurückziehen. Ich finde, so wie er gerade mit Dir umgeht, da musst Du Dir die Intensivkur nicht antun." Ich überlegte, was meine Tochter meinte, kam aber nicht darauf, was mich zur Frage veranlasste: „Warum, was meinst Du?" „Er missbraucht Dich als Schutzschild uns gegenüber, blafft Dich aber dafür ganz schön an, wenn Du mit ihm sprichst oder ihm etwas nicht passt." Dies war mir noch nicht aufgefallen. „Ich kann jetzt nicht verstehen, was Du meinst." Julia gab mir den Tipp: „Achte mal zukünftig darauf." Es hätte auch der erste Satz von Julia genügt, damit sich meine Sensoren auf Empfang stellten. Wer so etwas behauptet, muss vom Gegenteil überzeugt werden.

Als ich daheim ankam, war Roland auch schon auf dem Weg nach Hause. Wir schrieben uns über Nachrichten-App.
Sehr häufig erinnerte ich ihn über diesen Nachrichtendienst, dass ich an ihn dachte und unterstrich dies mit

dem „Herz-Bussi-Emoji". Ich breitete die zwei Kataloge auf dem Esstisch aus und machte bei den interessanten Angeboten einen kleinen Zettel als Merker hinein. Da wir nur zu zweit heute Abend essen sollten, machte ich einen Salat. Ich hörte den Schlüssel in der Türe und kurz darauf, das typische laute Abstellen von Rolands Pilotenkoffer in der Diele. Ja, das waren die Geräusche, welche ich vermisst habe. Hört sich so an, als ob alles sich wieder zum Guten wendet. Er betrat die Küche und meinte: „Zieh dich doch erst einmal um. Du warst doch auch den ganzen Tag auf Arbeit. Wir verhungern doch nicht, wenn wir beide erst einmal durchschnaufen." Das war zwar nicht unser normaler Ablauf, aber es hörte sich gut an. Ich legte das Messer zur Seite und schob das Schneidebrett nach hinten. „Hast recht, willst Du einen Kaffee?" Ich schaute auf die Uhr und registrierte die Uhrzeit. „Jetzt doch nimmer, da kann ich doch nicht schlafen." „Als ob das etwas ausmacht, ich mach mir einen, ich kann trotzdem schlafen." Es gefiel mir in den amerikanischen Spielfilmen immer, wenn nach dem Abendessen noch ein Kaffee getrunken wurde. Das erinnerte mich vielleicht an die Geburtstagsfeiern von meiner Oma. Aus zeitlichen Gründen und da die arbeitende Masse erst am Abend zur Feier kam, gab es Abendessen und danach Kaffee und Kuchen. Das hatte was – Roland zog bei meiner späten Tasse Kaffee nicht mit, also genoss ich sie alleine. Ich ging hoch und zog mir etwas Bequemes an. Kurz darauf landete auch er im Bad und schälte sich aus seinen Arbeitsklamotten. „Ich dusch schnell", meinte Roland. Als er nackig in die Dusche stieg und sich umdrehte, um die Türe zuzuziehen, sah ich, dass bei Roland völliger Kahlschlag herrschte. Nicht auf dem Kopf, das war ja schon bekannt. Sein gutes Stück schaute mir nackig entgegen. Er schaute so aus, als müsste er frieren. „Hää? Du bist rasiert?", meinte ich mit hochgezogener Lippe. Eine kurze Erklärung folgte von Roland: „Ja, das ist viel hygienischer. Das hat jeder so." Er schob die Duschtüre ein Stück auf und schaute raus: „Gefällt es Dir nicht." Ich wunderte mich über diesen sonst so biederen Menschen und wusste spätestens jetzt, dass er mit dem Mädchen gepoppt hat: „Ja, ne, ich weiß nicht. Mich haben die Haare nie gestört." Ich fühlte mich in dieser Situation unwohl. Ich wollte kein Voting für die Entscheidung: „Möchten Sie es mit oder ohne Haare." Ich verließ ein bisschen verstört unser Bad. Schüttelte den Gedanken ab und widmete mich meiner Tasse Kaffee. Ich umklammerte die warme Tasse wie eine Theologie-Studentin und kauerte mich mit angezogenen Knien aufs Sofa. So starrte ich, ohne dass meine Augen ein Ziel wahrnahmen vor mich hin. Ich hatte immer noch den nackten Pimmel von Roland vor meinem geistigen Auge und musste an meine kleine Nichte Lina denken, die einmal das Lied zum Besten gab: „Soll ich mir den Sack rasieren oder besser nicht!" Googelt danach, Ihr werdet das Lied bei „You Tube" finden! Ich schmunzelte, aber nur, weil ich an Linas Hingabe beim Singen dachte und ihre Mutter ganz entsetzt fragte, woher sie das Lied kannte. Tja, alles natürlich und erklärlich. Mein letzter Gedanke an dieses extravagante Bild lag darin, dass ich mich fragte, ob es an dem Mann lag, nicht an dem rasierten Zustand und leerte meine Kaffeetasse, um mich wieder um die Zubereitung unseres Abendessens zu kümmern. Hoffentlich lenkt mich das ab und ich kann das Bild auf immer und ewig vertreiben. Spätestens beim Schneiden der Gurke, war ich wieder an dem Punkt, wo ich nicht hindenken wollte.

Ich hatte den grünen Salat gewaschen und zerkleinert, die Gurke und Tomate gewürfelt und dazu gegeben,

Zwiebeln, Mais und Paprika. Eine schöne bunte Schüssel, gesund und ganz ohne carb – „bingo, da jubelt der Roland." sprach ich zum Salat. Gehört hat mich aber nur mein Mann, er stand jetzt ganz nah hinter mir und flüsterte mir ins Ohr. „Soll ich das Dressing machen?" „Seit wann machst Du denn bitte selbst Dressing?" Ich drehte mich um und dann fiel mir ein, wann und von wem er dies gelernt haben muss. Von der Schnepfe, die auch kein Pipi-Haar im Salat mochte. „Ähhh, ja, kannst Du machen." Ich wollte Rolands Gschaftelhuberei nicht bremsen und überließ ihm das Feld. Er nahm einen Messbecher aus dem Schrank, fragte mich, wo wir Honig haben (jaa, Du wohnst ja erst seit 31 Jahren bei uns!), holte Öl und Essig, Zucker, Pfeffer und Salz, vermischte alles mit einem Rührbesen. „Ja, da kann jetzt noch Senf dran und dann ist es fertig. In null Komma nix haben wir jetzt ein Dressing, das besser als ein Fertigschlonz schmeckt, wenig kostet und kalorienarm ist!" jubelte Roland, i bims eins „Johann-Lafer". Ich musste staunen, da war der Ausflug nach Bayreuth ja doch nicht umsonst. Ich tat mir zwar auf Grund der Rezeptgeberin schwer zu zugeben, dass das Ganze wirklich gut schmeckte. An diesem Abend war es noch so mild, dass wir auf der vorderen windgeschützten Terrasse essen konnten. Es war schon dunkel, also holte Roland Kerzen und wir machten es uns auf den Gartenstühlen gemütlich. Er dachte sogar daran, mir eine Decke überzulegen und meinte: „Wenn man sitzt, kühlt es sich doch schnell ab." Ich war wirklich verzückt, wie drollig er sich um mich kümmerte. Wir aßen unseren Salat und hatten so eine große Portion vor uns, dass wir nicht alles aufessen konnten. Gerade, als wir abräumen wollten, fuhren Dominik und Julia zum Hof rein. „Ach ja, ich hab Julia gefragt, ob sie uns beim Heraussuchen eines Urlaubzieles für nächste Woche behilflich sein kann", informierte ich Roland. „Du hättest doch die Kinder nicht extra hochfahren lassen sollen. Wir hätten doch alleine danach schauen können", wunderte sich Roland. Ich dagegen war sehr froh, wenn ich Roland nicht den ganzen Abend alleine unterhalten musste. Mir war die Abwechslung durch die Kinder sehr willkommen. Nur in diesen Momenten konnte ich meine dunklen Gedanken loslassen – alleine der Familie wegen.

Nachdem Dominik und Julia mit Getränken versorgt waren, schauten wir im Internet nach Angeboten. Julia steigerte sich am meisten von uns hinein, war es ihr sehr wichtig, dass die Vereinigung wieder klappt. „Hier habt ihr Vollpension dabei, obwohl wir lieber Halbpension buchen. Ist auch schön, wenn man außerhalb des Hotels landestypisch einkehrt. Das machen Dominik und ich lieber. Bei der Anlage ist ein Pool dabei und ihr habt einen schönen Blick aufs Meer...." erklärte Julia so hingebungsvoll, dass ich, wenn sie heute Mittag im Reisebüro gesessen wäre, die Buchung schon fix gemacht hätte. Ich staunte, wie schnell sie sich von einem Angebot ins nächste klickte. Meine Gedanken schweiften ab und ich sah mich mit Roland gemütlich am Strand liegen. Dazwischen hätten wir uns Abwechslung mit dem angebotenen Fitness-Programm gegönnt, gemütlich Kaffee auf der Terrasse getrunken. Ich hatte meinen Traum-Kaffee noch nicht ausgetrunken, als Roland meine Gedankenblase zerplatzen ließ. „Oder wir bleiben daheim!" sagte er so unangekündigt, dass Julia mit einem Klatscher den Laptop zumachte. Ich konnte mir denken, was sie eigentlich sagen wollte: „Kumpel, werde Dir mal klar, was Du willst!" Sie behielt es aber für sich und schaute ihren Vater mit funkelnden Augen an. „Und was hast Du dann vor?", lauerte sie auf seine Antwort. Es kam von Roland aber nur eine ganz banale Antwort – nicht etwa, wie von Julia vielleicht befürchtet: „Ich fahr nach Bayreuth und genieße dort mein verlängertes Wochenende...". Er äußerte sich wie der alte Roland: „Mir würde es gefallen, wenn ich mal wieder einfache Arbeiten im Garten erledigen könnte. Die Hecke müsste geschnitten werden. Dazwischen können es sich Mama und ich am Pool gemütlich machen...". Ich konnte seit meinem, durch Whiskey betäubtes Psychodrama, keinen Erholungsfaktor mehr in Richtung Whirlpool verbuchen. Erinnerte mich der Bruch an der Außenverkleidung von Marcels Fußtritt an diese Eskapade. Das konnte ich jetzt nicht als Gegenvotum verwenden und so diskutierten wir an diesem Abend noch länger hin und her, kamen aber zu keinem Ergebnis. Es zeichnete sich immer mehr ab, dass es ein Urlaub auf Balkonien bleiben wird. Dominik meinte dann: „Wenn ihr nicht wegfahrt, ist es auch schön, dann können wir gemeinsam was unternehmen oder zusammen lecker Essen gehen. So können wir die verlorene Zeit nachholen." Gedanklich pflichtete ich diesem Satz überhaupt nicht bei. Was mich mein Vater während seiner langen Krankenhausaufenthalte gelehrt hat war, dass man vergangene Zeit nicht nachholen kann! Diesen Spruch verbesserte mein Vater immer und ich übernahm diese Weisheit von ihm. Wenn jemand äußerte „ich kann zwar an diesem Tag nicht dabei sein, aber wir können es ja nachholen" schauten sich mein Vater und ich an und es folgte von Papa oder mir: „Du kannst das Vergangene nicht nachholen, wir können dann gemeinsam etwas neu unternehmen." Deshalb ließ ich auch wenige Anlässe verstreichen. Man kann solche Momente nicht mehr zurückholen oder wieder einfangen. Etwas Neues folgte. Vielleicht war das Bangen am Krankenbett von meinem Vater der Auslöser, dass der Wert von Familienfesten bei mir um Längen gestiegen ist. Was gibt es wichtigeres als die Familie. Wir sollten jeden Tag dem lieben Gott danken, solange wir unsere Eltern haben. Wenn wir die Möglichkeit haben, unsere Kinder und Geschwister so oft zu treffen, wie wir wollen, dann ist es ein Segen. Bei uns ist es ein großer Vorteil, dass wir alle so nah beieinander wohnen. Ich weiß dies zu schätzen! Meine Kinder und meine Schwester und ihre Familie, auch meine Eltern, waren und sind immer für mich da. Sie haben mich aufgefangen, wenn ich mich wegen des „Sturzverlassens" am Rande des Wahnsinns befand! Dass sie mich nicht zusätzlich belasten, sondern mich immer entlastet haben, das rechne ich jedem Einzelnen sehr hoch an und bleibt in mein Herz eingraviert! Deshalb überlege ich immer zweimal, bevor ich ein Treffen mit der Familie oder Freunden absage. Wie oft ist es passiert, dass man den Menschen gerne noch einmal getroffen hätte, bevor er uns – vielleicht für immer – verlassen hat. Ich kann mir wenige dieser Momente vorwerfen, Gott sei Dank.

So war mir der Vorschlag, etwas Schönes mit der Familie zu unternehmen sehr willkommen. „Wir wohnen ja schließlich da, wo andere Urlaub machen, nä", beendete ich die Diskussion um die Gestaltung der kommenden freien Tage. Roland kramte aus seiner Hosentasche seine Zigarettenpackung und als er sich eine anzündete, bemerkte ich Julias Blick zu mir. Warum sollte ich es erklären und zuckte nur mit den Achseln. Da Roland keine Anstalten machte, konnte ich sein Rauchen doch nicht unkommentiert lassen: „Julia, Du schaust jetzt so. Dabei bestätigt sich nur, was wir schon immer vermuteten. Dein Papa raucht. Er ist ein erwachsener Mensch und..." Julia fügte in Richtung Roland blickend nur hinzu: „Na ja, wenn Du meinst! Uns habt ihr immer gebeten, nicht mit dem Rauchen anzufangen. Ich weiß nicht einmal, wie das schmeckt!"

Dazu folgte von mir: „Grausam, man muss auch nicht rauchen. Sei froh, dass Du nicht damit angefangen hast, dann musst Du es Dir nicht abgewöhnen!" Julia ließ, vielleicht auch deshalb, dass sie ihrem Vater wieder ein Schritt näher kommen wollte, mein Gegenargument nicht gelten. „Ich bin jetzt 23 Jahre und kann nicht einmal mitreden, wie das schmeckt." Roland, so cool er jetzt war, streckte ihr die Zigarette entgegen: „Kannst doch mal ziehen." Fast schon erschrocken, dass ihr Vater so locker zum Rauchen aufforderte, lehnte sie lieber ab: „Nein danke, nicht, dass es mir schlecht wird oder ich husten muss – lieber nicht!" Dominik lenkte von der Situation ab und meinte: „Eine Pfeife würde ich mal gerne probieren." „Jaaa", freute sich Roland „ich habe auch Pfeifen, da können wir eine paffen. Annette, wo habe ich die Kiste mit dem Tabak und den Pfeifen?" Wieder dachte ich mir „Du wohnst und lebst ja erst seit kurzem in diesem Haus...", meinte aber zu Roland: „Ich wage zu bezweifeln, dass der Tabak noch gut ist, aber die Kiste steht in der Kommode im Wohnzimmer." „Super", Roland drückte seine gerauchte Zigarette aus und sprang auf in Richtung Wohnzimmerkommode. So wie er außer Hörweite war, echauffierten sich die Kinder über Rolands Verhalten: „Ja sag mal, was ist denn mit dem los? Hat der noch was anderes als den normalen Tabak in der Zigarette?", wunderte sich Dominik über Rolands Verhalten. „Mama, ich hab fei jetzt keine Lust, dass ich mit ihm die Friedenspfeife rauche." Als Julia diesen Satz entrüstet aussprach, mussten wir prustend lachen, sie hängte an: „Papa tut so als wäre alles normal. Ich finde, es wäre mal angebracht, wenn er sich zu seinem Scheiß äußern würde. Wir nehmen viel zu arg Rücksicht auf den Goofy." Ich gab durch ein Zeichen zu verstehen, dass Roland wieder auf dem Weg zu uns auf die Terrasse war. Da er sich wieder in Hörweite befand, blieb diese Aussage von Julia unbeantwortet, aber jeder gab ihr durch Augenzwinkern und Nicken recht. Dominik, Julia und ich setzten uns fast zeitgleich gerade auf. Es hatte den Anschein, wir machen uns bereit für den 1. Teil vom Seminar „Pfeife rauchen – leicht gemacht". Die hochmotivierte Art, jetzt mit uns ein gemütliches Pfeifchen zu rauchen hatte etwas Sonderbares. Zumal er so tat, als würde er für die Weltgeschichte das erste Mal Feuer machen. Andächtig nahm er seine olle Pfeife aus dem Kasten und präsentierte sie den Kindern und mir. „Die geht gut. Wie gerne rieche ich Tabak aus der Pfeife. Hier habe ich noch einen mit Vanillearoma, der wird Euch schmecken." Ich hielt dagegen: „Oder für gewaltigen Dünnschiss sorgen. Heute Abend kommt ihr nicht mehr vom Klo!" Julia schaute mich unsicher an: „Meinst Du, der kann schon vergammelt sein?" Roland wischte den Gedanken zur Seite: „Tabak wird doch nicht alt. Ich hätte ihn dazwischen mit etwas Whiskey befeuchten sollen. Das hab ich mal gelesen...". Mit diesem Wissen punktete er bei Dominik. Also einen der Kursteilnehmer hatte Roland schon überzeugt und neugierig gemacht. „Muss man den Tabak bis oben rein füllen oder nur locker hinein streuen?" „Warte, ich habe noch eine zweite Pfeife, dann kannst Du gleich mitmachen. Hier, die ist auch nicht schlecht", führte Roland weiter an die Materie heran. Ich dachte mir nur: „Und ich darf die Tabakstücke morgen wieder aufkehren! Aber was soll´s, was tut man nicht alles, um Roland wieder Fahrwasser zu geben...".

Julia und ich beobachteten Roland, wie emsig er mit Dominik und dem Pfeifenstopfern beschäftigt war. Ich unterhielt mich mit meiner Tochter schon über ein anderes Thema, da jubelte Roland: „Fertig! Wir zünden die Pfeifen an." Rolands Tabakhäufchen fing zügig das

Glühen an. Der Effekt, welchen das Feuer und die Glut beim Einziehen der Luft erzeugten, faszinierte Julia schon einmal sehr. Dominik zog etwas zu zaghaft – vielleicht hatte er Ekel vor dem Mundstück und es wollte nicht klappen, dass der Funke übersprang. „Nimm meine", schlug Roland siegestriumphierend vor. „Ich mach das, dann kann Julia gleich probieren." Obwohl sich Julia etwas sträubte, bestand Roland darauf, dass sie jetzt die Gelegenheit beim Schopf packen sollte. „Der Tabak glüht jetzt optimal. Super, wenn der Tabakkopf warm wird. Hier Julia, jetzt bist Du dran." Julia nahm die Pfeife vorsichtig entgegen, führte sie zum Mund und zog mit spitzen Lippen. Die Augen wurden groß und sie fand Gefallen daran, wie der Rauch sich vermehrte. Sie zog, was das Zeug hielt – bis sie husten musste. Wir brachen alle in Gelächter aus. Da die Glut in Julias Pfeife nicht befeuert wurde, war sie fast ausgegangen. Sie wollte es selbst wieder zum Glühen bringen und schaffte es auch. Dies wurde von Roland mit überschwänglichem Applaus gefeiert. Auch wenn ich Rolands Verhalten für sehr übertrieben einstufte, fand ich es schön, dass wir so unbeschwert zusammen saßen und lachten, ich dachte mir: „So kann man auch mit kleinen Dingen, den Lieben große Freude bringen!"

Nachdem die Kinder – ziemlich spät für „unter-der-Woche" – heimfuhren, räumten wir noch auf und wollten auch gleich schlafen gehen. Aufgedreht von diesem Abend, schalteten wir zum Runterkommen den Fernseher an. Roland schlug vor, dass wir uns eine Serie von Netflix ansehen sollten: „Vikings, das haben wir..." er verbesserte sich sofort, fast überlappend korrigierte er sich: „...das habe ich die letzte Zeit immer angeschaut. Sollen wir es von Folge eins zusammen schauen?" Ich war sowieso müde und meinte: „Nein, schau da weiter, wo Du aufgehört hast. Ich schlaf eh gleich!", und war gespannt, was die zwei Turteltäubchen für einen Geschmack hatten. Jetzt lag ich also in meinem Bett und schaute eine Serie an, die mein Mann mit einer anderen Frau gestartet hatte. Ich beobachtete ihn so knapp aus dem Augenwinkel, dass ich ihn gerade noch im Blick hatte, er aber nicht bemerken würde, dass ich nur auf ihn und nicht auf den Fernseher schaute. Er zappte sich durch den Suchverlauf. Wer Netflix kennt, weiß, dies dauert ein bisschen. Ich konnte Roland schon die Vorfreude anmerken. Zapp, zapp, er war bei Staffel zwei, Folge sieben. Aber er spulte noch ein bisschen vor. Bis dahin, wo Ragnar jemanden durch den Blutadler bestrafte. Ich schaute jetzt doch auf den Fernseher, da Rolands Augen groß wurden. Die Szene war ja widerlich. Wie kann man so etwas zeigen? „Was ist denn das für eine brutale Serie?", fragte ich Roland und mir wurde bewusst, dass er mit mir diese Serie nicht lange angeschaut hätte. So ein deppertes dunkles Zeugs wollte ich mir nicht anschauen, war die Welt schon grausam genug. „Und das hat Euch gefallen?" fragte ich Roland. „Soll ich umschalten?", fragte er genervt und erwartete von mir ein „ja, freilich" aber ich sagte nur: „Nö, nö, ich schau es ja erst 10 Minuten, vielleicht muss man erst reinkommen…". Roland meinte dazu: „Sollen wir doch gemeinsam von vorne anfangen." „Nein, passt so. Ich komm schon rein", meinte ich und dachte nur: „Um Gottes Willen, doch nicht noch von Anfang an…." Nachdem ich die Szene wirklich sehr bedrückend empfand, lugte ich immer wieder zu Roland rüber und wunderte mich, dass er so gelassen dem Ganzen zuschaute. Mir wurde es richtig schlecht. Ich habe ihn dann wieder aus dem Augenwinkel anvisiert und es lief mir echt ein Schauer über den Rücken, denn in diesem Moment kam er mir wieder sonderbar vor. Ich wünschte, ich hätte wie Luise eine Türe zwischen uns, die ich absperren könnte. Vielleicht steigerte ich mich zu sehr hinein. Ich dachte mir: „Annette, am bestem, Du schläfst jetzt und denkst morgen über diese Geschichte nach." Gesagt, getan! Ich war froh, dass ich auf Grund meiner Erschöpfung gleich einschlief. Bei mir machten sich jetzt körperlich die vielen schlaflosen Nächte der letzten Wochen bemerkbar. Sonderbarerweise wachte ich immer noch genau um 4:19 Uhr auf. Ich kontrollierte sehr häufig meinen Wecker nachdem ich wach lag und war jedes Mal überrascht, wenn sich die frühe Uhrzeit bestätigte und das auf die Sekunde! Skurril!

Morgen war Mittwoch, so war es nur noch dieser eine Arbeitstag, dann war die Arbeitswoche für uns vorbei. Nach der Arbeit kaufte ich noch Vorräte fürs verlängerte Wochenende ein, war zwar nicht so, dass ich Freitag und Samstag nicht die Möglichkeit gehabt hätte, aber ich dachte, es ergibt sich mit dieser Methode leichter ein Gefühl von Urlaub. An diesem Abend aßen wir zu zweit. Unsere Gesprächsinhalte waren bis nach dem Essen nur von oberflächlichen Themen geprägt. Als wir vor den leeren Tellern saßen, machte sich eine Gesprächslücke breit. In mir grummelte schon länger das Gefühl, dass wir zwischen uns etwas aufarbeiten mussten. Damit es aber nicht so schwerfällig wird, dachte ich, ich untermale den Abend mit Musik. Musik, die uns innerhalb der letzten Jahre verband oder er mir als Sammlung zu verschiedenen Anlässen schenkte. Dazu zählten Lieder von Toto, Foreigner, Journey, Bruce Springsteen und Sportfreunde Stiller. Ich holte die kleine Boombox und suchte auf meinem Handy Lieder raus. Ich bims eins Animateur und startete mit „Applaus, Applaus" von Sportfreunde Stiller. Es ist ja bekanntlich möglich sich mit besonderen Liedern oder

Gerüchen in eine gute Stimmung zu bringen; dies basiert auf den guten alten Erinnerungen, die unser Gehirn abgespeichert hat und so öffnete ich unser Schatzkästchen der letzten 31 Jahre, zumindest in Form von ein paar mitreißenden Liedern. Als er den bekannten Text hörte, sprach oder sang er den Text mit:

„Applaus, Applaus für deine Worte. Mein Herz geht auf, wenn du lachst! Applaus, Applaus für deine Art mich zu begeistern…"

Ich bemerkte leise: „Toller Text, das Lied hast Du mir zum 43. Geburtstag auf CD geschenkt." Roland schaute von seiner In-sich-Gekehrtheit auf: „Echt, das hast Du Dir gemerkt." „Ich habe mir sehr viel von Dir gemerkt! Immer wenn wir ein Lied gut fanden, hast Du es mir auf CD gekauft." „Ich dachte, Du hast das nie geschätzt. Ich habe Dich nie die Musik auflegen sehen…". „Freilich", erwiderte ich und schaute ihn überrascht an: „Hab ich Dir das nie gezeigt, dass ich mich immer wieder aufs Neue über diese Geste von Dir gefreut habe?" „Ne, das hab ich nicht bemerkt…", sagte Roland fast schon beleidigt. „Du hättest es mir deutlicher sagen können", brachte Roland hervor. „Meinst Du, ich habe Dir zu wenig gezeigt, wie ich Dich liebe?" fragte ich ihn und fügte an: „Aber wir waren doch glücklich und haben uns über viele Gesten gezeigt, dass uns der andere wichtig ist. Ich finde, dass wir sogar einen Haufen dieser Liebesbezeichnungen austauschten. Seien es die Lieblingsmusikstücke, Botschaften und das gegenseitige Akzeptieren der Wünsche des anderen." „Hast Du meine Wünsche wirklich akzeptiert? Seit ich wieder da bin, mache ich fast keinen Sport mehr. Das fehlt mir. Mir ist es wichtig, zum Fußball zu gehen oder mal zu Joggen", meinte er. „Dir tut doch schon nach kurzer Zeit Dein Knie so arg weh, dass ich Dir Kühlkissen bringen muss. Du kannst doch alleine schon wegen Deines Knies nicht so viel machen und jetzt bin ich Schuld, dass Du nicht zum Sport kommst", hielt ich seinem Vorwurf dagegen. Meine Stimmung kippte jetzt, ich merkte, dass ich mich ganz schön zusammenreißen musste. Jetzt ist es soweit, jetzt wird hier mal Tacheles geredet: „War das der Grund, warum Du Dich mit der Schnepfe so gut verstanden hast. Sport? Also, wenn das alles ist, dann weiß ich nicht, was daran so erfüllend sein soll. Ich kann mir Euch zwei gut vorstellen, wie ihr wie die Zeiserla auf dem Cross-Trainer herum hüpft. Es gehört zu einem gemeinsamen Leben aber mehr als Sport und Diäten. Den Kindern gerecht werden. Das Haus zu bauen und zu pflegen. Die Arbeit. Weißt Du eigentlich, wie viel Kraft mich das gekostet hat, immer zu funktionieren?" Jetzt wurde ich lauter und stand auf, um meine Position klarer darzustellen: „Ich habe nur geschuftet und habe 31 Jahre versucht, Dir eine Frau zu sein, die Dir den Rücken freihält. Jahrelange habe ich mich um die Kinder fast alleine gekümmert, weil Du neben der Arbeit noch Weiterbildungen besucht hast, nur damit Du jetzt auf dem Gipfel des Erreichten zu einer jungen Bitch wechselst. Das ist schon astrein! Du redest Dir leicht. Hätte mir vielleicht auch mal einen Seitenhüpfer erlauben sollen." Dies warf ich ihm jetzt alles schön vor. Er blieb relativ ruhig. Roland spielte zwar nervös mit seinem Feuerzeug, aber er wurde nicht laut. Bestimmend antwortete er auf meinen Ausraster: „Genau, das ist es! Wir haben uns von der Gesellschaft in dieses Muster reindrängen lassen. Das hat Christine auch gesagt." Mir reichte es, wollte eine so junge Frau für uns als Hobby-Psychologe fungieren, darauf sagte ich erbost: „Roland, wir hören Lieder an, die kann die Christine noch nicht einmal damals gehört haben, da war sie noch nicht geboren. 21 Jahre jünger und die will mir sagen, welche Abzweigung ich falsch genommen habe? Die kann leicht reden! Hat eben nicht den ganzen Pulk hinter sich. Hat Dir voll und ganz den Kopf verdreht. Was hat sie bis jetzt gemacht? Hä? Schule, Ausbildung – O. K. mit Bravour – um bei Euch in der Firma die Unterstützung von Dir zu bekommen, die ich niemals gehabt habe. Du übrigens auch nicht – wir mussten uns alles selbst erarbeiten." Jetzt musste er seinen Stand in seiner Firma wieder rechtfertigen und unterstrich die schon einmal geäußerte Aussage, dass er sie nicht unterstützte: „Christine hat ein Studium angefangen und macht gerade ihren Bachelor. Das macht sie von sich aus und nicht, weil ich es ihr ans Herz gelegt habe." Das war ein gutes Stichwort: „Bachelor? Das ist super, dass sie den Bachelor macht. Dann kannst Du ja wenigsten bei ihrer Feier teilnehmen, denn Deinen Sohn seine hast Du ja verpasst. Ich habe im Internet das Bild mit ihrer Mutter gesehen. Roland, ihre Mutter passt um Längen besser zu Dir, denn die wird Dein Alter haben. Ich finde es unmöglich und Du solltest Dir öfter Gedanken machen, wie Du neben der jungen Schnepfe wirkst. Wenn Du im Publikum mit der Mutter jubelst, denken alle IHR SEID DIE ELTERN, aber nicht, dass Du ihr Freund bist!" Jetzt hatte ich bei ihm den richtigen Nerv getroffen. Er saß mit schuldbewusstem Gesichtsausdruck auf der Bank. Wieder so klein und kümmerlich, dass ich verstummte, er hatte Tränen in den Augen, seine Nasenspitze war rot: „Du hast ja Recht, das geht mir auch durch den Kopf. Vielleicht habe ich mich wirklich nur so toll mit ihr gefühlt, weil sie zu mir aufschaute. Ich werde sie anrufen, damit ich für morgen ein Treffen mit ihr vereinbare, um mit der Sache komplett abzuschließen. Ich habe noch den Wohnungsschlüssel von ihr und solange ich diesen bei mir trage, frage ich mich immer wieder, ob ich nicht wieder zu ihr soll. Denn sie ist wirklich ein liebenswerter Mensch. Wenn Du sie kennenlernen würdest, dann könntest du das bestätigen." Ich konnte dazu nur sagen: „Roland, hör auf sie mir immer anzupreisen, als müsste ich von ihr genauso begeistert sein wie Du. Stell das ab, sonst machst Du mich kaputt. Du verletzt mich dadurch so sehr. Ich sehe, dass Du Dich in sie verguckt hast, wenn Du das so ausschmückst, dann treibst Du mir einen Dolch in mein Herz. Lass es!" Und fügte gekränkt an: „Schau, dass Du den Schlüssel zurück gibst und schmeiß unsere Liebe nicht weg!" „Ja", meinte er. „Ich sag ihr Bescheid, dass ich mich morgen am Park&Ride-Parkplatz mit ihr treffe. Wir haben ja nichts vor, also mache ich 14:00 Uhr mit ihr aus." Ich wollte schon sagen, dass man den Schlüssel auch mit der Post schicken könnte, um ein Treffen zu vermeiden. Dabei fiel mir aber ein, dass sich die beiden ja eh am Montag wieder auf Arbeit trafen, also was hätte das geändert. Jedem dieser Gespräche folgte bei uns ein endloses Drücken und in sich hinein spüren, wie man für den anderen empfindet. Ich konnte meine Gefühle nur schwer beschreiben. Jetzt, nach dieser Szene, habe ich ihn zu 100 % verwünscht! Gezeigt habe ich es ihm nicht, dazu war ich zu sehr damit beschäftigt, ihn wieder für mich zu gewinnen.

Wir waren froh, dass Feiertag war und wir ausschlafen konnten. Letzten Abend hatten wir nach unserer heftigen Diskussion noch länger alte Lieder angehört. Der Rotwein trug wohl den größeren Teil dazu bei, dass wir Arm-in-Arm draußen auf der Bank saßen und schunkelnd mitsangen. Lieder allein hätten nicht gereicht, um uns in gute Stimmung zu versetzen. Alkohol schon! Wenn ich heute zurückspulen könnte, dann würde ich auch diesen Abend anders ausgehen lassen!

Nach dem Ausschlafen, frühstückten wir. Roland hatte Brötchen geholt: „Wollen wir uns eine Laugenbrezel mit Butter teilen?" Ich hätte auch eine ganze geschafft, stimmte aber zu. Ihr kennt doch die Szene von den beiden verliebten Hunden mit dem gemeinsamen Spaghetti-Teller. Ich assoziierte wohl über das Teilen der Brezel meine Zuneigung zu ihm. Sind wir nicht alle ein bisschen Hund? Da es der erste Vormittag war, an dem man im kurzen T-Shirt draußen sitzen konnte, blieben wir länger als geplant im Garten. Wir setzten uns in die Sonne und es wurde Roland schnell zu warm. Er zog sein Hippster-Shirt aus und präsentierte seinen Kreta-gebräunten Bauch. Da er so viel abgenommen hatte, zeitgleich aber auch Muskelaufbau betrieb, saß vor mir ein drahtiger, grauhaariger Mann, der mir vollkommen vorkam – vollkommen fremd! Ich fand es überhaupt nicht sexy und es sprach mich nicht an. Der Hungerhaken veranlasste mich vielleicht nur dazu, dass ich das nächste Mal dem Armen nicht seine halbe Laugenbreze wegaß. Ich machte die Augen zu und streckte meinen Kopf übertrieben Richtung Sonne, nach dem Motto: „Aach, haben wir es schöööön." Schön blöd, dass Roland dies mit der Ankündigung unterbrach: „In einer Stunde muss ich dort sein. Ich gebe den Schlüssel bei Christine ab. Du, ich geh noch tanken und Zigaretten besorgen, deshalb fahr ich jetzt gleich los." Ich schaute ihn an, um dieser Ankündigung eine Lockerheit zu geben, bat ich ihn: „Bringst du für mich Menthol-Zigaretten mit?" Er blickte verunsichert zurück: „Wegen mir musst du nicht das Rauchen anfangen." Ich meinte darauf nur: „Was soll`s, wir haben frei. Früher habe ich auch die eine oder andere Zigarette zu Unterhaltung gequalmt. Ist bestimmt lustig!" Was macht man nicht alles, um dem anderen zu gefallen. Jetzt war ich doch auf dem Kurs mich zu verbiegen. Nachdem Roland hinein gegangen war, um sich fertig zu machen, saß ich alleine auf dem Gartenstuhl und konnte durchschnaufen. Warum war dies so? Ich fühlte mich wohler, wenn Roland nicht in meiner Nähe war! Warum dann die ganze Ackerei. Sollte ich ihm vielleicht nachrufen: „Ja, schönen Gruß an Christine und frag mal, ob Du nicht wieder einziehen kannst." Ich lachte über diesen Gedanken und zog doch meinen Plan „wird scho widda wern, sagt die Frau Kern. Bei der Frau Dorn is a widda worn" durch. Gerade in dem Moment fuhr ein Roller bei uns um die Ecke. Ich hörte das Röhren und erinnerte mich, wie begeistert er beim Durchschauen der Urlaubskataloge von dem zu mietenden Rollern gewesen war. Auch in der Vergangenheit wollte Roland immer einen Roller fahren. Er versuchte mich in seine Begeisterung hineinzuziehen: „Wir können in die Fränkische fahren. Die Kinder sind groß, da langt uns der Roller am Wochenende zur Fortbewegen." Ich erwiderte auf solche Vorschläge nur: „Ja und wenn es regnet, dann wird es besonders schön. Ich hab ein Cabrio und bin mit dem gut unterwegs. Du kannst ja mit Deinem Roller hinter mir herfahren." Jetzt grübelte ich aber darüber, wo ich an diesem Feiertag einen Roller herbekomme. Ich googlete „Roller, Fränkische Schweiz", kam aber nur auf Seiten, wo Roller verkauft wurden. Dann fiel mir ein, dass der Bruder von Roland stolzer Besitzer eines quietschgelben Rollers war. Zumindest die Farbe war lebensbejahend! Da mein Schwager und seine Frau sehr über unsere Trennung erschüttert waren, dachte ich, dass sie uns den Roller bestimmt leihen würden. Ich erreichte leider nur keinen der beiden. So kontaktierte ich ihre Tochter per Nachrichten-App und schrieb, um was ich sie bitten wollte. Nach fünfzehn Minuten bekam ich von ihr tatsächlich eine positive

Nachricht: „Die Eltern sind eh mit dem Auto unterwegs. Schön, wenn Du und Roland einen Ausflug machen wollt. Ich fahre wegen der Katze gleich zu meinen Eltern, dann sag ich Dir Bescheid und Du kannst die Helme und den Rollerschlüssel abholen." „SUPER, danke Dir. Das ist voll lieb von Euch. Wird dem Roland bestimmt Spaß machen", gab ich zur Antwort. Nach 45 Minuten hatte ich alles für die Spritztour vorbereitet! Bin gespannt, wie Roland guckt, wenn ich ihm eine Roller-Spritztour vorschlug, sobald er von seiner - bestimmt aufreibenden – Schlüsselübergabe zurückkam.

Roland war um 15:00 Uhr schneller wieder bei mir, als gedacht. Ich saß schon wie auf Kohlen, um zu erfahren, wie Christine reagiert hatte. Ich ging davon aus, dass die Rückkehr zu mir und die Schlüsselübergabe für die andere Frau Zeichen genug gewesen wären, um von dem Mann meiner Träume abzulassen. Anders agierte aber Christine. Keine Ahnung, ob Roland ihr das Signal sandte, dass er noch nicht endgültig von ihr ablassen konnte oder ob sie zu stur war. Auf alle Fälle klingelte Rolands Handy, kaum, dass er in der Diele bei mir auf dem Sessel Platz genommen hatte. Ich schaute ihn an, er rieb sich die Wange und ich bemerkte, dass diese ganz schön rot war. Ich fragte: „Was hast du denn gemacht? Deine Wange ist ja ganz rot." Er drehte das klingelnde Handy als Untermalung mit dem Display in meine Richtung, ich las „Christine" und er meinte als Antwort: „Sie war's! Hat mir voll eine auf'm Backen geklatscht. Die hat wirklich Wumms." Hörte ich jetzt unterschwellig eine Anerkennung – vielleicht brauchte er ja ein bisschen Haue, der gute Roland. Mit dem blöden Grinsen in seinem Gesicht, tat ich mir hart, ruhig zu bleiben. Ich wollte eigentlich vom Roller erzählen, da ging er unvermittelt ans Handy. Meine Erwartung war, dass er diesen Anruf wegdrückte oder klingeln lassen würde. „Ja?", hörte ich ihn sagen. Von Christine vernahm ich nichts, nur, dass er mir mit dem Handzeichen „quak, quak" zum Zeichen gab, dass ihn ihr Gelaber nervte. Er ließ mich an dem Gespräch aber dankenswerter Weise teilhaben und schaltete den Lautsprecher ein. Das erste Mal hörte ich die Stimme von meiner Kontrahentin. Welch komisches Gefühl. Sie klang männlich, aber weinerlich: „Roland, ich liebe Dich. Ich dachte, wir haben eine Zukunft. Weißt Du noch? Du hast mir meinen Lebenslauf erstellt, damit ich mich außerhalb unserer Firma bewerbe, damit wir zusammenbleiben können. Du hast in unserer Wohnung Regale aufgebaut und mir damit gezeigt, dass es Dir ernst ist..." Er schaltete den Lautsprecher ab, damit es nicht hallte, wenn er ihr antwortete: „Du findest jemand, der besser zu Dir passt. Du bist jung. Lass mich mein Leben mit meiner Familie leben. Ist besser so. Tschüss." Er drückte auf den roten Knopf auf seinem Handydisplay und beendete das Gespräch. Ich hörte einen Signalton, er schaute auf sein Handy und verkündete mir, nachdem er selbst die Nachricht geöffnet hatte: „Jetzt schickt sie mir den Lebenslauf. Ja, den habe ich wirklich gut entworfen. Das Bewerbungsschreiben auch. Sie hat die Unterlagen einem Bekannten von mir geschickt, der hat gleich bemerkt, dass ich hier die Hände mit im Spiel hatte." Ich schaute ihn an und dachte mir: „Widerlicher Kotzbrocken, prahlt noch mit dem guten Verkauf von seinem besten Pferd! Wer ist dieser abgebrühte Arsch. Nicht mehr wiederzuerkennen. Vielleicht nahm er doch Drogen?" Ich wunderte mich sehr über diesen Menschen. In diesem Moment dachte ich an die andere Frau, die er durch sein Verhalten genauso tief verletzte wie mich. Ich schwankte zwischen Mitleid für sie und Greul gegen ihn. Wenn es sie nicht gegeben hätte, dann fänden diese abnormen Szenen zwar gerade nicht statt, aber er war auch nicht unschuldig. Hinter Roland stand das Schild: „Zuhause ist... wo das Leben beginnt, wo die Liebe wohnt, wo gelacht, getanzt und geträumt wird. Wo schöne Momente geteilt werden und wo Freunde immer willkommen sind. Zuhause ist es am schönsten." Mit jedem gelesenen Wort malte ich ein Gedankenbild, bis zur Erkenntnis, dass ich dieses Gefühl nur habe, wenn ich das Bild ohne Roland vollendete! Warum kämpfte ich um etwas, was schon längst verloren gegangen war, warum strampelte ich mich ab, um ihm zu gefallen, warum ließ ich es zu, dass er mich zigmal immer wieder aufs Neue verletzte? Ist das der Überlebenstrieb von uns Frauen, für den familiären Anteil neben einer intakten Beziehung zu kämpfen? War es das Gen der Trümmerfrauen, das uns automatisch etwas Zerbrochenes wieder zusammensetzen ließ? Dies überschritt schon fast meine Kräfte. Ich raufte mich dennoch auch in diesem Moment wieder zusammen, hielt ich ja noch einen Versuchsballon für uns in petto. „Roland, komm lass uns was Verrücktes machen. Ich habe von Linda den Schlüssel und die Helme für den Roller von ihr bekommen. Wir können eine Spritztour machen", schlug ich vor, ich wollte ja nicht, dass meine Anstrengungen umsonst waren. Er schaute mich lange und intensiv an: „Du spinnst. Vorhin habe ich einen Rollerfahrer gesehen und dachte das gleiche." Er drückte mich. So fest, dass ich fast keine Luft mehr bekam. „Es ist so schön, wieder das Vertraute zu erleben", unterstrich er seinen Kuschelkurs. Vielleicht musste er sich nach dem Anruf von Christine damit bestärken. Sich zeigen, dass er auf dem richtigen Weg war. Es tat tatsächlich gut, etwas Neues zu erleben – unserem Leben eine gewisse Würze zu verleihen. „So, lass uns gehen, sonst ist die Sonne wieder verschwunden!", sagte ich. Auf dem Weg zum Roller folgte er mir, wie ein kleiner

Junge. Ich blieb kurz stehen und fasste nach seiner Hand: „Vertraue Deinem Herzen. Wir kennen uns schon so lange, was soll uns noch passieren. Jeder kennt jeden, bis in die kleinste Faser. Es kann nur besser werden. Das Schlechte haben wir schon hinter uns!", beruhigte ich mich jetzt auch selbst. Ich rutschte wie Roland auch immer wieder in Zweifel ab. Durch solche Aufbaureden bestärkte ich mein Tun. Ich hatte Mordsschiss vor dem Rollerfahren, gab es aber nicht zu. Eigentlich hasste ich es. Ich wurde von meinen Eltern schon so erzogen: „Beim Auto fängt die Knautschzone an der Motorhaube an, beim Zweiradfahren fängt die Knautschzone bei Deiner Nase an. Zu gefährlich! Also, kein Mofa-Führerschein für Dich!" Als kleine Revolutionärin, machte ich meinen Mofa-Führerschein heimlich. Es war damals für mich eine Befreiung. Jäh, das erste Mal gegen die Vorgaben der Eltern entschieden! Ich kam aber bis zum heutigen Tage noch nicht dazu, diese eigens erworbene Freiheit einzusetzen! So, den Fußmarsch zum Roller hatten wir hinter uns. Die Helme waren auch nicht das Problem. Sie waren relativ neu und rochen frisch. Also, die halbe Miete! Ich schaute Roland beim Herumdrehen vom Zündschlüssel zu. Natürlich überließ ich ihm das Steuer. Er brauchte ein paar Anläufe - keine Ahnung, ob es an Roland oder dem Roller lag. Als der gelbe Flitzer lief sagte Roland zu mir mit einer schwungvollen Kopfbewegung: „Hopp, steig auf." Ich zurrte mir den Helm fest an den Kopf, setzte ein Bein auf den Aussteller für die Füße vom Sozius und schwang mich mit dem anderen Bein über den Sitz. Wow, ich war selbst überrascht, rechnete schon damit, dass ich bis zum geglückten Aufstieg verzweifelte, aber nein, das ging sehr locker. Jetzt machten sich die verlorenen Kilos wirklich bezahlt. Ich fühlte mich wie eine Elfe. Das wird ja was! Glücklich, dass ich den Aufstieg geschafft hatte, umarmte ich Roland. Er schob mit seinem abstehenden Ellenbogen mein Knie an seine Seite. „Sexy, was hast du bloß aus diesem Mann gemacht", ich konnte nicht anders und musste an die erste Zeile aus dem Lied von Marius Müller-Westernhagen denken. Es war für mich das Mantra für die nächsten zwanzig Minuten. Genau so lange brauchten wir nämlich bis in die Stadt. Die Fahrt war in Ordnung. Ich machte mir zumindest nicht vor Angst in die Hosen. Wir parkten den Roller mitten auf dem Marktplatz, an der Fassade vom Rathaus. Praktisch so ein Roller. Ich suche mir mit meinem A3 Cabrio immer einen Wolf, bis ich einen Parkplatz gefunden habe. Punkt für den Roller. Gemächlich machten wir uns auf den Weg zum Bistro und suchten uns einen lauschigen Platz abseits der Menschenmenge. „Nutzt heute jeder das schöne Wetter aus?", fragte Roland angesäuert. Ich antwortete: „Wir sind ja auch da. Klar, dass es die Leute nach draußen zieht." Eine nette junge Bedienung näherte sich unserem Tisch: „Weißt Du schon, was Du willst, Annette?" „Ja, ich nehme einen Aperol Sprizz", erwiderte ich vor der Bedienung. Sie nahm meine Bestellung auf und Roland klinkte sich mit ein: „Für mich auch einen!" und lächelte die junge Frau an, als ob ich nicht vorhanden wäre. In welchem Modus befindet sich dieser Mann. Macht er ab jetzt alles an, was sich unter 40 bewegt? Mei o mei, das ist ja nicht zu ertragen. „Sexy, dass musst Du jetzt ertragen, denn sonst jagd er Dich altes Weib wieder vom Hof (auch eine Textzeile von Marius Müller-Westernhagen)!" Was war los mit den Männern. Um eine Unterhaltung anzufangen, erzählte ich Roland, dass sich Bekannte von uns getrennt haben. ER! ist zu seiner Freundin gezogen, fährt aber jeden Tag am Haus von seiner Frau vorbei, um zu prüfen, ob bei ihr ein Typ geparkt hat. „Wie krank ist denn die Welt?", fragte ich ihn: „Gehen die soliden

Ehen jetzt alle den Bach runter?" Er starrte mich an. „Wie den Bach runter? Wir retten doch unsere gerade!" Ich prüfte seinen Satz und suchte nach Zeichen in seinem Gesicht, ob ich ihm das wirklich abkaufen konnte. Es kam mir alles ein bisschen einstudiert vor. Dazwischen dachte ich auch schon mal, dass alles mit seiner Christine abgesprochene Sache ist. Nach dem Motto: „Ich geh` jetzt nochmal zu meiner Familie zurück und versuche zu retten, was zu retten ist. Nach dem konkreten Aus kehre ich in Deine Arme zurück." Christine lag bei diesem Gedankenbild in seinem Arm, wie Scarlett in „Vom Winde verweht" – alles sehr dramatisch dargestellt, aber nicht unrealistisch. Drei Sätze weiter, waren wir wieder genau bei diesem Thema angelangt. Sein schneller Stimmungswechsel machte mich wirklich kaputt. Er saß neben mir, stumm wie ein Fisch. Ich fragte: „Hey, an was denkst Du gerade?" Er drehte den Kopf zu mir und ich sah wieder diese Tränen in seinen Augen: „Ich weiß überhaupt nicht, was meine Gefühlswelt mit mir macht. In einem Moment bin ich mir sicher, dass ich mit Dir zusammen sein möchte, ich habe Dich lieb. Aber im nächsten Moment, denke ich an Christine. Ich liebe sie – verstehst Du. Ich habe bei Dir und mir ständig das Gefühl, dass wir nur noch gute Freunde sind. Du wirst immer meine Annette sein. Immer die Frau, der ich zwei tolle Kinder verdanke. Was ich mit Dir habe, kann uns keiner nehmen. Familie für immer!" Ich war enttäuscht. Nicht einmal der Ausritt auf dem Zitronenfalter konnte ihn überzeugen. Was in Gottes Namen sollte ich noch machen. Dann sagte er mir aber Folgendes: „Vergiss es! Wir schaffen das schon. Es ist besser, so wie ich es gerade läuft." Also, zweifelte er genauso wie ich daran. Roland beruhigte sich damit selbst. „Wenn er sich auf mich einließe, dann hat er etwas Vertrautes, etwas Bekanntes. Natürlich ist es auch das, was der Großteil unserer Familie sich wünschte. Meine Eltern liebten Roland wie ihren eigenen Sohn. Seine Mutter und ich kamen gut aus. Sein Bruder war mir wichtig. Ich kannte alle Familienmitglieder von ihm schon 31 Jahre. Das war länger, als ich mein Leben ohne die ganze Familienbande verbrachte. Da waren wir einfach an dem Punkt, wo wir beide an die Gewohnheit dachten. War es noch Liebe? Jeder sollte sich jetzt die Frage stellen! Keiner wird eine Antwort finden! Die meisten Menschen sind mit dem zufrieden, was sie innerhalb des gewohnten Umfeldes erleben. Ein geregelter Ablauf war der geruhsamere Plan. Und was ist denn schlecht daran? Nichts! Überhaupt nichts! Genau das langt mir. Mir! Was Roland wirklich möchte, habe ich noch nicht durchschaut. Ich konnte es wieder nur einmal fließen lassen. Als wir ausgetrunken und bezahlt hatten, begaben wir uns zum Roller. Roland drehte den Schlüssel im Zündschloss und betätigte den Anlasser – unser Zitronenfalter machte aber keine Anstalten zu starten. Nach drei Versuchen stieg Roland wieder ab und schob ihn in die Mitte vom Rathausplatz. Ich schaute in die Runde der Cafe-Besucher. Die hatten jetzt ihre Unterhaltung! Roland schien es egal zu sein, also schaltete ich auch auf Durchgang. Er stampfte auf den Hebel vom Kickstart. Der Roller ließ uns zappeln, aber nach dem gefühlten 20. Mal beherztes Treten, sprang er doch spotzend an. Puh, jetzt musste ich nur noch eine gute Figur beim Aufsteigen abgeben. Check!! Ein paar Doldies vom Cafe klatschten Applaus. Wir drehten uns nicht um, es war uns egal, wer unsere neuen Fans waren. Wir hatten andere Probleme zu bewerkstelligen.

Während der Fahrt mit dem Roller war es wegen der Lautstärke und der dämpfenden Helme für mich schier unmöglich eine Unterhaltung zu führen. Ich konzen-

trierte mich, dass ich mich in den Kurven locker hinein-
legte. Manchmal stellte sich aus Ehrfurcht gegenüber
der Abgabe meiner Sicherheit die Gänsehaut auf. „Die
Knautschzone fängt beim Roller bei Deiner Nase an…"
Ich sah uns schon bei der nächsten Kurve im Graben
liegen. Roland fuhr immer waghalsiger. Beruhigender
weise kam jetzt unser Berg, da wurde der Roller so
langsam, dass wir fast schon mit den Füßen nachhel-
fen mussten. Für mich der chilligere Teil der Fahrt.
Wegen des Berges dauerte die Heimfahrt doppelt so
lange. Roland schimpfte jetzt auf die Krücke von seinem Bruder. Kaum daheim, loggte er sich ins Internet
ein, um nach einem passenderen Roller für uns zu
suchen. Solange Roland mit der Suche nach einem
Roller beschäftigt war, tätigte ich meinen Rundruf. Erster Anruf meine Schwester: „Stell Dir mal vor, der Roland schaut jetzt nach einem Roller. Ich werde mit ihm
noch zum Hirsch!!"   Zweiter Anruf bei meinen Eltern.
Hier wurde die bekannte Konferenzschaltung gestartet. Der Vorteil davon war, meine Mutter und mein Vater hörten die neuen Infos gleichzeitig: „Stellt Euch mal
vor, der Roland schaut jetzt nach einem Roller. Ich
werde mit ihm noch zum Hirsch!!" Na ja, bei solchen
Informationsmarathons lief es immer nach dem gleichen Prinzip. Jedem alles in kurzer Zeit erzählen.
Nachdem alle wichtigen Personen mit den Neuigkeiten
versorgt waren, begab ich mich wieder zu Roland.
„Und, gibt es was Interessantes?" Roland triumphierte:
„Freilich, gleich in der Nähe. Roller der Marke Kymko,
12650 Km, 6 Jahre alt, 820 Euro!" Ich musste dies erst
einmal sacken lassen. Gerade kam mir die Erinnerung
an meine Zahnkrone in den Kopf, die ich letztes Jahr
vom Zahnarzt verpasst bekommen hatte. Der Eigenan-
teil betrug damals 860 Euro. Als ich dies Roland erzählte, dachte ich, er fällt aus allen Wolken. Jetzt waren 820 Euro für eine Spinnerei so einfach beschlos-

sen? Ich musste nochmal mit meiner Schwester und meinen Eltern telefonieren, um ihnen diese „wunderbare" Neuigkeit zu erzählen – oder besser, ich bräuchte meinen Therapeuten. Was soll`s, ich gewährte Roland in diesem Moment sein Vorhaben, weil es ihm sichtlich gut tat. Er blühte mit dem Gedanken an diesen Roller förmlich auf. Am Freitagmorgen telefonierte er schon mit dem Rollertypen. Treffpunkt war für Samstag vereinbart. Ich konnte meinen Arsch verwetten, dass wir ab Samstag stolzer Besitzer von diesem tollen Stadtflitzer sind. Braucht es das? - fragte ich mich innerlich, wollte aber nicht der Spielverderber sein.

Für den freien Freitag nahmen wir uns vor, einen altbekannten Wanderweg zu gehen. Bei uns in der Nähe befindet sich eine Ansammlung von Wanderwegen. Wirklich schön. Wir hatten mit dem Wetter Glück - warme Sonnentemperatur von 18 Grad. Ich nahm einen Rucksack und packte eine Decke ein. Gespannt, ob sich eine romantische Stimmung ergab und ich meinen Mann verführen konnte. Dieses Vorhaben blieb bei unserem Treffen bei der Gartenwirtschaft wegen höherer Gewalt ja aus. Sollte es vielleicht heute passieren? Eine kleine Flasche Wasser als Notreserve – das ist Mama. Neeeiiiin, das ist das Sexy Beast! Was haben wir gelernt: „Nicht immer die Mama spielen. Männer wollen sexy Mädels." Rolands Stimmung war gut. Er hatte nur einen Heulanfall an diesem Tag – bisher, es war ja erst 13.30 Uhr! Fahrtzeit waren zwanzig Minuten. Wir parkten unterhalb des Hügels und liefen los. Keine drei Schritte weiter, musste Roland erst mal stehen bleiben, weil er sich eine Zigarette anzünden wollte. Das ging mir ja auf den Geist! Ich schlug vor, dass wir circa dreißig Meter weiter Platz auf einer Sitzbank nahmen. So, als hätten wir uns die

Pause schon verdient, machten wir es uns bequem. Ich war auch vorbereitet, kramte umständlich meine Menthol-Zigaretten aus dem Rucksack und zündete mir ebenfalls eine Kippe an. Ich kam mir vor wie auf dem Pausenhof. Als würde gleich der Lehrer kommen und mir mit einem Verweis drohen. So gekünstelt, das war nichts für mich. Als ich die Zigarette wieder ausdrückte, sagte ich zu Roland: „Da komm ich mir ja saublöd vor. Ich halte die Zigarette doch schon voll gekünstelt." Roland legte seinen Arm um mich und meinte: „Ich finde es schaut cool aus!" Ich musste schmunzeln. Cool! Wer will nicht cool sein? Für eine neue Zigarette war ich zu sparsam, so nahm ich Roland die Zigarette aus der Hand und machte noch einen Zug. „Na ja, ich werde an dem bisschen nicht gleich sterben. Hast Du Dir deshalb schon Gedanken gemacht? Du erinnerst Dich an meinen Onkel - der ist kläglich an Lungenkrebs krepiert." „Ach Annette, wer weiß denn, ob wir morgen noch da sind. Denk an meinen Vater, der ist auch zu früh verstorben. Sein ganzes Leben hat er gesund mit viel Sport verbracht. Was hat es ihm genützt? Nichts!" Ich schaute ihn an: „Das war schon hart mit Deinem Vater. Wenn er noch da gewesen wäre, dann hättest Du Dir Deinen Fehltritt nicht erlaubt, glaub es mir. Der wäre nach Bayreuth gefahren und hätte Dich aus Deinem Liebesnest an den Ohren rausgezogen!" Er streifte mein Haar hinters Ohr und schaute mich lange an, meinte dann nur kurz: „Er war auch nicht der Heilige. Gar nichts hätte er gemacht." Ich ließ seine Worte unkommentiert. Bei Roland machte sich jetzt wieder Melancholie mit wässrigen Augen breit. Er setzte neu an: „Wir wollen ja ehrlich zueinander sein. Ich sag Dir was, heute Nacht bin ich aufgestanden und hab nach der Adresse von Christines Mutter gegoogelt. Ich wollte unbedingt wissen, wie es Christine geht. Ich hatte so ein schlechtes

Gewissen, dass ich nicht schlafen konnte!" Ich funkelte ihn fuchsteufelswild an: „Bei ihr hast du ein schlechtes Gewissen? Hast du nach Deinem „Sturzverlassen" einmal an mich gedacht. Jetzt kann ich Dir wieder die ganze Scheiße von vorn erzählen, dazu habe ich aber langsam keine Lust mehr. Ich höre mir den Mist nicht länger an. Hast Du immer noch nicht gecheckt, was Du eigentlich willst? Du verletzt mich durch Deine unsichere Art." Er zog mich auf und drückte mich. Die Zigarette behielt er im Mundwinkel. Meine größte Angst war, dass er mir die Haare versengt. Doofkopf! Ich verlor so langsam die Achtung vor diesem Menschen. Wohin führten uns diese Gespräche? Er zog mich von der Bank weg und wir machten uns weiter auf den Weg. Wir hatten vor bis zum nächsten Ort zu laufen und dort einzukehren. Bestimmt waren es noch 1 ½ Stunden bis dahin. Diesen Weg gingen wir Hand-in-Hand. Es brauchte keine Worte. Jede Unterhaltung endete immer in derselben Ecke. Er kam nicht von ihr los!

Im Lokal angekommen fanden wir auf der Terrasse einen Platz. Von hier hat man einen wunderbaren Ausblick. Durch die klare Luft konnte man ewig weit schauen. Jetzt und hier mit dem Mann oder der Frau Deiner Träume vereint, dann wäre das der Himmel auf Erden. Ohne Scheiß! Aber mit jemand, der zwischen zwei Stühlen saß, kam keine Stimmung auf! Es war eine Prüfung für mich, wie lange ich unsere Beziehung unter diesen Umständen aushalten würde. Gut, dass die Bedienung meine Gedanken in diesem Moment unterbrach. Zu essen wollte er nichts – ich schlug eine gute Mahlzeit dann auch aus. Wir bestellten uns einen Weißwein und Wasser. Als unsere Getränke kamen, prosteten wir uns der Gewohnheit halber zu. Die Gläser stießen ein dumpfes Klonk aus. Selbst die wollten nicht schön klingen. Schwer und dumpf war auch unser beider Stimmung. Er schaute meistens verloren in die Gegend, ohne einen Punkt mit seinen Augen zu fixieren. Ich kannte keine Frage mehr, die ich in den letzten Tagen nicht schon gestellt hätte. Das Gelaber hing mir zum Hals heraus. Anstrengend – ohne Alkohol! Mit Alkohol, was soll`s, hielt man auch diese Stimmung aus. Um uns herum waren nur gut gelaunte Pärchen. Wo ist unsere Unbeschwertheit geblieben? Sie verrauchte mit jeder peinlich angezündeten Zigarette von Roland. Wenn ich ihn beim Qualmen beobachtete, dann verwünschte ich diesen Mann für sein jahrelanges Anlügen. Es fing bei mir wieder bei diesem kleinen Punkt an. Roland flunkerte mich wegen dem blöden Rauchen an. Hatte schon monatelang eine Liaison mit der Schnepfe. Was sollte mir dieser Mann noch bieten? Ich war 46 Jahre. Genau in diesem Moment war ich dankbar für die Chance, die er mir gab. Mein Therapeut meinte bei der letzten Sitzung zu mir: „Frau Alt, wenn sie mir von ihrem Leben erzählen, dann zeigt es mir eine Struktur. Sie haben klare Vorstellungen. Verglichen mit dem, was ihr Mann gerade lebt, ist ihre Version realistischer. Diese Situation ist nicht die Abzweigung von ihrem Mann! Es ergibt sich für Sie die Chance, Ihre Abzweigung zu nehmen! Nutzen Sie diese. Seien Sie dankbar, dass er dies in einem Alter geschehen lässt, wo Sie noch beide jung genug sind, dass einem Neuanfang mit jemand, der besser passt, nichts im Wege steht. Sie werden erkennen, was Sie für ein gutes Leben auch ohne ihren Mann führen können. Warten sie die nächsten fünf Jahre ab. Mal schauen, wo ihr Mann dann steht!" Diese Sätze kamen mir nun in den Kopf und es erleichterte mir, an etwas Neues zu glauben - egal, wie sehr Roland mich noch verletzen würde. Wenn mein Mann wieder mit den Fragezeichen kam und mir mitteilte, dass es ihn viel mehr zu Christine zieht, dann könnte ich vielleicht gelassener damit umgehen. Auf dem Heimweg stiefelten wir locker, mit viel Gesprächsgeplänkel zurück. Es hatte den Anschein, als waren wir beide nicht schlüssig, wo diese Reise hinführen sollte. Auf halber Strecke erzählte er mir vom Sommerfest in der Firma: „Es ist das Auftaktspiel von der EM. Da haben unsere Chefs nicht dran gedacht. Ich habe entschieden, dass wir eine Leinwand aufstellen. Es gibt genug Fußballbegeisterte, die sonst nicht teilnehmen würden. Das war doch eine gute Idee von mir, oder?" Ich bauchpinselte ihn: „Gute Idee, vor allem, dass Du dieses Spiel dann auch nicht verpasst. Was heißt das: Sommerfest. Wann geht es los?" Roland erklärte mir: „Ich muss schon früher hin. Die Vorgesetzten grillen wieder für die Mitarbeiter. Das ist eine nette Geste, um sich bei den Mitarbeitern für ihren Einsatz zu bedanken. Ich hoffe, dass die anderen Verantwortlichen heuer mehr machen. Ich werde mir nicht überwiegend alleine den Hintern aufreißen. Die meisten denken, dass sie es langsam angehen lassen können. Heuer sollen die mal schuften!" Ich überlegte und stellte die alles entscheidende Frage: „Wo ist Christine eingeteilt, bei Dir am Grill? Dann wird es ja ganz schön heiß." Er schaute mich von der Seite an und spielte meinen Satz mit einem zu lauten Lachen runter: „Weiß ich doch nicht. Ist mir auch egal. Vielleicht kommt sie gar nicht. Sie hat sich erst einmal krank gemeldet. Montag ist sie nicht da." Mein erster Gedanke war: „Erkrankt an gebrochenem Herzen." Ich habe mir das auf meiner Arbeit nicht erlaubt. So kaputt wie ich war, ging ich trotzdem jeden Tag ins Geschäft. Es hat mir auch gut getan, daheim wäre ich durchgedreht. Warum hätte ich auch meine Arbeit vernachlässigen sollen? Die junge Generation macht sich da nicht so einen Kopf. Egoisten! - die Kolleginnen und Kollegen würden es schon ausbaden. Das ist also die strebsame Praktikantin – Entschuldigung, Teamassistentin!"

Als wir beim Auto ankamen, klingelte Rolands Handy. Ich dachte felsenfest, dass Christine erneut ihr Glück versuchte. Erfreulicherweise war es aber unsere Tochter. Roland stellte auf Lautsprecher und ich hörte Julia fragen: „Mama, Papa, wollt ihr heute mit uns Forelle essen gehen. Wir könnten uns um 18.00 Uhr im Lokal treffen?" Roland sagte erst einmal nichts und gab mir durch eine Kopfbewegung zu verstehen, ich solle dies entscheiden. Ohne lange zu Überlegen, antwortete ich: „Ja, freilich Julia, gerne. Um 18.00 Uhr?" „Ja, dann freut es mich, dass wir uns sehen." Julia wollte noch wissen, wo wir uns befinden und wie lange wir unterwegs sind, dann verabschiedeten wir uns bis zum vereinbarten Treffen. Bis wir daheim ankamen, war es schon so spät, dass wir uns nur kurz umziehen konnten, um pünktlich bei den Kindern anzukommen. Julia hatte einen Tisch im Garten reserviert. Da Roland wieder sehr auffällig auf Tuchfühlung ging, wurde es mir wenigstens nicht frisch. So richtig warm, war es an diesem Nachmittag nicht mehr. Luise schnappte sich eine Decke und legte sich diese wärmend über die Knie. Sie erzählte, dass sie aufpassen musste, dass sie keinen Rückschlag von ihrer Erkältung bekommt. In letzter Zeit war sie sehr häufig an Mandelentzündung und Schnupfen erkrankt. Da mir Rolands Reaktion von der Geburtstagsfeier vor seinem „Sturzverlassen" auf die typischen Krankheitsgeschichten der Alten noch in guter Erinnerung war, wollte ich schon fast einhaken: „Auch junge Leute reden über Krankheiten!" Aber wie so oft in den vergangenen Tagen schluckte ich meine Bemerkung schnell hinunter. Dies bringt mir gar nichts - außer, dass ich alte Wunden aufkratze.

Die nächsten Tage vergingen mit mehr oder weniger Diskussionen. Letztendlich war Roland viel im Ausland unterwegs und so hatten wir dadurch wenig Zeit, um uns mit dem anstrengenden Thema „wird das noch was" zu beschäftigen. Wenn er unterwegs war, meldete er sich regelmäßig über Nachrichten-App oder sendete Nachrichten über die Fitnessband-App. Das Fitnessband hatte er uns schon vor dem „Sturzverlassen" an den Arm getackert. Wir, das waren mein Vater, meine Mutter, ich und unsere Kinder. Damals hieß es: „Wir müssen uns mehr bewegen und, was sehr interessant ist, man kann seine Schlafgewohnheiten prüfen. Da sieht man erst, wie lange man wirklich tief und erholt schläft." Mein Vater meinte darauf nur: „Das merk ich doch spätestens früh, wenn ich ausgeschlafen bin." Diesen Einwand überging Roland mit dem Vorschlag: „Teste es ein paar Tage. Du jammerst doch immer, dass Du zu wenig Schlaf bekommst. Vielleicht wirst Du überrascht, wie gut Du eigentlich schläfst." So begaben wir uns in eine Testphase und es machte wirklich Spaß, zu sehen, wie viele Schritte man täglich zusammen bekommt. Ende Mai, überraschte mich dann eine weitere Information von der Fitnessband-App. Nein, schockierte mich eher: „Roland und Christine sind jetzt Freunde." Nicht, dass ich dies nicht schon wusste, aber das war schon dreist von ihm: Christine mit in unsere Fitnessband-Community aufzunehmen. Jedem der restlichen Teilnehmer blieb beim Lesen dieser Nachricht der Bissen vom Eiweißbrötchen im Halse stecken. Als ich ihn anrief - er war geschäftlich in der Tschechien und gerade am joggen - schnaufte er laut durch mein Handy. Es klang, als würde ihm einer abgehen, da er in der Fitnessband-Gruppe eine Freundin mehr hatte, ich konnte mich fast nicht halten: „Was bildest Du Dir jetzt wieder ein. Schenkst jedem von uns ein Fitnessband, damit wir heute mit ihrem angezeigten Profilbild registrieren können, dass Du mit Christine über unsere Fitnessband-Gruppe befreundet bist. Jetzt wird mir jeden Tag angezeigt, wann die Schnepfe aktiv ist oder schläft. Es kann doch nicht wahr sein, dass Du so doof bist. Hey, unsere Kinder und Deine Schwiegereltern haben das jetzt auch auf ihrem Display. Du bist doch vollends bescheuert. Unverschämter kannst du uns an Deinem Doppelleben nicht teilhaben lassen." Das war schon verrückt! Schuldbewusst bezeugte er, dass er nicht darüber nachgedacht hatte, als Christine ihn angefunkt hat: „Sie hat sich auch ein Fitnessband zugelegt. Ich hab davon geschwärmt und da sie sonst keinen mit Fitnessband kennt, hat sie mich angefragt und ich habe es einfach kopflos angenommen." Ich schrie in das Handy: „Herzlos bist Du - nicht kopflos. Du bist das Letzte." Dass er diesen Abend schuldbewusst alle fünfzehn Minuten vom Handy bei mir anrief und mir seinen Standort durchgab, damit ich weiß, wann er nach Hause kommt und er sich mit mir aussprechen wollte, hat mich wieder besänftigt. Warum konnte ich nicht standhaft bleiben und brach immer wieder aufs Neue ein. Was bewirkte, dass ich so oft er mich verletzte, ihm trotzdem noch eine weitere Chance gab? Ich kann es nicht sagen – vielleicht war ich zu sehr auf den Triumphsieg gegen eine 21 Jahre jüngere Frau aus und kämpfte weiter. Dass die Kinder ihn schon seit ein paar Tagen über die Ortung immer am gleichen Park&Ride-Parkplatz zur gleichen Uhrzeit antrafen, haben sie mir lange verschwiegen. Ich kann nicht sagen, ob dies etwas an meinem Kampf geändert hätte. Als Roland in dieser Nacht um 00:30 Uhr heimkam hat mich wieder meine Müdigkeit nachgeben lassen. Ich war es überdrüssig, mich aufzuregen. Zuhören, Zustimmen und Abschalten!

Mitte dieser Woche waren wir spontan bei meiner Schwester auf ein Glas Wein eingeladen. Sie rief mich an und fragte, ob wir Lust hätten, auch mal wieder etwas mit ihnen zu unternehmen: „Wir können uns doch ganz ungezwungen bei uns treffen." Ich sagte noch nicht gleich zu, aber nachdem Roland meinte, dass er gerne mal wieder mit Matthias reden möchte, rief ich an und machte mit ihr eine Uhrzeit aus. Ganz pünktlich kamen wir nicht an, denn Roland hatte wegen dem Sommerfest zusätzlich mehr auf Arbeit zu tun. Wir konnten uns noch draußen in den Garten setzen. Man merkte, die Luft wurde wärmer. Susanne bewirtete uns mit leckerem Rotwein und Pralinen. Als Roland die Pralinen verweigerte, meinte Susanne, dass sie auch Erdnüsse gekauft hätte: „Das verträgt sich mit Deiner Low-Carb-Diät, Roland." Er schaute ganz erstaunt und fragte näher nach: „Die kann man essen? Das sind doch auch Kohlenhydrate." Matthias klärte Roland auf, dass es bei Nüsse einen hohen Eiweißwert gab und man beruhigt zugreifen kann. Sicherheitshalber googelte er dies noch auf seinem Handy und als er die Bestätigung aus der neuen Medienwelt bekam, ging es los. Ich sah meinen Mann noch nie im Leben so übertrieben Nüsse in sich rein schaufeln. Meine Schwester und ich stießen uns unterm Tisch an. Keiner wollte aber darüber einen Witz reißen, da wir befürchteten, dass er dies noch nicht vertragen könnte. Jeder aus der Familie ging mit Roland um, als könnte das zarte Pflänzchen zerbrechen. Es war schon affig, wie wir uns alle verhielten. Wollten wir alle so übertrieben, dass dieser durchgeknallte Mann bei uns wieder Fuß fasste? Also, wenn ich ihn so sah, hätte ich am liebsten, dass er zu seiner Fitnessband-Freundin zurückkehrt. Vielleicht fand sie diese Esskultur sexy. Mir wäre ein gemütlich drein schauender Mann lieber, der seine Hände während des Gespräches auf seinem Bäuchlein ausruht. Das ist es was mir gefällt, aber doch nicht so ein schreckhafter Lurch, der wie ein Stallhase kaute. Als ich mit Susanne unter einem Vorwand, ins Haus ging, platzten wir beide vor Lachen im gleichen Moment und meine Schwester posaunte los: „Was ist denn mit dem Roland heute los. Der hat sich doch was eingeworfen." Ich hielt mich vor Lachen an ihrem Arm fest: „Keine Ahnung wer oder was da draußen gerade sein Unwesen treibt, aber normal ist anders!" Wir schauten durchs Küchenfenster zu unseren Männern. Da sie sich unterhielten, blieben wir lieber noch einen Moment länger in unserem Schutzbunker. Susanne holte noch eine Dose Erdnüsse aus der Speisekammer und wir trotteten nach ein paar Minuten wieder nach draußen. Hoffentlich entriss Roland meiner Schwester nicht gleich die Dose und flüchtete unter den Tisch, frei nach „Herr der Ringe" mein Schaaaatz. Dies blieb aber aus, scheinbar unterbrachen wir gerade eine angeregte Unterhaltung zwischen den beiden Männern, aber wie meine Schwester und ich so sind, war es uns egal. Wird nichts Bewegendes gewesen sein! Als ich neben Roland Platz nahm, sah er mich an und nahm meine Hand: „Mei Annette is wieder da. Hab Dich schon vermisst!" Ich schaute ihn an und meinte nur: „Es sind noch Erdnüsse da."

Die Tage vergingen zügig und es war soweit, dass Roland das Sommerfest seiner Firma hatte. Er kündigte an, dass es spät werden könnte. Ich sollte nicht auf ihn warten. Da es ein Freitag war, fiel es mir nicht schwer, länger aufzubleiben. Wir können uns ja am Samstag ausschlafen. Der Gedanke, dass Christine hier die Möglichkeit nutzte, um wieder bei Roland zu punkten, bereitete mir schon etwas Sorgen. Die letzten Tage verliefen so gut, dass unser Leben schon fast wieder einen gewohnten Touch bekam. Ich verlor wenig Gedanken an unsere Ehekrise. Am frühen Abend machte die Alleinherrschaft über das Fernsehprogramm noch Spaß. Später quälte ich mich vor Müdigkeit auf dem Sofa rum. Um 01:00 Uhr in der Nacht, wurde ich unruhig und rief auf Rolands Handy-Nummer an. Ein beunruhigendes: „Der Teilnehmer ist nicht erreichbar" meldete sich. Genau in diesem Moment, bekam ich einen Stich in der Magengrube. Der Dorn der Verletzung sprang wieder zurück. Ich steigerte mich mit jedem Anruf, der nicht durchklingelte so hinein, dass ich heulend an Marcels Wohnungstüre klopfte – leise, damit ich nicht auch noch Luise aufweckte. Gott sei Dank hat Marcel immer einen leichten Schlaf und er kam nach dem fünften Mal klopfen zur Türe geschlichen. Er legte seinen Zeigefinger über den Mund: „Psst, sonst wacht Luise auf!" Nervös und zu laut, sprudelte es aus mir heraus – Marcel bat mit nochmaligen „Psst" um etwas Beruhigung und ich flüsterte: „Dieselbe Scheiße passiert wieder. Papa ist noch nicht da und nicht erreichbar. Er hat sein Handy ausgeschaltet." Da mir mein Sohn die Aufgeregtheit anmerkte, nahm er mich in den Arm und sagt: „Jetzt wart erst einmal, ich probiere es bei ihm!" Er holte sein Handy und wählte Rolands Nummer. „Geht nicht! Ich nehme mal unseren Router vom Netz, vielleicht spinnt unser WLAN." Dieser Gedanke beruhigte mich nur kurz. Auch nach dem Neustart vom Router, kamen die Gespräche bei Roland nicht an. „Er macht das Gleiche, wie vor einem Monat!", meinte ich. „Mama", beruhigte mich Marcel mit einer neuen Erklärung, „vielleicht befindet er sich in einem Bereich vom Firmengebäude, wo es keinen Empfang gibt." „Ja, in der Besenkammer!" stieß ich sauer hervor. „Was soll denn anderes sein, als dass er wieder in Bayreuth ist. Vielleicht hat er dort noch einen Teil seiner Sachen gelassen, dann kommt er schon übers Wochenende zurecht, was braucht man denn auch schon? Schlafanzug oder er schläft nackig. Jogginganzug für Samstag und Sonntag und Montag zieht er den Anzug von heute an..." Marcel tat alles, um mich auf einen anderen Kurs zu bringen. Er meinte: „Ich glaub das nicht. Es kann was ganz Banales sein. Vielleicht ist sein Akku leer." Wir tüftelten schon eine Stunde herum. Marcel gab mir etwas anderes zum Überlegen, als er sagte: „Mama, wenn Du heute so fertig bist, wie soll das zukünftig funktionieren. Willst Du jedes Mal, wenn Papa unterwegs und nicht sofort für Dich erreichbar ist, so ein Zinnober veranstalten? Daran gehst Du doch in den nächsten Monaten kaputt! Das hältst Du nicht lange durch!" Ich antwortete: „Ich weiß, das ist auch nicht mehr schön. Ich kann nicht mal mehr Durchatmen. Jedes Mal, wenn er unterwegs ist, habe ich Bauchschmerzen." Marcel blieb noch bei mir im Wohnzimmer, bis Roland um 02:30 Uhr heim kam: „Was macht ihr zwei denn noch auf?" Ich wollte nicht antworten, da ich vor lauter Müdigkeit und Erschöpfung den Mund nicht aufbekam. Marcel erklärte, was sich die letzten 1 ½ Stunden abgespielt hatte. Roland schaute uns betroffen an: „Macht mich traurig, dass die Annette kein Vertrauen mehr zu mir hat. Habt ihr keine Nachrichten gehört, dass ganze T-mobile-Netz war lahmgelegt. Ihr denkt „ich mach wunder was" - freut mich, was ihr von mir haltet!" Als ich mir die Bestätigung der Netzprobleme aus dem Internet holte, fühlte ich mich beschissen. Ich hatte Schuldgefühle, war aber auch traurig, wohin uns diese Krise geführt hatte. Kann man jemals wieder ruhig schlafen, wenn der Mann lange unterwegs ist. War vielleicht die Last zu groß für jemanden, der einmal „sturzverlassen" wurde? Ich wollte es noch weiter versuchen, ja testen. Wider der Niederlage gegen eine 21 Jahre jüngere Frau!

Den darauffolgenden Tag, waren wir alle ziemlich mitgenommen und müde. Marcel vom wiederholten Held-für-Mama spielen, ich, da ich wegen Grübelns die ganze Nacht kein Auge zugemacht habe und Roland, der erst seine erholsame Kuschelserie „Vikings" anschaute und spät einschlief. Wir chillten auf dem Sofa. Es gab keinen wichtigen Termin, keiner musste los. Auch mal schön. Unser schwarzer Kater gesellte sich zu Roland auf das Sofa. Nach einem langen beruhigenden Milchtritt, legte er sich in die bequeme Kuhle auf Rolands Beine. Was gibt es Erholsameres? Jetzt noch ein guter Film! Ich zappte mich durch Netflix und wählte „Sweat home Alabama". Passende Filmhandlung, mit „happy end"! Roland schnarchte schon ab der Stelle, wo die Hauptdarstellerin mit ihrer Mutter am Einkochen ist. Klingt jetzt nicht spannend, aber der Inhalt ist wirklich sehenswert, für die, welche die Hoffnung auf ein „happy end" noch nicht aufgegeben haben! Ungefähr zur Halbzeit hielt ich den Film an – Pinkelpause, so gut hatten uns die freien Sender erzogen. Vielleicht war es auch eine Intuition, der richtige Zeitpunkt um gleich an richtiger Stelle zu sein. Genau als ich an dem Dielenschrank vorbei ging, wo Rolands Handy in der alten Porzellanschüssel lag, erklang ein Signalton. Von dem Impuls gelenkt, dass einer unserer Kinder etwas wollte, drehte ich mich zum leuchtenden Display und erhaschte noch den Blick darauf, bevor es wieder verdunkelte: „ War schön gestern! DENK AN DICH „Herzbussi-Emoji". Dass ich den Absender auch erkannte, war eigentlich nicht wichtig. Ich hätte auch so gewusst, wer diese Liebesbotschaft sendete. War Christine also gestern mit ihm auf dem Sommerfest! Was für ein dreistes Stück dieses junge Mädchen ist . Bildet sich was ein. Wuchert zwischen einem 50jährigen alten Mann und seiner Familie – breitet sich in unserem Leben aus. Ich schaute in den Spiegel, wie die Szene aus einer Liebesschnulze: „Klappe, das geht noch besser! Und, „wie ich auf einmal 83 Kilo verlor, die zweite". So weit kam es noch. Ich drehte mich schneller um, als mir mein Spiegelbild höhnisch zurückgrinsen konnte, schnappte mir meinen Autoschlüssel, öffnete mit der Fernbedienung die Garage, setzte mich in ein Auto und raste aus der Einfahrt. Ich fuhr los, auf eine Fahrt nach nirgendwo. So schnell, dass ich meinen Führerschein am Ende riskieren könnte. Ich fuhr auf die Autobahn Richtung Heimat und musste aufpassen, dass ich die Geschwindigkeit reduzierte, sonst trieb es mich aus der Kurve. Ich umfasste das Lenkrad kräftiger. Wenn ich noch mehr Kraft gehabt hätte, ich hätte es zerbrochen, nein, das Bild ist schöner: rausgerissen und vor Wut aus dem Fenster geschmissen! Ich dachte an Marcel, dem es damals beim Türaushebeln ähnlich ging. Wohin sollte ich in diesem Moment mit meiner Wut? Sie ging schnurstracks in mein rechtes Bein! Ich hatte keine Höllenmaschine, die jetzt das richtige Motorengeräusch zu meiner Gemütsverfassung erzeugte. Das brachte nicht den richtigen Kick, aber darum ging es ja nicht. Mein Auto brachte mich fast selbständig zum Ziel. Völlig starr vor Wut, achtete ich nicht auf mein Umfeld. Wenn mich jemand gefragt hätte: „Und, hast Du die „keine-Ahnung-was" auf der Strecke gesehen, ich hätte es nicht sagen können. Tunnelblick! Immer der Nasenspitze nach. Ab einem gewissen Zeitpunkt musste ich mein Navi dazu schalten: „Bayreuth" - ich schaute auf die Ankunftszeit - noch 42 Minuten zu fahren. Das ist ja fast schon, wie eine Urlaubsfahrt. Jetzt wurde mir richtig bewusst, welche Strecken Rolands Audi A6 jeden Tag zweimal bewältigen musste. Kein Wunder, dass hunderttausende Fliegenleichen an der Front seines Autos klebten. Jede einzelne Fliege starb einen überflüssigen Tod! Leute, über was ich alles nachdachte. Der einzige Vorteil: wenige Geschwindigkeitsbegrenzungen auf diesem Teil der Autobahn. Gemein ist, an der Strecke wo man eine Begrenzung hat, fährst Du bergab. Ich musste mich beherrschen und bremste runter, um kein Knöllchen zu bekommen. Sofort korrigierte meine Navi-Zeit wanderte zwei Minuten drauf. Es war nicht wichtig, aber ich holte die Zeit danach wieder rein. In Bayreuth angekommen, zuckelte ich durch die City und schaffte es sechs Minuten von der Navi-Vorgabe einzusparen. Yeah! Sechs Minuten früher bei der Bitch. War auch gut, denn mit jeder weiteren verronnenen Minute sollte meine Wut nachlassen. Ich hielt nach ihrem Auto Ausschau. Nö, ich wusste nicht, welches Auto sie hatte. Da ich aber ständig mit Fahrzeugen zu tun hatte, wusste ich, diese Generation ist leicht auffindbar: Städtekennung, Initialen, Geburtsjahr oder –tag. Mit dem Datum, waren die Leute nicht wählerisch, da die Zulassung nicht zu 100 % auf genau dich gewartet hat. Ah, dann sah ich einen roten Kleinwagen, bei dem das Kennzeichen passte. Auto ist schon mal da. Jetzt die Hausnummer suchen. Ich war baff, es war ja wirklich schaurig, was sich hier zeigte. Wie kann man seinen Wohnkomfort so herunterschrauben. Hätte ich nicht von Roland gedacht. Ich war doch diejenige, die immer zu ihm sagte, mir ist egal wo ich wohne, Hauptsache mit dem Mann, den ich liebe. Gott sei Dank, kam ich nie in die Verlegenheit, mit Roland die letzten Jahre auf engem Raum zu leben. Wir wären uns ziemlich schnell auf den Sack gegangen! Zelt? Unmöglich!! Ich ging in, ja, wie bezeichnet man das überdachte etwas, wo Briefkästen und zig Klingeln angebracht waren? Das „Tor zur Hölle", nennen wir es einfach so! Ich betrat das „Tor zur Hölle" und war gespannt, ob schon ein Namenschild von Roland provisorisch dazu gezimmert worden war –

aber nein, nur ihr Name. Ich klingelte, natürlich vernahm ich die Klingel nicht, befanden sich die Wohnkäfige ziemlich weit weg, unmöglich ein erfolgreiches „klingklong" zu hören. Ich klingelte also nochmal, und nochmal. Aber nichts. Entweder war sie nicht daheim oder sie rechnete schon mit meinem Besuch. Ich musste mich vor lauter Heulen schnäuzen. Ich hielt mein Rotztuch in der Hand und überlegte nicht lange. Ich pappte es ihr auf die Klingel, so wie wenn ein Hund eine Markierung hinterlässt. Ja, da hab ich echt dicke Eier bewiesen. Kaum im Auto, überlegte ich, ob es dort vielleicht Überwachungskameras gab. Ups, vielleicht wertet die Polizei aus, wer die heilige Klingel kontaminiert hat. Schmarrn, tat ich meinen Gedanken ab, was sollte mir denn deshalb passieren? „So, sie sind festgenommen wegen strafbarer Handlung an einer Haustürklingel!" Neeeiiin! Ich fuhr aber lieber noch mal ganz langsam an dem „Tor zur Hölle" vorbei. Nix gesehen, was einer Kamera nahe kam - alles gut! Wenn ich jetzt daran dachte, dass ich fast eine Stunde wieder zurückfahren musste, wurde ich voll sauer. Eine Stunde! Scheiße – für nix und wieder nix. Nicht einmal für diesen Akt war sie gut. Ich habe mir schon alles so gut zurechtgelegt, hatte ja genug Zeit auf der Hinfahrt. Vor meinem geistigen Auge sah ich mich schon, wie ich ihr so richtig meine Meinung geigte. Wäre interessant geworden. „Madla, glaub es mir!", sagte ich laut vor mich in. Ich musste daran denken, dass Roland nach dem Wiedereinzug daheim vor ihr warnte: „Das kann leicht sein, dass die morgen aufkreuzt und vor unserer Türe steht. Die is poppelhart!" Jojo, man konnte nicht wissen, wann welche Frau wo vor der Türe steht. Schulterklopfer Annette! – als ob meine überflüssige Aktion etwas bewirkt hat! Umso größer der Abstand zum „Tor der Hölle" wurde, desto sinnloser kam mir diese Handlung vor. Am besten

schnell vergessen. Ich musste mir jetzt im Klaren werden, was ich als nächstes anstellen würde. Heimfahren kam nicht in Frage. Zu den Eltern? Kam auch nicht
in Frage, noch zwei Leute traurig zu machen, wollte
ich nicht. Vor allem, weil sie sich wirklich abkämpften.
Für meine Mama und Papa war die Situation mit Roland und mir auch nicht einfach. Nebenbei bemerkt,
auch nicht für seine Mama. Es sind ältere Leute, die
immer glücklich waren, wenn sie unsere intakte Familie erleben konnten. Meine Gedanken drehten sich im
Kreis. Das Wohl unserer Kinder, der ganzen Familie,
lag mir am Herzen. Mich zog es nicht nach Hause, es
strahlte auch keine wohlige Wärme mehr aus, wie es
ein Zuhause eigentlich als Aufgabe gehabt hätte. Aber,
wohin sollte ich? Meine Freundinnen hätten mich auch
aufgenommen, aber ich wollte für mich sein. Ich hatte
in weiser Voraussicht meine Ortung ausgeschaltet.
Wusste ich doch, was nach Bemerken meiner Abwe-
senheit startete. Die Agenten 007 in Form der Kinder,
tippten drei Knöpfe auf ihrem Smartphone und schon
wissen sie, wo ich mich aufhalte. Das sollte mir nicht
passieren. Ich entschied ohne groß weiter darüber
nachzudenken, dass ich zu einem Naturschutzgebiet
fahre, wo ich wusste, dass es einen überdachten Vogelausguck gab. Es dauerte laut Navi noch 38 Minuten, dann sollte ich mein Ziel erreicht haben. Ich kam
so ziemlich auf dem Punkt bei meinem Zielort an,
parkte mein Auto. Kennt ihr die Momente, wo man sich
wo befindet und es kommt einem unrealistisch vor?
Genauso ging es mir in diesem Moment. Ich wandelte
durch die Gegend, als ob ich mich gerade in einem
meiner Träume befand. Mein Kopf erfasste die Situation nicht. Ich lenkte mich mit Erinnerungen ab, als meine Kinder wie kleine Steppkes hier mit der Kinder-
gruppe für Unfug und Tollerei sorgten. Es gab einen
von ihnen gepflanzten Apfelbaum, der Sitzkreis beim

Lagerfeuerplatz ließ mich an Bilder und Momente denken, die sehr schön waren. Geprägt von der guten Laune der Kinder. Was gab es Schöneres, als in der freien Natur herumzutollen. Auf dem ganzen Gelände, kam mir gerade mal eine Spaziergängerin mit ihrem Hund entgegen. Hier ist man für sich alleine. Alleine, ich kam mir ziemlich alleine gelassen vor und ziemlich deppert. Ich wanderte auf und ab, hatte kein Ziel. Es war an diesem Tag wieder kälter geworden und ich war viel zu dünn angezogen. Vor drei Stunden, hätte ich nicht damit gerechnet, dass ich jetzt durch die Sandgrube stiefelte. Da lag ich noch gemütlich auf meinem warmen Sofa. Würde mir jetzt besser gefallen! Mir fiel ein, dass ich noch ein Handtuch hinten im Kofferraum liegen hatte. Das benutzte ich immer zum Unterlegen und schützte so meine Autositze vor Lillys schmutzigen Pfötchen. Jetzt wird es mich ein bisschen wärmen. Als ich mit dem Handtuch erneut loszog, dachte ich darüber nach, ob mir dieses Handtuch als Zudecke für die kommende Nacht ausreichen würde. Ich erreichte den Vogelausguck und stieg die steile Leiter hinauf. Oben angekommen ließ ich wie eine Indianerin den Blick über das Revier kreisen. Ich atmete tief durch. Die kalte Luft spürte ich bis in die unterste Spitze meiner beiden Lungenflügel. Es tat gut, noch. So ohne Bewegung wird es einem schneller kalt, als man denkt. Das Handtuch wärmte nicht wie gewünscht. So legte ich es auf dem Holzboden des Ausgucks, setzte mich in die Ecke und schaute durch zwei Holzlatten, ob ich noch etwas Interessantes entdecken würde. Es muss doch irgendetwas geben, was mich ein bisschen von meinem Dilemma ablenkt. Wäre zu schön gewesen. Die Minuten zogen sich wie Kaugummi. Ich hatte mein Handy dabei. Es diente mir als Zeitmesser. Wo man sich ansonsten fragte, wie schnell die Zeit verstreicht, kroch sie in diesem Moment wie eine lahme Schildkröte vor sich hin. Da fiel mir ein, dass es hier auch einen kleinen Weiher gab, in dem man seltene Molche betrachten konnte. Ich sprang auf, froh, dass ich etwas Sinnvolles machen konnte: „Molche suchen!" und machte mich auf und nahm den kurzen Fußweg bis zum Weiher. Nicht mal zwei Minuten brauchte ich bis dorthin. Da mich eh keiner hörte, rief ich, so laut ich konnte: „So, Molche, wo seid ihr? Wo seid ihr denn? Wooooo?" Ich sank auf meine Knie und heulte, was das Zeug hielt. Jetzt hatte ich einen Grund zu schluchzen - keine Molche! Ich schüttelte mich vor lauter Hineinsteigern. „Waaaah, so ein beschissenes Leben. Wer will mit mir tauschen?" Ich konnte wirklich laut schreien. Handelt sich hier wahrscheinlich gerade um eine Inspiration dieser einsamen Gegend. Schreitherapie dachte ich mir. Gut, ich kann bestätigen, dass dieses Schreien etwas befreite! Kann ich jedem nur empfehlen. Aber aufpassen, nicht dass sie Euch einsperren. Als ich mich ausgeheult hatte, war es mir wirklich kalt und ich schnappte mein Handtuch, welches zur Hälfte im Weiher gelandet war und jetzt klatschnass meine Jeans mit Wasser volltropfte. Toll, das auch noch. Ich ließ einen letzten Aufschrei heraus: „Vielen Dank lieber Gott. Scheiß bitte nur noch auf meinen Kopf. Verschone alle anderen. Passt schon!" Nachdem ich mich beim lieben Gott bedankt hatte, konnte ich mich beruhigt auf den Heimweg machen. Ich hätte es vor Kälte mit dem nassen Hosenbein auch nicht länger ausgehalten. Damit sich meine Bitte bestätigte, fing es jetzt noch fürchterlich zu Regnen an. Juchhu, ein weiteres Zeichen. Ich brummte aber nur vor mich hin: „Nochmal vielen Dank." Mit eingezogenem Kopf und dem Versuch, die trockene Handtuchhälfte als Regenschutz zu benutzen, rannte ich zum Auto. Es stand nicht weit weg, das war der Vorteil. Ich sperrte mit der Fernbedienung auf und streckte meinen Arm schon von Weitem aus, um die Autotür zu öffnen und hineinzuspringen. Endlich im Trockenen. Ich ließ den Motor an und rollte langsam rückwärts, lenkte mein Auto Richtung Ausfahrt und fuhr langsam heim. Als ich meine Garage mit der Fernbedienung öffnete, sah ich schon wie die Haustüre aufging. Ein aufgebrachter Marcel schaute mir unter der Türe in die Augen. Er hob die Hand als Geste für die Frage: „Was ist denn bei Dir los." Dann sah ich, dass er den „Scheibenwischer" mit der Hand vor seinem Gesicht wedelte und ich wusste, dass er sauer war. Sollte ich jetzt einfach die Garage mit der Fernbedienung schließen und im Auto sitzen bleiben? Es würde die Konfrontation mit Marcel nach hinten verschieben, ausweichen konnte ich diesem Gespräch nicht. Ich stieg also aus, um mich der Situation zu stellen. Marcel stand schon am Heck meines Autos: „Ja, sag mal, was ist denn jetzt schon wieder los? Wir haben uns Sorgen gemacht! Nach allem, was wir schon erlebt haben, war das jetzt keine gute Idee", raunzte er. Ich sah ihn betroffen an: „Euch wollte ich keine Sorgen machen. Wo ist denn Dein Vater. Den interessiert es wohl nicht, dass ich abgehauen bin." Innerlich dachte ich 1:1, aber dieser Ausgleich erzeugte keinen großen Stolz in mir. Wieder bei Besinnung und mit etwas Abstand betrachtet, hat mein Handeln auch die falschen Personen in Sorge gebracht. Marcel erzählte mir: „Roland habe ich schon geschrieben. Er fuhr vorhin los, um bei Deinen Eltern zu schauen, ob Du Dich dort aufhältst." Ich fragte ihn: „Wann hat er denn bemerkt, dass ich nicht mehr da war?" „Noch nicht so lange", meinte Marcel „vielleicht vor zwanzig Minuten?!" Ich ließ mich von ihm ins Haus schieben, er hatte wieder Mal seinen Arm beschützend um mich gelegt. In der Diele umarmte er mich ganz fest. Es erinnerte mich an die Szene vom Tag des „Sturzverlassens". Alles drehte sich nur noch um diesen einen Tag und der ganzen Misere, die dem Ganzen folgte. Er hatte noch viele Fragen an mich: „Warum hast Du Deine Ortung ausgeschaltet? Warum hast Du Julia oder mich nicht angerufen? Macht jetzt hier jeder nur noch Nonsensaktionen? Warum bist Du überhaupt weggegangen?" Ich musste zugeben, dass ich bei ihm wirklich Aufklärungsbedarf hatte: „Tut mir leid - dass ich Euch nicht angerufen habe, war blöd. Ich habe Dich und Julia unnötig beunruhigt. Mit dem Ausschalten der Ortung, wollte ich nur zeigen, dass ich schlauer bin und aus vom Trubel nach Rolands Verschwinden etwas gelernt habe. War nicht richtig! Entschuldige bitte Marcel, ich wollte Euch Kinder nicht beunruhigen. Ich wollte nur Roland zeigen, wie es sich anfühlt, wenn man nicht weiß, wo der andere ist. Es hat mich verletzt, als ich auf seinem Handy die Nachricht von Christine gelesen habe." „Die hat bei ihm vorhin angerufen und gefragt, ob es sein kann, dass Du vor ihrer Türe stehst." Jetzt musste ich lachen und aufpassen, dass ich ihn nicht anrotzte, heulte ich nämlich schon wieder, wie ein Schlosshund! „Sie hat mich gesehen?", fragte ich fast triumphierend. Marcel ließ mich los und holte mir ein Taschentuch. Er schaute mich an und fragte: „Was hast Du erwartet? Roland hat dann eins und eins zusammen gezählt. Er hat ihre Nachricht gelesen und sie nochmal angerufen, um zu erfahren, wann Du in Bayreuth warst. Wolltest Du ihr eine reinhauen?", wollte er jetzt genau von mir wissen. „Ach wo, mir war es ganz recht, dass die Schnepfe nicht aufgemacht hat. Meinst Du sie hatte wenigstens a weng Schiss?", grinste ich Marcel verstohlen an. „Bestimmt!", bestärkte mich mein Sohn und klopfte mir auf die Schulter. „Verarsch mi net." Ich musste schon wieder lachen. Durch die Glastür sahen wir, wie Roland herein rauschte. „Maaann, der soll a bissla langsamer fahren, der überfährt noch eine Katze." Sagte Marcel und schob mich behutsam zur Seite, um die Haustüre zu öffnen und Roland Handzeichen gab, dass er nicht so schnell fahren soll. Er ließ sein Fenster runter und fragte: „Ist sie da?" Marcel machte die Türe weiter auf und ich winkte über Marcels Schultern zu Roland hinaus. „Ich bin da. Ich leg mich hin, mir is` saukalt", sagte ich. Roland stieg schnell aus und war sofort bei mir. Er stoppte mich indem er meinen Arm festhielt: „Ist fei nicht lustig, was Du machst. Alle haben sich Sorgen gemacht!" „Da siehst Du mal, wie es mir ergangen ist und ich bin nach drei Stunden wieder da. Du hast ja eh erst vor nicht einmal 30 Minuten bemerkt, dass ich nicht mehr neben Dir lag", schimpfte ich. „Ich war von gestern so müde, dass ich eingepennt bin. Tut mir leid. Ich kann nix dafür, wenn sie mich mit Nachrichten bombardiert. Hättest Du mich halt aufgeweckt und mir erzählt, dass Du die Nachricht von Christine gesehen hast", gab Roland als Antwort. „Es ist mir die Sache bald nicht mehr wert. Christine war gestern auf dem Firmenfest und Ihr habt Euch wieder angenähert, oder warum meldet sie sich so süß? Wenn Du ihr nicht signalisieren würdest, dass sie immer noch Chancen bei Dir hat, dann hätte sie Dir nicht geschrieben, so schaut es aus, mein Lieber", und setzte mit diesen Worten und meinem prompten Umdrehen einen Schlussstrich unter diese Unterhaltung. Ich verzog mich aufs Sofa. „Willst Du was essen?", fragte mich Roland. Ich brummte: „Nein, wenn, dann mach ich mir selber was." Roland schaute durch die Küchentüre zu mir aufs Sofa. „Ich esse auch einen Wurstsalat. Den hast Du doch extra für heute gemacht! Willst Du eine Scheibe Brot dazu?", fragte er und so hatte er schon wieder eingelenkt. „Ja, gut! Ich nehm eine Scheibe Brot. Aber mit Butter", rief ich zu ihm. „Bitte.", hängte ich an, um die Aufforderung freundlich abzurunden! Es dauerte nicht lange, da kam Roland mit zwei Tellern herüber balanciert. Kurz vor dem Abstellen, schwappte etwas Sud auf den Tisch. „Kannst Du nicht aufpassen?", raunzte ich, da ich durch meine Wut mit so etwas Kleinem kurz vor einer Explosion stand. „Ich hol einen Lappen, was ist denn jetzt dabei. Halb so wild", meinte Roland und ging zurück in die Küche. Ich fing schon mal an zu essen, denn jetzt spürte ich den Hunger gewaltig. Ich schlang Stadtwurst mit Käsewürfel und Tomate so schnell in mich hinein, dass ich fast schon fertig war, bevor er mit der Scheibe Butterbrot kam. „Hättest halt noch kurz gewartet. Schau Dein Brot." Roland reichte mir den Teller rüber und putzte den Tisch ab. „Ich mach doch, was ich will, Roland. Was willst Du denn überhaupt jetzt wieder", gab ich immer noch sauer von mir. „Ja, ja, passt schon, Annette. Lass es doch jetzt gut sein. Komm wir schauen einen Film zusammen", schlug er als Wiedergutmachung für den extrem anders verlaufenen Erholungsnachmittag vor. „Ok, dann schauen wir einen Film", bestätigte ich so verärgert, dass es wie eine Drohung klang. Wird nicht einfacher, aber einfach hat es einen! Jetzt grinste ich, diesen Spruch hat ein lieber ehemaliger Arbeitskollege immer von sich gegeben, wenn es auf Arbeit vor Stress hoch herging. Das war ein wirklich netter Mensch. Leider ist der Gute viel zu früh an Krebs gestorben. In diesen Erinnerungen an viel zu früh verstorbene liebe Menschen, kam ich zur Besinnung und fragte mich: Warum immer streiten? Es kann viel zu schnell vorbei sein. Das Leben muss mit Dingen gefüllt werden, welche einen wirklich glücklich machen. Die Situation mit Roland fühlte sich noch nicht gut an. Ich wankte immer noch in dem Gefühl, dass es ein Fehler war, dass ich ihn wieder in mein Leben gelassen hatte. Eigentlich war ich schon darüber weg. Gut, um eine Trennung nach 31 Jahre dauernder Beziehung wirklich zu verarbeiten braucht es mehr als ein paar Wochen, aber ich war schon über den heftigsten Schmerz hinweg. Ich habe vor Rolands Wiedereinzug viele Zukunftspläne ohne ihn gezimmert. Klar wurde es mir teilweise schwindlig, wenn ich daran dachte, dass ich mit den Aufgaben und finanziellen Sorgen mit dem Haus alleine dastehen würde. Meine Kinder haben mich aber immer beruhigt. Sie haben mit mir Rechnungen vollzogen, damit ich die Bestätigung erhielt, dass mir mein Verdienst für die Erhaltung unseres Häuschens ausreichte. Wenn ich nur daran dachte, dass durch eine Scheidung alle Finanzen durchgekaut werden und alles neu aufgestellt werden musste, konnte ich kotzen. Vielleicht scheute ich mich deshalb, das Beil zwischen Roland und mir fallen zu lassen. Danach würde die Diskussion um „Mein und Dein" anfangen – kein uns mehr - und hiervon graute es mir.

Als der Film vorbei war, setzte ich mich auf. Von Roland kam kein Mucks, deshalb dachte ich, er schlief, aber als ich zu ihm hinüber schaute, waren seine Augen offen. Ich fing mit einem unbequemen Thema an: „Roland, wenn solche Situationen bei uns nicht abreißen, dann sehe ich unserer gemeinsamen Zukunft nicht so rosig entgegen. Es graut mich sogar davor. Ich tu mir unendlich hart, dass ich Dir verzeihe und hab so ein verletztes Vertrauen, dass ich bei jedem Nachrichtensignal auf Deinem Handy unwillkürlich denke, dass es wieder die Spinatwachtel ist. Wie wollen wir es schaffen, hier allein durchzukommen?" Roland setzte sich ebenfalls auf und schaute mich an: „Ich weiß es auch nicht. Vielleicht heilt die Zeit wirklich alle Wunden? Ich kenne mich ja selbst manchmal nicht." Ich war froh, dass der Ton ruhig blieb. Meistens war schon nach einem Satz miese Stimmung. Wir mussten beide daran arbeiten, deshalb schlug ich vor:

„Roland, kannst Du Dir vorstellen, dass wir eine Eheberatung besuchen?" Ich ließ ihn nicht gleich zu Wort kommen und fügte an: „Ich habe einen Therapeuten kennengelernt, der mir in der ersten tiefen Krise aus der Patsche geholfen hat. Wir können bei ihm einen Termin vereinbaren und versuchen, was von unseren 31 Jahren zu retten ist. Wir waren immer glücklich und ich kann nicht nachvollziehen, wieso Du uns verlassen hast." Jetzt blitzten seine Augen, als er meinte: „Ich habe nicht Euch verlassen, ich habe Dich verlassen. Wir haben die letzten Monate einfach wenig Zeit miteinander verbracht. Du warst so mit Deiner Arbeit beschäftigt, dass es für Dich weder links noch rechts gab. Wer hat denn mit Julia für die Prüfung von ihrer Weiterbildung gebüffelt. Du? Nein, ich war das. Und das habe ich zusätzlich gemacht, obwohl ich auf Arbeit auch von allen Seiten Druck bekommen habe. Meinst Du ich kann mir meine freie Zeit so einfach aus dem Ärmel schütteln. Du siehst doch, wie oft ich unterwegs bin. Dann bin ich es noch, der mit Julia lernt, der unter der Woche kocht." Ich musste ihn unterbrechen: „Also, jetzt setz aber mal einen Punkt. Mit dem Kochen wechseln wir uns ja wohl immer ab. Du bist doch derjenige, der nicht sitzen bleiben kann, wenn die anderen mit dem Abräumen dran sind. Du wuselst immer in der Küche mit herum. Das ist der Moment, wo Du auf dem Sofa Deine Freizeit genießen könntest." Darauf erwiderte er: „Bevor ich die Zeit mit Auf-dem-Sofa-sitzen verbringe, würde ich lieber mal wieder Fußball spielen oder in Ruhe joggen. Dazu komme ich schon seit Wochen nicht mehr. Ich hab, seit ich bei Dir bin, schon wieder zwei Kilogramm zugelegt." Zur Untermalung seiner Worte kniff er sich in seine nicht vorhandene Speckrolle. Er musste schon viel von seiner Haut zusammenquetschen, damit sich unter dem T-Shirt überhaupt ein Röllchen abzeichnete. Ich suchte immer noch nach seiner Wampe und meinte zu ihm: „Du willst doch nicht sagen, dass das, was Du jetzt vorzeigst etwas mit Übergewicht zu tun hat. Du tickst doch nicht ganz richtig. Ständig googelst Du nach Apps und Rezepten, welche Deine Low-Carb-Diät unterstützen. Ich empfinde schon keine Lust mehr am Brotessen, wenn Du neben mir sitzt. Ich habe das Gefühl, Du zählst mir jeden Bissen in den Mund. Meinst Du, das ist schön? Leben und leben lassen. Wenn Du Sport machen willst, dann geh doch. Hopp, lauf jetzt noch eine Runde! Ich halte Dich bestimmt nicht davon ab. Ich bin froh, wenn ich ein paar Minuten ohne Dich habe." Er schaute auf und checkte mit zusammengekniffenen Augen meine Körperhaltung. Ich befahl ihm mit einer Handbewegung zur Türe, dass er das Wohnzimmer verlassen solle. Er fixierte meine Augen und stand wütend auf: „Ja, dann gehe ich eben." Auch in diesem Moment fühlte ich sofort ein komisches Gefühl in der Magengegend und es stieg in mir Panik auf. Was erwartete ich jetzt, dass er seine Klamotten packen könnte und wieder verschwand? Dieser Gedanke beunruhigte mich allerdings kein Bisschen. Ich stellte mir vor meinem geistigen Auge vor, wie Roland oben im Schlafzimmer seine Klamotten heraus rupfte. Nur, dass ich hier unten saß und ihm nicht helfen würde, bereitete mir ein ungemütliches Gefühl. Das lag nicht in meiner Natur, jemandem nicht beim Kofferpacken zu helfen, wenn er den Koffer unbedingt packen muss. Allzeit hilfsbereit. Ich hatte in meinen Gedanken einen Dutt wie die Frauen der 60er auf dem Kopf, ein Petticoat-Kleid an und einen Staubwedel aus Straußenfedern in der Hand. Machte mir schon Sorgen, was dieses Gedankenkino bedeutete; hoffentlich werde ich nicht schizophren. Leicht hast es nicht, aber leicht hat es dich! Schon wieder mein lieber Klaus, der mir eine geistige Bestätigung sendete. Langsam wird mir die

Sache unheimlich. Durch das Zupatschen der Türe wurde ich abgelenkt weiter zu Philosophieren, sprang vom Sofa und rannte in die Diele. Hier sah ich nur Roland aus dem Hof joggen. Na dann, viel Spaß bei dem Regen. Hoffentlich holt er sich keine Lungenentzündung. Ich machte es mir wieder auf dem Sofa gemütlich und schaute einen Film, ohne dass ich mich mit jemandem absprechen musste. Zog mir die Decke bis unter die Nase und freute mich, dass ich nicht an Stelle von Roland bei diesem Wetter joggen musste.

Als ich die Türe hörte, erschrak ich. Ich muss eingeschlafen sein und blinzelte zur Uhr: „Was, zwei Stunden bist Du jetzt gejoggt? Das gibt es doch nicht. Ist ja schon stockdunkel draußen." Er hörte mich nicht mehr, denn er war schon oben im Bad und ich hörte den Duschhahn laufen. Vielen Dank, keine Antwort ist auch eine Antwort. Mal schauen, was der Abend heute noch bringen sollte. Als Roland wieder unser Wohnzimmer betrat, zappte ich ziellos durch das Abendprogramm. Ich kommentierte mein Handeln mit: „Kommt nichts dran und das am Samstagabend, toll." Roland fragte mich aus der Küche: „Annette, willst Du auch ein Glas Rotwein." „Ja, Rotwein ist gut", erwiderte ich und wusste noch nicht, dass mir das eine Glas heute nicht reichen würde. Roland schlug nämlich vor: „Wenn nichts gescheites auf dem Fernseher läuft, dann können wir ja meine Serie weiter schauen." Ich musste mich konzentrieren, damit ich mich nicht am Wein verschluckte: „Na ja, können wir schon machen." Nach einer Stunde und endlosem Seriengeglotzte, wurde es mir immer langweiliger. Der Liter Rotwein war schon ausgetrunken, ich holte eine neue Flasche aus dem Keller. Die Wirkung des Alkohols wurde erst durchs Bewegen deutlich. Hei jei jei, ich musste mich wieder mal konzentrieren. Ich holte aus dem Küchenschubfach den Korkenzieher und begab mich langsam in Richtung Sofa. Gar nicht so einfach. Links in der Hand den Liter Rotwein, rechts in der Hand den Korkenzieher, aber ich kam ohne Zwischenfall an. Ich wackelte mit dem Korkenzieher immer am Flaschenhals vorbei. Roland lachte mich aus. Er war wohl auch schon ein bisschen beschwipst. Als ich auf den Bildschirm schaute und die langweiligste Serie aller Zeiten entdeckte, wollte ich umso schneller die Flasche entkorken, damit ich Rotwein nachkippen konnte. Roland konnte mir nicht mehr zusehen, drückte auf Pause und übernehm das Ruder an der Rotweinfront. Er schaffte es in einem Zug. Plopp und schon schenkte er mir nach. Gluckgluckgluckgluck und sein Glas war auch wieder voll. Roland erhob sein Glas und sagte: „Auf, auf zur Paartherapie!" Ich wurde in einem Nu etwas nüchterner. „Ist das Dein Ernst?", ich zweifelte noch an seiner Aussage, denn bis jetzt, hatte er sich immer dagegen gewehrt. „Ja, ist mein Ernst", bestätigte er seine gerade getroffene Entscheidung. „Super, das finde ich gut. Ich glaube, wir bekommen dadurch eine neue Chance", sprudelte es erfreut aus mir heraus. „Prost Annette, auf unsere gemeinsame Zukunft." Da stieß ich gerne darauf an. Jetzt war mir auch egal, dass er mit dem Wegdrücken der Pause wieder die langweiligste aller Serien anschaltete. Wir machen eine Paartherapie! Normal kennst Du diese Szenen nur aus Filmen. Weder ich noch Roland hatten jemals eine Therapie, geschweige denn Paartherapie gemacht. Na gut, ich hatte meine drei bis vier Stunden Kaffeeklatsch mit Herrn Plechinger, aber so wirklich beeindruckt war ich nicht von seiner „Psycho-Doktor-Qualität". Da ich jetzt in meinen Gedanken vertieft war, woher ich auf die Schnelle eine wirksame Eheberatung herbekam, konzentrierte ich mich überhaupt nicht mehr auf den Fernseher. Die einzige Idee, wie man an

einem Ehepaar angeboten. Es machte den Anschein, dass die Bilder auf deren Internetseite zu sehr gestellt waren. Die Frau stand so verzückt neben ihrem Mann, dass ich schon die Telefonnummer des nächsten Angebotes an die zwei weiterleiten wollte. Diese Seite war aber schon einmal übersichtlicher aufgebaut. Gleich oben befand sich der Button „Kosten". Ich klickte drauf: „120 Euro für die Einzelberatung", „180 Euro für die Paarberatung" – alter Schwede, die nehmen das Geld auch von den Lebendigen. Das geben wir ja nicht einmal für einen Wochenendetrip aus. Ja, Lecko mio! Sie erklären dazu selbst: „Wenn sie den Schmerz der Kinder und ihren Verlust rechnen, relativieren sich die Kosten. Jede Ehe ist zu retten. Voraussetzung ist, dass beide wollen." Das Versprechen, dass jede Ehe zu retten ist, brachte mich innerlich zum Jubeln. Roland wollte, ich wollte – de fakto: gemeinsame Zukunft, Voraussetzung war, dass wir uns das gemeinsame Leben nach den Beratungskosten noch leisten konnten. Auf der nächsten Seite auch ein gutes Angebot, darunter „Antigewalttherapie"- soweit war es Gott sei Dank noch nicht. Da mich die Kosten interessierten, bin ich schon stutzig geworden, da diese sehr hoch waren, aber der nette Zusatztext sollte beruhigen: „als Sonderkosten absetzbar". Danke für den Tipp! - Ich suchte weiter. Wer verdient bitte 145 Euro in einer Stunde? Da ich von den Kosten etwas frustriert war, vertagte ich die Auswahl auf morgen.

Auch dieser Tag war wieder anstrengender, als am Morgen noch erwartet. Ich war froh, als Roland vorschlug, dass wir ins Bett gehen: „Spät genug, komm wir gehen hoch." Ich trabte hinter ihm her und erzählte ihm näheres von Herrn Plechinger. Nach meiner Beschreibung fragte ich: „Meinst Du, Du könntest Dich mit dem anfreunden?" Roland meinte: „Daran soll es nicht scheitern. Mach einen Termin oder schick mir per Nachrichten-App den Kontakt, dann ruf ich ihn selber an und vereinbare etwas für uns." Ich fand den Vorschlag, dass er etwas ausmachen sollte gut und versprach ihm den Kontakt per Nachrichten-App zu senden. Merkt ihr auch, dass Nachrichten-App nicht mehr wegzudenken war? Das ist doch enorm, wie super man vernetzt ist. Als wir Sonntag frühstückten, überlegten wir, was wir machen wollten. Es war Erfreulicherweise ein sonniger Tag. So waren wir beide sofort dabei, als uns Marcel den Tipp gab, zu einem nahegelegenen Gasthaus zu laufen. Etwas Bewegung und danach gepflegt einkehren. Roland nach dürfte es immer etwas mehr Bewegung sein, ich war schon mit kleinen Spaziergängen zufrieden. Wir tranken aber noch in Ruhe eine zweite Tasse Kaffee, denn heute gab es keinen Grund, sich abzuhetzen. Die Dauer bis zum Gasthaus liegt zu Fuß bei circa dreißig Minuten und war somit halb so schlimm. Bis zum Mittagessen hatten wir noch Zeit. Rolands Handy lag in der Diele. Wir vernahmen beide den Signalton eines Nachrichtenempfangs. Wie zwei dressierte Affen, schauten wir uns in die Augen. Welche Dynamik dieses Mist-Smartphone hatte, bemerkte ich zum wiederholten Male. Roland stand auf und nahm sein Handy, streckte mir dieses vor mein Gesicht: „Julia hat geschrieben und gefragt, was wir vorhaben." Ich war beruhigt, heute hatte ich keine Lust auf einen Ausflug nach Bayreuth, so antwortete ich locker: „Wer hätte es auch sonst sein können." Das Handy war wegen der momentan stattfinden Fußball-EM und der Tipp-App, durch die wir verbunden waren, ein super Instrument zum Familienwetten und -zocken. Die Teilnehmergruppe formierte sich aus Roland, mir, unseren beiden Kindern mit deren Partnern, meinen Eltern. Erfreulicherweise lud Roland die Christine nicht dazu ein, es

185

langte schon, dass wir immer noch ihre Schrittanzahl über die App vom Fitnessband angezeigt bekamen. Fürchterlich, aber auszuhalten. Ich benutzte mein Fitnessband seitdem nicht mehr und löschte die App von meinem Smartphone. Ja, zu solchen selbstlosen Maßnahmen war ich bereit! Andere Frauen hätten darauf bestanden, dass Christine wieder rückspulaktionsmäßig ausgeladen wurde. Ich nicht, keine Ahnung zu was dies führen sollte. Die Andere war immer wieder ein Teil unserer Beziehung. Ich hatte das Gefühl, dass Roland selig gewesen wäre, wenn ich gesagt hätte, lad sie doch mal ein, damit ich auch ein Fan werde. Denn das erzählte mir mein Mann dazwischen immer wieder: „Annette, Du würdest sie auch mögen. Sie ist wirklich ein feiner Kerl!" Betonung auf Kerl. Als mir Roland sein Handy so nahe unter die Nase hielt, dass ich den Absender sowieso nicht entziffern konnte, klingelte wieder ein Signalton. Es handelte sich aber um eine Erinnerung: „Handball-Turnier von Christine, 14.00 Uhr". Er registrierte nicht, dass es nicht mehr Julias Nachricht war, die ich las und ich sagte nur ruhig: „Du, ich weiß nicht, ob Du das schaffst? Das mit 14.00 Uhr könnte in Verbindung mit dem Mittagessen knapp werden. Auf was willst Du verzichten?" Kein Wunder, dass meine Laune wieder auf dem Gefrierpunkt landete. Als er sich ein Bild gemacht hatte, warum ich ihn so schwach von der Seite anredete, beruhigte er mich: „Mach Dir nichts daraus, die Erinnerung habe ich schon ewig eingegeben. An die habe ich überhaupt nicht mehr gedacht." Ich wurde jetzt wieder lauter: „Du hast oft über einiges nicht nachgedacht. Christine als Freundin zu Fitnessband einladen, Nachrichten von Christine. Ich bin mir fast sicher, dass die Männer nur deshalb ihre Frauen so leicht und oft betrogen, weil es ihnen durch die Vernetzung über diese Smartphones so einfach gemacht wurde. Früher war ein Seitensprung noch mit immensem Aufwand verbunden. Der Typ musste zu einer Telefonzelle fahren, damit er heimlich Kontakt zu seiner Schnepfe aufnehmen konnte. Jetzt geht alles super easy vom kleinen „Home-Office". Sitzt mit dem Arsch neben seiner Ehefrau aufm Sofa, hat seinen Arm um sie gelegt und - dank Apple - konnte er mit nur einer Hand verstohlen eine Nachricht an seine Angebetete senden. Gruselig, zu was uns der technische Fortschritt gemacht hat! „Siehst Du, was ich meine? Du schaust die ganze Zeit auf Dein Handy. Ich bin jedes Mal außer mir, wenn ich den Ton von Nachrichten-App bei Deinem Handy höre. Die Andere geistert ständig zwischen uns herum. Das ist das Problem der Menscheit. Wie ferngesteuert eiern wir um dieses kleine Kästla herum." „Stimmt schon, ich schalte es ab. Antwortest Du bitte Julia", gab Roland meinem Vorwurf Recht. Bevor ich unserer Tochter antwortete, musste ich darüber nachdenken, ob er nur der Ruhe halber klein beigab oder ob er es wirklich verstand, was ich damit ausdrücken wollte. „Soll ich fragen, ob Julia und Dominik mit Dir zu dem interessanten Handballspiel wollen, hm?", stichelte ich weiter in Rolands Richtung. „Ich habe es Dir doch erklärt, den Eintrag habe ich vor ewigen Tagen notiert. Vergiss es! Wir werden noch öfter mit Kuriositäten konfrontiert werden. Dafür sind wir zwei erwachsene Menschen und wissen, wie wir damit umgehen können. Sag es mir weiterhin, dass es Dich stört. Ist ja auch gut, dass wir Stück für Stück die Geschichte aufarbeiten." Na klar, ich vergess es jetzt wieder und alles ist gut. Für einen kurzen Moment schien die Welt wieder in Ordnung zu sein. Marcel kam zur Türe herein und hatte Post in der Hand. Er legte sie auf den Tisch und meinte: „Ihr leert wohl den Briefkasten nicht mehr aus, die Post hat schon bei der Klappe herausgeschaut." Ich musste ihm zustimmen:

„Das ist schon fünf Tage her, seit ich das letzte Mal den Briefkasten geleert habe." Ich sortierte die Post nach Empfänger. „Roland, für Dich ist ein Brief von der Bußgeldstelle dabei? Hoffentlich kein Fahrverbot. Hast Du etwas bemerkt?" Er kam zum Esstisch und schaute auf das Kuvert: „Mach`s halt auf, ich kann mich an keine Situation erinnern." Ich öffnete den Umschlag und las laut vor: „Du bist am 30. April in Schwäbisch Hall geblitzt worden. Eindeutiges Bild von Dir." Er stellte sich an meine Seite und nahm den Wisch, damit er ihn genau studieren konnte: „Annette, wo waren wir denn am 30. April? Hast Du was gemerkt?", fragte er. Marcel und ich haben es gleich gerafft: „Wir? Keine Ahnung, was Du und Christine an dem Samstag unternommen habt. Ich war bestimmt nur hier daheim." Er ließ den Bußgeld-Bescheid sinken und schaute mich betroffen an und meinte: „Hab ich es doch gerade gesagt. Wir werden noch häufiger damit konfrontiert werden. War es ein Samstag? Ich kann mich daran überhaupt nicht mehr erinnern. Ist wie ausgelöscht! Schwarzes Loch! War ich da alleine unterwegs….", überlegte er und fühlte sich nicht wohl dabei, dass ich vielleicht ein Teil von Christine auf dem Bild erkennen konnte. „Gib mal her", forderte Marcel seinen Vater auf. Er schaute sich das Anschreiben genauer an und fixierte das Bild: „ Der Beifahrerbereich ist weiß überdeckt worden. Also, soweit ich weiß, wird der Beifahrerbereich nur zensiert, wenn jemand als Beifahrer dabei war", bestätigte Marcel sicher. „Oder eine Beifahrerin!", fügte ich an. „Komisch, dass Du Dich überhaupt nicht mehr erinnern kannst, Roland." Er tat zumindest immer noch verdattert: „Ich meine, auch wenn Christine neben mir auf dem Bild sitzt, kann ich es nicht ändern. Es war ja die Zeit, wo ich bei ihr war. Tut mir leid. Muss ja wirklich blöd für Euch sein." Genau das war es. Diese vor Kurzem noch angekündigte

Konfrontation fand gerade zum wiederholten Male statt. Es fällt mir immer wieder schwer, damit umzugehen. Auch für solche Fälle kann uns vielleicht der Therapeut eine Anleitung geben. „Wie vermeide ich, dass ich ihm mit dem Bußgeld-Bescheid eine über die Rübe ziehe?" Oder so ähnlich wäre es zu formulieren. Die Antwort lautet schlicht und ergreifend „Ohmm". Ich begrub bei jeder dieser Gelegenheit meinen Stolz und meine Selbstachtung. Diesmal war der Auslöser für das Übergehen dieser Situation, dass wir in Kürze eine Ehetherapie starten. Deshalb agierte ich nicht nach meinem Herzgefühl, sondern ließ diesmal auch wieder meinen Kopf entscheiden. Hört mehr auf Euer Herz, Leute, denn damit liegt man sehr häufig richtig! Der restliche Sonntag verlief ganz normal. Wie vereinbart machten wir uns auf den Weg zum Gasthaus. Nach einem guten Essen, haben wir uns ein Glas Weißwein gegönnt. Wir gingen sehr liebevoll miteinander um. Es war ein guter Tag, im Gegensatz zu den Tagen mit zerstörerischer Macht. Der Heimweg kam uns kürzer vor, vielleicht, weil der Weißwein in unserem Blut eine gesunde Mischung ergab und so waren wir nach weniger als zwanzig Minuten zu Hause angekommen. Als wir die Diele betraten und Roland seinen Arbeits-Pilotenkoffer (nein, er arbeitet immer noch nicht bei Lufthansa!) sah, informierte, er mich, dass er morgen für zwei Tage verreisen musste. Ich fragte: „Wieso sagst Du mir das jetzt immer so kurzfristig?" Er antwortete ziemlich monoton: „Weil es nichts bringt, wenn ich vorher Bescheid gebe. Meinst Du ich fahr gerne weg? So ist es zumindest kein Thema, solange ich es noch nicht ausgesprochen habe." Verstehe einer diesen Mann, ich tat mir mittlerweile schwer. Meine Laune sank wieder auf den Nullpunkt und ich verzog mich frühzeitig ins Bett. Roland machte es sich auf dem Sofa gemütlich. EM lief, also wurde es ihm sowieso nicht langweilig. Spiel, Zusammenschnitt, Sportschau, Zusammenschnitt, ein abgetakelter Fußballer kommentierte die Spielverläufe nach der Devise: „Das Runde muss ins Eckige." Ich bekam nicht mit, wann Roland hochgekommen ist, da ich schon eingeschlafen war. Ich war mir aber meiner Pflicht bewusst: Mein Wecker war für 04:30 Uhr gestellt, damit wieder die auf ihren Mann aufschauende 60er-Jahre Annette mit dem Gedanken-Petticoat am Leib unter der Türe stehen und dem tollen Prinzen müde hinterher winken konnte. Super! Kaum war Roland aus der Ausfahrt gefahren und blickte nach vorne den Berg hoch, gab ich der Haustüre zum Verschließen einen Tritt, so dass die Wände wackelten. Ich biss mir auf die Fingerspitzen. Bestimmt hatte ich jetzt Marcel und Luise aufgeweckt. Ich schlich auf Zehenspitzen nach oben, horchte kurz an der Wohnungstüre der beiden, nichts rührte sich. Beruhigt krabbelte ich nochmal in mein warmes Bett zurück. Diese Hausfrauenpflichten fuchsten mich gewaltig. Besonders, weil der Psychologe meinte, ich sollte auf die Mutti-Rolle verzichten. Robert freute diese Aufmerksamkeit aber enorm. Ich verbog mich und zwar immer mehr. Ich war nur noch ein Schatten meiner selbst. Sollte ich das auf Dauer zulassen? Apropos Therapeut, ich musste später gleich anrufen und einen Termin wegen der Eheberatung vereinbaren. Da Roland bis Dienstag unterwegs war, konnte ich erst für Mittwoch einen Termin vereinbaren, bzw. wollte ich Herrn Plechinger informieren, wenn Roland anruft, dass er für Mittwoch einen Termin anbietet. Wir entschieden uns mit Einzelgesprächen anzufangen. Mittwoch ging bei ihm und er schlug vor, dass wenn, Roland bei ihm anrufen sollte, er ihn um 13.00 Uhr einlud und ich könnte danach um 15.00 Uhr zur Einzelberatung. Gesagt, getan. Bis zum Mittwoch war dazwischen nicht viel geboten, nur dass Roland mir von seinen weiten Jogging-Strecken berichtete. „Heute bin ich fast zehn Kilometer gejoggt.", und am Dienstagmorgen hieß es, nach dem Frühstück (Joghurt mit einer halben Erdbeere und zwei Heidelbeeren): „Ich bin wieder voll weit gejoggt, stell Dir vor, zwölf Kilometer!". „Wow, die zweite. Gestern so weit und heute gleich 12 Kilometer." Er beschwichtigte: „Ist ja nicht sooo weit. Es tut gut, wenn man den Kopf frei bekommt." Ja, wir sind niemals am Ziel, sondern immer nur auf dem Weg – das habe ich irgendwo gelesen und hat mich gefesselt. Bei uns beiden war es wirklich so, kein Ziel in Sicht. Ein stures vor sich Hinlaufen war unser täglicher Begleiter. Diese Zufriedenheit, die man mit dem richtigen Menschen an der Seite verspürte, blieb einfach verloren. Ich bemerkte immer häufiger bei Gesprächen mit Roland, dass seine Stimmung sehr griesgrämig geworden ist. Wenn ich zu viel nachfragte und mehr über seine Gefühlswelt wissen wollte, wechselte seine Stimmung schnell in Aggression. Er war oft verletzend zu mir und behandelte mich wie den letzten Dreck. Wenn er dann im Zusammenhang noch blumig von seiner neuen Flamme erzähle, brannte es heftige Narben in mein Herz und meine Seele. Ich kam wieder zu dem Gedanken, dass mein Mann an Burn-out erkrankt sei. Nichts anderes gab es. Ein wenig Midlife-Crises, gepaart mit Burn-out. Dazu kam, dass er mit seiner Glatze unzufrieden war. Das war das Neueste: „Ich lasse mir meine Haare ganz kurz schneiden, wie der Bruce." Mittlerweile war es mir egal und wenn er mit einem Irokesen gekommen wäre. Hätte dies wenigstens den anderen Leuten genügend Stoff zur Unterhaltung geboten! Aber dann bitte knallrot, mit gelben Zotzerla dran. Vielleicht war er ja auf dieser Geschäftsreise beim Friseur und überrascht mich mit einer neuen Kreation seiner Härchen. Er kam Dienstagnacht sehr spät zurück. Da ich schon schlief, habe ich ihm

Wegweiser zur erholsamen Flasche Rotwein gelegt. Dazwischen Briefchen mit: „Gleich hast Du es geschafft. Dein bequemes Bett wartet schon." Dann einen letzten Pfeil und er war am Bett angekommen. Ich hörte im Halbschlaf nur ein: „Pfft." Hatte den Anschein, er fand diese Aktion kindisch. Ich dachte mit meinem letzten müden Gedanken nur noch: „Mach Du das mal für mich, du Arsch." und schlief dann todmüde ein. Keine Ahnung was er mit dem Rotwein angestellt hatte, auf alle Fälle war die Flasche leer. Vielleicht ist der Inhalt der 1-Ltr.-Bottle von unserem guten Winzer einfach verdunstet. Vielleicht hatte er aber auch nur mächtig Durst nach seinem „Trainingslager". Wir waren beide gleichzeitig wach und machten uns für die Arbeit fertig. Ich hüpfte heute mal betont lange nur mit Schlüpfer bekleidet um ihn rum. Sogar, als er in der Küche Brotzeit machte, tat ich, als bräuchte ich etwas aus dem Kühlschrank – immer nur noch mit diesem einen Kleidungsstück bekleidet. Wenn die Nachbarn zum Fenster rein geschaut hätten, dann könnten sie sich die Gosche zerreißen. Zwar nicht über die Frisur vom Roland, denn diese war noch die Alte - nein, sie hätten sich über mich die Mäuler zerreißen können – war ja nicht normal, was ich hier auszog, äh abzog! Mein Gedanke bei dieser Aktion war, dass ich ihn so auf den Termin heute bei Herrn Plechinger vorbereitete. Wenn die Frage vom Therapeuten kommen sollte: „Sehen sie ihre Frau nur noch als bessere Mutter?", konnte - nein musste - Roland antworten: „Niemals, das ist mein Sexy Beast!" Ich hörte diese Rrrauhrrr, wie man es macht, wenn man witzig (peinlich) sexy sein wollte und schmunzelte. Schon alleine aus dem Grund, dass Roland noch nichts von seinem Termin heute ahnte. So schnell kann es gehen. Ich erinnerte ihn völlig zufällig, dass er heute Herrn Plechinger bitte wegen der Beratung anrufen möchte. „Hab ich schon als Erinnerung gespeichert", teilte er mir ohne besondere Regung mit. „O.K., freut mich!" Ich schaute ihm nochmal über die Schulter: „Freut mich wirklich." Roland war es – nebenbei bemerkt – immer noch völlig egal, dass ich in diesem Aufzug um ihn herumsprang und meinte nur: „Zieh Dir was an, Du erkältest Dich noch." Das war meine letzte Sorge, aber er hatte Recht. Meine Füße waren schon völlig abgekühlt. Scheiß Sexy-Beast-Gehabe! Ich ging hoch, um heiß zu duschen. Ich stellte mich vor lauter Kälte zitternd unter die wärmende Dusche. Hauptsächlich musste ich aber den peinlichen Schleier von mir abwaschen, der sich um mich gehüllt hatte. Was für eine üble Aktion. Ich erniedrige mich immer wieder aufs Neue. Nur für diesen Mann. Ich verbrachte sehr viel Zeit unter der Dusche. Ich fühlte mich hundsmiserabel. Das fließende Wasser hatte tatsächlich nicht nur den Effekt mich zu wärmen. Ich fühlte mich durch das minutenlange Abduschen auch innerlich reiner. Ich muss endlich aufhören, mich ständig zum Affen zu machen. „Werde wieder normal Annette. Kein Mann der Welt ist es wert, dass man nicht mehr in den Spiegel schauen kann. Bleib Dir treu!", sang ich unter der Dusche. Da ich auf Arbeit musste, sollte ich langsam mal fertig werden und drückte widerwillig den Armaturenhebel nach unten. Heute hatte ich überhaupt keine Lust, mich in Schale zu werfen und raus zu gehen. Was blieb mir übrig? Wir hatten im Geschäft viel zu tun. Es machte auch nicht den Anschein, dass es weniger werden sollte. Im Gegenteil, der Geschäftsführer forderte immer mehr Umsatz und höhere Produktivität. In vielen Bereichen hakte es auch hier, da wir an Grenzen unserer Raum- und Mitarbeitermöglichkeiten kamen. Auch da sind wir niemals am Ziel, sondern immer auf den Weg. Es hatte auch seine guten Seiten. Durch den daraus resultierenden Organisations-

Stress, kam ich nicht zum Grübeln über meine Ehekrise. Ich stieg träge aus der Dusche ins Badezimmer und schnappte mir ein Handtuch. Versuchte, mir damit die Unlust aus dem Gesicht zu rubbeln! Ich schnaubte laut aus und trocknete mich weiter ab. Roland kam zum Bad herein und sagte: „Ich wollte nur tschüss sagen." Ich drehte mich überrascht um und hob schnell das Handtuch vor meinen Körper. Ihm schien es egal zu sein, ob ich ein Handtuch trug oder nackt dastand. Ich konnte also ruhigen Gewissens den Befehl „Rührt Euch!" zulassen. Ich nahm die letzte Zeit oft eine Stellung ein, wie wenn mich jemand aus Marmor gemeißelt hätte. Dachte mit dieser einstudierten Haltung sehe ich schlanker aus. Da meine Maßnahme aber nicht die gewünschte Reaktion bei Roland auslöste - wie ein verzücktes Augenaufreißen oder den Begeisterungsausstoß „Boah" - trocknete ich meinen Körper weiter mit dem Handtuch ab. Er drehte sich um und verließ unser Bad. Ich habe in diesem Moment nicht einmal seinen Gruß erwidert und er ist trotzdem ohne nachzufragen verschwunden. Da stimmt doch was nicht. Ich empfand, dass Roland seit dem Sommerfest wie umgewandelt war. Ich merkte ihm an, dass er mit seinem Kopf überhaupt nicht bei mir war. In welchen Sphären er schwebte, ahnte ich schon. Ich verdrängte aber den Gedanken, dass ihn die andere Frau beschäftigte, immer wieder aufs Neue. Es war eine Anstrengung, mich von anderen Dingen ablenken zu lassen. In diesem Moment war ich in Gedanken bei meinem Arbeitstag, der bestimmt wieder spät endete. Für meinen Chef war es ein Vorteil, dass Roland oft geschäftlich unterwegs war oder wir diese Krise durchliefen. Mich zog nichts nach Hause. Ich arbeitete meine Fälle stets aktuell auf. Ein Kollege, der in seinem Leben schon viel mitgemacht hatte, rügte mich immer, wenn er noch spät bei mir vorbei kam und mich antraf:

„Das dankt Dir mal keiner. Was ist denn, wenn Du hier alleine werkelst und Du mal aus den Latschen kippst. Niemand findet Dich. Das ist nicht gut. Man kann nur eine Zeit lang bis zum Anschlag arbeiten." Er sprach aus Erfahrung! Er hat seine Frau durch eine Krankheit verloren und fiel danach in ein tiefes Loch. Vielleicht war die Selbständigkeit der beiden und die viele Arbeit in dem kleinen Imbiss Schuld, dass die Gesundheit seiner Frau darunter litt. Wir können uns viele Gedanken machen. Vertagen sollten wir aber den Wunsch nach Veränderung nicht. Es muss auf Arbeit auch mal ohne einen gehen, z. B. wenn das Schicksal die Reißleine zieht. Obwohl ich selber auf dem Weg zum Workaholic wurde, predigte ich dies vermehrt an Rolands Vernunft. Betonte stets, dass es auch ein Leben neben dem Job gibt. Roland fragte damals: „Welches?" Scheinbar sehen wir in anstrengenden Lebensphasen den rettenden Strohhalm nicht mehr. Tunnelblick! Alles was links und rechts neben der Lebensrennbahn passiert, ist dann nur noch verschwommen. Eigentlich auch ein Anzeichen von Burn-Out.

Roland funkte mich um 11.00 Uhr an diesem Tag über Nachrichten-App an: „Kann es sein, dass Du Herrn Plechinger von meinem Anruf wegen der Beratung vorab informiert hast?" Schuldbewusst, wusste ich gar nicht, was ich darauf antworten sollte. Ich druckste unbeholfen herum: „Kann sein, dass ich in einer zurückliegenden Gesprächsstunde schon einmal diesen Gedanken bei ihm geäußert habe." Er antwortete prompt: „Na, ist ja auch egal. Auf alle Fälle habe ich heute einen Termin bei ihm. 13.00 Uhr!" Ich meinte zu Roland nur: „O.K., dann mache ich ebenfalls einen Termin für meine Einzelberatung aus." Daraufhin kam nichts mehr von Roland. Wahrscheinlich musste er zu einer Besprechung. Es beschäftigte mich, dass er ein bisschen angesäuert danach bohrte, ob ich schon vorab etwas veranlasst hatte. Er kannte mich nach 31 Jahren so gut, dass er es mir bestimmt angemerkt hatte. Mein komisches Verhalten von heute Morgen, hat dazu vielleicht noch den Rest beigetragen. Damit ich mich wieder auf die Arbeit konzentrieren konnte, musste ich schnell einen Anruf bei Herr Plechinger erledigen. Ich hatte sofort Glück und unser Eheberater meldete sich. „Hallo Frau Alt, ich habe ihren Anruf schon erwartet." Kannte der mich jetzt auch schon in und auswendig? Schrecklich, bin ich so leicht zu durchschauen? „Ja?", bemerkte ich fragend: „Hat wohl mein Mann etwas erwähnt, was Sie zu dieser Annahme veranlasst?" „Nein, wir hatten nur ein kurzes Gespräch. Sie haben da ja einen netten Mann", erzählte er mir, als ob nur ich von uns eine Therapie nötig hätte. „Stimmt. Wir können ja später reden. Bleibt es bei 15.00 Uhr?", fragte ich, damit ich das Gespräch wieder beenden konnte. „Ja, bis später, dann sehen wir uns im Cafe." Noch die normalen Abschiedsformeln, dann konnte ich weiterarbeiten. Ich konnte nicht erwarten bis es soweit war, dass mein Beratungsgespräch stattfand, gespannt darauf, was die zwei in der Beratung alles feststellten. Im besten Fall, dass Roland wirklich Burn-Out hatte, dann konnte man ihn behandeln. Es wurden vier zähe Stunden. Gott sei Dank war wirklich viel los und ich wurde dazwischen immer wieder von Kundenbesuchen abgelenkt. Durch meine Ungeduld kam es mir vor, als ob die Stunden heute langsamer vergingen. Das ist auch einer der komischen Effekte im Leben. Wenn Du wenig Zeit hast, dann verstreichen die Stunden wie im Fluge. Wenn Du auf etwas wartest, dann tropft jede Sekunde träge aus der Uhr in Richtung Treffpunkt. Bevor es soweit war, dass ich mich auf den Weg zum Beratungstermin machte, benutzte ich nochmal unser kleines Büro-Klo, putzte mir die

Zähne, zog meinen Kajal nach und frischte mein Deo auf. Als ob ich gleich einem Arztbefehl folgen müsste: „Machen Sie sich bitte frei." Dabei geht es doch nur um ein Gespräch, bei dem ich den Therapeuten gegenüber saß. So sind wir Frauen gestrickt, immer on Top auf alles vorbereitet. So, fertig – noch ein bisschen Haarspray, dann konnte ich gehen. Von meinen Kolleginnen verabschiedete ich mich mit den für sie aufmunternden Worten: „Bis gleich, brauche nicht lange. Hoffentlich klappt alles." Ich bereitete mich schon vor, dass ich jetzt jeden zweiten Tag zur Eheberatung gehen würde. Aufgeregt betrat ich das Cafe und sah Herrn Plechinger an unserem „Therapietisch" sitzen. Es hatte sich schon eingebürgert, dass wir immer an dem gleichen Tisch saßen. Dieser stand doch ein bisschen jenseits der anderen Gäste. Wir begrüßten uns wie alte Freunde: „Schön, Sie zu sehen." Ich nahm die mir entgegen gestreckte Hand mit beiden Händen auf und erwiderte seinen Gruß. Ich freute mich wirklich, ihn heute zu sehen und war gespannt, was er mir von Rolands Einzelberatung berichten würde. Ob er mir überhaupt etwas mitteilte, schließlich unterlag er ja der Schweigepflicht? Ich kam gar nicht dazu, weiter zu grübeln, stieg Herr Plechinger sofort in unser Gespräch ein. „Sie haben wirklich einen netten Mann. Ich habe ihn als einen sehr verantwortungsbewussten Menschen kennengelernt. Er weiß, was er will." Herr Plechinger unterbrach seine Erzählung über Roland und legte seine Hand auf meinen Unterarm: „Was wollen Sie, Kaffee? Ich hole uns etwas." „Ja, Kaffee ist gut. Ich nehme eine große Tasse." Als ich nach meinem Geldbeutel suchte, hob er seine Hand und drehte die Innenfläche zu mir: „Ich zahle den Kaffee für Sie, lassen Sie ihren Geldbeutel stecken." Ich stoppte etwas, da ich mir unsicher war, schob meinen Geldbeutel langsam in meine Handtasche zurück und dachte mir kurz, später müsste ich den Geldbeutel eh' zücken. Ich war mir felsenfest sicher, dass Roland seine Stunde nicht selbst bezahlt hatte, so war ich schon mit genügend Geld ausgestattet. Zwei Einzelstunden = 140 Euro. Da überlegten wir vor unserer Ehekrise lange, für was wir dieses Geld ausgeben werden. Nicht aus Geiz. Wir waren von unserem frühen Start in die Eigenständigkeit geprägt und hielten unser Geld zusammen. Unnütze Ausgaben waren uns fremd. Auch mit Kurzurlauben hielten wir uns stets zurück. Hätte uns gut getan, wenn wir diese 140 Euro für einen Städtetrip oder einen Kurzurlaub ausgegeben hätten. Jetzt kam das Geld als Kitt für unsere Ehe zum Einsatz. Puff, war es weg. Bevor Herr Plechinger mit unserem Kaffee kam, wechselte ich unseren leeren Zuckerstreuer mit dem vollen vom Nebentisch aus: „Ich habe schon wirklich was von einer Herbergsmutter. Stetig bemüht, es immer recht zu machen. Wie daheim, bei Mutti. Werde ich mir abgewöhnen!", dachte ich mir und setzte mich wieder zurück an den „Therapietisch". „So, bitte schön, hier ist Ihr Kaffee", freundlich lächelte Herr Plechinger mich an: „Frau Alt, erzählen Sie doch einmal, wie sie die letzten Tage mit Ihrem Mann empfunden haben." Ich nahm einen Schluck Kaffee und legte los: „Da wir geschäftlich sehr viel um die Ohren haben, beschränkt sich das Miteinander aufs Wochenende. Hier hatten wir einige Gespräche. Teilweise endeten diese Unterhaltungen mit einem Streit. Ich habe das Gefühl, dass Roland sich seit dem Sommerfest von seiner Firma wieder mehr von mir entfernte." Ich sollte ihm natürlich Details erzählen. Da ich wirklich alles dazu beitragen wollte, dass Herr Plechinger ein rundes Bild von uns bekommt, erzählte ich alles: Die Panne mit der Telefonverbindung, meine Auszeit, nachdem ich die Nachrichten-App-Nachricht von Christine entdeckt hatte, dass den Roland nachts unsere Katzen nervten. Alles! Herr Plechinger hörte mir geduldig zu. Er wiederholte jeden meiner Sätze, fügte aber eine therapeutische Erklärung des Verhaltens bei: „Er fühlt sich von beiden Frauen bedrängt. Er kommt selbst nicht zum Nachdenken. Ihr Mann möchte Wurzeln und auch Flügel." Herrn Plechingers Erkenntnis nach, ist es wichtig, endlich Klarheit zu schaffen. Ich sollte mir bewusst werden, was meine Vorstellungen einer weiteren gemeinsamen Zukunft waren. Oft ist es ein gemeinsamer Urlaubstraum, den man sich erfüllen sollte. Er verglich uns mit anderen Pärchen und nannte Fallbeispiele, wie die Beziehung durch diese oder jene Unternehmung zum Positiven verändert werden kann und die Menschen dadurch neu zueinander gefunden hatten. Bei dem einen Pärchen war es eine Safari, bei dem anderen ein Flug mit dem Fesselballon. Beim nächsten Pärchen, dass sie aus dem gemeinsamen Haus mit den Schwiegereltern ausgezogen sind... Das waren alles nicht unsere Probleme. Ich gab dem Therapeuten zu verstehen, dass ich nicht das Gefühl hatte, dass ein außergewöhnlicher Urlaub oder ein atemberaubendes Erlebnis in unserem Leben gefehlt hätte. Ich erzählte Herrn Plechinger, dass ich fest überzeugt bin, dass die Anwesenheit der jungen Frau auf Arbeit das Problem sei. „Roland verbringt mit dieser Frau mehr Zeit auf Arbeit, als mit mir daheim. Auf Arbeit wird Christine keine Diskussion hinsichtlich der gescheiterten Affäre anfangen können, aber ich wurde das Gefühl nicht los, dass diese Frau zu viele Möglichkeiten hatte, um Roland zu umgarnen. Ich stellte mir vor, dass sie wie eine Katze um den heißen Brei um Roland herumschlich. Sie war das Gift für uns. Ich möchte nicht mein ganzes Leben gegen sie ankämpfen. Dazu hatte ich keine Kraft mehr! Ich unterstrich meine Gedanken mit dem Satz: „Wenn ich mir nicht mehr treu sein kann und ständig nur nach den Bedürfnissen von Roland leben soll, dann passen wir tatsächlich nicht mehr zusammen." Herr Plechinger schaute mich mit bestätigendem Blick an: „Sie haben es richtig erkannt. Sie müssen sich bewusst sein, wie stark Sie noch um ihn kämpfen wollen. Sie kennen den Einfluss, den Sie daheim auf ihren Mann haben. Er genießt es, das Vertraute zu erleben. Er findet es schön, dass er wieder bei der Familie ist. Ich habe Ihnen, liebe Frau Alt, aber auch schon die Frage gestellt, ob Sie gegen eine 21 Jahre jüngere Frau konkurrieren können. In den Augen der meisten Männer nicht. Dazu zähle ich auch Ihren Mann. Etwas anderes ist, wenn die junge Frau nicht den ganzen Tag Einfluss auf Ihren Mann hätte. Besser wäre es, wenn er mehr unternehmen müsste, als nur auf Arbeit die Süßigkeit zu genießen." Er lachte zu laut. Freute sich, dass er diese Beschreibung benutzt hatte. Schön, wenn die Therapeuten sich über ihre eigenen Sprüche am meisten freuen. Bingo, ins Schwarze getroffen. Mich verletzten diese Worte nur, da ich fast keinen Ausweg mehr sah. Ich befürchtete, dass ich meinen Mann besser loslassen sollte. Sollte ich dem ganzen ein Ende setzen? Mein Stolz sank noch mehr, als ich meinen Geldbeutel wegen der Bezahlung der Beratungszeit aus meiner Tasche holte: „Hat mein Mann bezahlt?", fragte ich. Herr Plechinger räusperte sich und erwiderte etwas unbeholfen: „Nein, Ihr Mann meinte, Sie erledigen die Bezahlung." Ich blätterte ihn wie einem Callboy die zwei 50er auf den Tisch und zog noch zwei 20er aus meinem Geldbeutel. „140 Euro. Passt das so?", fragte ich zur Sicherheit und befürchtete schon, dass ich den Kaffee nachlegen musste. Er erwiderte aber: „Ja, das passt. Der Kaffee geht auf meine Rechnung." Er stand höflich auf und knöpfe sich sein Jackett zu: „Rufen Sie mich an, dann können wir – wenn Sie möchten – eine neue Stunde vereinbaren. Besprechen Sie sich heute Abend mit Ihrem Mann." „Ja, das werde ich machen, vielen Dank." Ich hob zum Abschied nochmal die Hand und verschwand. Ob er wohl nach mir noch eine Beratungsstunde hatte? Das Cafe war wirklich seine Praxis, bei diesem Gedanken musste ich schmunzeln.

Als ich heim kam, schickte ich mich. Ich hatte beim Supermarkt noch einen Braten mitgenommen. Heute wollte ich ein kleines Festmahl vorbereiten. Es sollte im Haus nach leckerem Essen riechen und so eine angenehme Stimmung verbreiten. Da die Kinder Tanzkurs hatten, waren Roland und ich unter uns. Zwei Stunden brauchte das Fleisch, bis es fertig war. Das passte, denn Roland hatte angekündigt, dass er um circa 20.00 Uhr daheim sein wollte. Ich telefonierte mit meiner Tochter und erzählte ihr, dass ich gerade am Kochen war. „Papa kommt um rund 20.00 Uhr heim, er ist noch auf Besprechung." Nach einer langen Pause hörte ich Julia sagen: „Mama, glaub dem Papa nicht alles, was er Dir sagt. Meinst Du, er ist wirklich auf Besprechung?" Beunruhigt von dieser Aussage und dem Wissen, dass Dominik Roland immer noch über sein Smartphone ortete, fragte ich genauer nach. „Wisst ihr wohl etwas?" Julia zögerte kurz und erzählte mir dann, dass sie die Ortung immer wieder an dem Park&Ride-Parkplatz registrierten. „Mama, es ist doch komisch, dass er dort immer wieder auftaucht. Meinst Du nicht, das ist ein eindeutiges Indiz dafür, dass er noch was mit Christine am Laufen hat?" Ich wusste doch selbst nicht, was ich denken sollte. Natürlich machte ich mir diese Gedanken. Aber kann ein Mann so verlogen sein? Ich würde ihn heute Abend mit dieser Kenntnis konfrontieren. Julia gab mir mit der neuen Denkaufgabe Stoff zu grübeln und meinte weiter zu mir: „Mama, lass Dich nicht verarschen, ich schicke Dir ein Bildschirmfoto von dieser Ortung. Bleibe standhaft und reib ihm das heute wirklich unter die Nase. Ich sehe doch, was Du Dir alles von ihm gefallen lässt! Wie unschön er mit Dir umgeht. Das hast Du nicht verdient. Da sind wir ohne ihn viel besser dran, auch Du. Such Dir dann besser einen neuen Mann, der Dich liebt und Dich in den Himmel hebt. Du schaust gut aus, lass ihn dann doch mit der Anderen glücklich werden. Werde auch Du endlich wieder glücklich und LEBE! Lebe wieder auf." Beflügelt durch die Worte meiner Tochter, machte ich mich auf, für uns die Henkersmahlzeit vorzubereiten. Er kann mich doch nicht schon wieder oder immer noch anlügen? Klar ist mir aufgefallen, dass er nachts ganz am Rand seines Bettes schlief, um jeglichen Körperkontakt zu vermeiden. Für eine 100 %ige Abneigung widersprach aber, dass es vor zwei Tagen so richtig zwischen uns geknistert hatte. Ich lag in seinem Arm und Roland hob meinen Kopf an, um mich leidenschaftlich zu küssen. Warum sollte er dies gemacht haben? Ich überlegte, ob er sich wie der Bachelor durch jedes Bett küsste und prüfte, wer das bessere Lippengefühl hatte. Leider muss ich sagen, dass bei mir bei dem Kuss die Gefühle ausblieben. Es hat mich sogar angeekelt, wie er schnaufend versuchte durch diesen Verführungsversuch etwas zu bewirken. Ich löste mich unter dem Vorwand aus seiner Umarmung, dass ich Durst hatte und ich mir ein Wasser holen wollte. Lange stand ich nach diesem Lippenbekenntnis in der Küche und überlegte, ob ich jemals wieder einen Kuss von ihm entgegennehmen nehmen konnte, ohne daran zu denken, dass diese Christine an seinen Lippen herum geknabbert hat. Ich möchte auch keinen ausgespuckten Kaugummi von jemand weiter in den Mund nehmen. Auch wenn ich vieles durch witzige Bemerkungen bei meinen Kindern oder Eltern herunterspielte, wurmte es mich zu sehr,

Adressen herankommt, ist googeln. Ich gab den Suchbegriff „Eheberatung und unsere Postleitzahl" ein. Es
wird ja wohl in der Nähe eine passende Anlaufstelle
geben. Alleine in unserer Ortschaft haben sich kurz
nach uns noch zwei weitere Pärchen getrennt. Aus-
nahmslos, weil der Mann sich in eine neue verschos-
sen hatte. Bei den Gesprächen mit meinen Freundinnen, wohlgemerkt alle aus meinem Dorf, munkelten wir
schon, dass jemand etwas ins Wasser der Region
gepantscht hat. Bei beiden Pärchen waren die Männer
schon immer mit den Augen woanders stiften und es
überraschte nicht. Unsere kurzzeitige Trennung sorgte
hier für weit mehr Gesprächsstoff innerhalb des kleinen Ortes. Da ging unser Thema rum wie ein Lauffeu-
er. Was will man machen, mittlerweile behaupte ich, es
ist keiner davor gefeit. Jeden kann es treffen. Ich erlaube mir über keinen meiner Mitmenschen mehr ein
schnelles Vorurteil oder lästerte über deren Beziehung. Klar lernte ich dazu, ich hatte es am eigenen
Leib verspürt. Roland hat den Tratsch zu unserer und
den anderen Beziehungen nicht mitbekommen, er saß
ja in Bayreuth. Das konnte ich ihm jetzt auch vorhalten. Ich lief damals im Wohnort den Spießrutenlauf. Ich
traute mich bis letztens nicht im Ort spazieren gehen.
Jeder der uns kannte, bedauerte unsere Trennung und
hielt mich mit Gesprächen auf. Die meisten Gespräche
wurden deshalb geführt, damit die Sensationsgier ge-
stillt wurde. Es ändert aber nichts an der Tatsache,
dass es am Ende des Tages nur mich und mein trä-
nenverheultes Kissen gab. Die Leute, die mich gerade
noch bedauert hatten, dachten nicht mehr an das, was
ich durchmachte. Auch dies bedarf einer Aufarbeitung.
Wenn die Therapie erst einmal begonnen war, konnten
diese Dinge alle angepackt werden. Jetzt musste ich
erst einmal eine passende Beratungsstelle finden. Die
erste Eheberatung von der Google-Liste wurde von

dass in diesem Gewässer eine andere gefischt hatte. Damit ich nicht übertrieben lange fern blieb, machte ich mich wieder auf den Weg nach oben in unser Schlafzimmer. Gott sei Dank hat er den Sinn dieses Zimmers angenommen und war schon eingeschlafen. Leise flüsterte ich vor mich hin: „Puh, Glück gehabt." Es machte mir aber den Anschein, dass sich Roland nur schlafend stellte. Dies kam mir nicht ungelegen und ich mummelte mich in meine warme Decke und versuchte, so ruhig wie möglich zu liegen, um den gleichen Anschein zu erwecken.

Der Braten war schon fertig, aber Roland kam erst um 21.30 Uhr heim. Meine Laune war so verstimmt, dass ich mich eine Stunde davor nach oben verzogen hatte. Ich wollte einfach nicht, dass ich wie das Heimchen am Herd auf ihn wartete und machte es mir mit einem doppelten Whiskey oben im Bett gemütlich. Um mich abzulenken schaltete ich den Fernseher ein, aber da nichts Gescheites lief, muss ich vor Langeweile und Erschöpfung eingeschlafen sein. Ich wachte erst wieder am anderen Morgen auf. Gut war, dass ich mich nachts nicht lange mit Grübeln beschäftigt hatte. Schlecht war, dass meine große Wut über Nacht verrauchte. „Hallo, aufwachen. Du musst zur Arbeit!", hörte ich Roland an meinem Ohr. Ich erschrak und schaute auf den Wecker. Gut, ich hatte nicht verschlafen und noch genug Zeit, um mich in Ruhe fertig zu machen." Ich fragte ihn: „Warum ist es gestern so spät geworden?" Er antwortete ablenkend: „Sorry, aber ich musste noch eine Präsentation für heute vorbereiten. Wir haben doch einen Neubau geplant und da wollen die vom Vorstand ständig neue Daten. Das habe ich gestern noch fertig machen müssen. Hey, der Braten war lecker. Ich war pappsatt. Du hast ja wieder viel zu viel gekocht." Da ich jetzt wieder an das Telefonat mit Julia dachte, sagte ich zu Roland: „Ja, die Kinder können den Rest heute Abend schnabulieren. Ist doch schön, dann haben wir heute Abend nicht viel vorzubereiten. Wir könnten doch mit Julia und Dominik ins Fitness-Center gehen?" Ich hörte Roland aus dem Bad rufen: „Ja, können wir. Hoffe, es kommt nichts dazwischen." Dies bestätigte ich mit zusammen gebissenen Zähnen: „Ja, das hoffe ich auch." Ich schaltete mein Smartphone an, schaute mir das Bildschirmfoto von Rolands Ortung an und überlegte, ob ich ihm das jetzt vorhalten sollte. Wenn er mit dem Kopf bei seiner Präsentation war, verschob ich das lieber auf heute Abend. Langsam bewegte ich mich verschlafen zum Bad, als er mir schon quietsch vergnügt und fertig zum Gehen aus dem Bad entgegen kam. „Schon startklar?", fragte ich. „Ja, muss gleich los. Du weißt ja, die Präsentation", meinte er und verschwand. Ich hörte keine Minute später sein Auto weg fahren und fand diese Situation als sehr verdächtig. Zumindest zusammen Kaffee trinken hätten wir können. Soviel Zeit sollte doch sein, wenn man schon am Abend davor spät heim kam. Ich wählte Julias Handynummer und erzählte ihr, dass es zu der gewünschten Aussprache noch nicht gekommen ist. Als ich vom Fitness-Center und dem anschließenden Essen bei uns erzählte, freute sie sich und war sofort dabei. Dominik hatte auch nichts vor, so stand dem Abendprogramm mit Fitness und gemeinsamem Schlemmen nichts im Wege. Der Tag verging schnell, da viel zu tun war. Alles hatte vom Ablauf auf Arbeit gut geklappt, so konnte ich pünktlich raus. Daheim zog ich meine Sportklamotten an und begab mich gleich wieder nach draußen. Das Fitness-Center ist direkt unter der Wohnung von Julia. Als ich ankam, traf ich sofort auf Julia und Dominik. Gutes Timing! Ich begab mich zum Cross-Trainer. Als das Display meine Aktivität von 30 Minuten mit Signal bezeugte, kam es mir ungewöhnlich vor, dass Roland noch nicht da war. Zu einer Fitness-Einheit verspätete er sich selten. Dies konnte ich jetzt 31 Jahre erleben. Hier war er zuverlässig! Es sorgte immer wieder für Ärger, dass er zum „Alte Herren"-Fußballtraining stets pünktlich aus dem Geschäft kam, aber sich bei Terminen mit der Familie gerne verspätete. Hier war die Prioritätensetzung eindeutig. Vielleicht klappt etwas mit seiner Präsentation nicht? Ich stieg von dem Cross-Trainer ab und suchte Julia. Als ich sie im Kraftraum antraf, fragte sie auch gleich: „Und, ist der Papa schon da?" Sie drehte sich weg und konnte mir nicht in die Augen schauen: „Mama, ich habe gerade schon mit Marcel gesprochen. Wir fahren jetzt erst einmal zu Euch heim. Mich wundert es, dass Papa nicht gekommen ist und soll ich Dir was sagen?", Julia sprach sehr leise zu mir. Ich musste mich konzentrieren, dass ich sie überhaupt verstand. Sie sammelte allen Mut: „Ich glaube, dass Papa wieder Scheiße baut. Dominik hat ihn heute über die Smartphone-Suche an Stellen geortet, an denen er sich während eines Arbeitstages nicht aufhält. Wir glauben, dass Papa Dich wieder verarscht." Vor Wut schnaubend winkte ich ab und meinte zu Julia: „Ihr müsst mir jetzt mal die ganze Wahrheit sagen. Du schreibst mir kleine Kärtchen wie „Mama, lass Dich nicht verarschen." und baust mich zeitgleich mit den Worten auf „Mama, das schaffst Du bestimmt!". Ihr sagt mir doch nicht die ganze Wahrheit!" Julia wiederholte nur, dass wir heimfahren und uns einfach mal zusammensetzen sollten. Sie meinte: „Marcel und Luise wollen auch dabei sein. Es betrifft uns fünf und nicht mehr Dich und Papa. Komm, wir treffen uns in zwanzig Minuten bei Dir." So fuhr ich mit einem ungemütlichen Gefühl zu uns nach Hause. Hier saßen Marcel und Luise schon im Wohnzimmer und haben den Tisch für das Abendessen gedeckt. Gott sei Dank, es waren sechs Teller auf dem Tisch, also kommt Roland gleich zu uns. Ich merkte, dass Marcel und Luise sehr angespannt waren und ich fragte die zwei: „Habt Ihr etwas herausgefunden oder warum herrscht hier diese dicke Luft." Marcel nahm mich in den Arm: „Mama, vielleicht solltest Du Dir von Dominik einmal genau erzählen lassen, wie oft er Papa an unmöglichen Stellen geortet hat. Das passt mit seinen Erzählungen nicht zusammen. Wir vermuten, dass er sich wieder mit Christine trifft. Wenn Dominik Dir die Aufzeichnungen zeigt, musst Du entscheiden, was Du daraus machst. Ich würde Roland vor die Türe setzen." Mir wurde schwindelig. Was erzählten mir meine Kinder? Werde ich von dem Mann, der mir geschworen hat: „In guten wie in schlechten Zeiten..." immer noch verarscht? Werden meine Befürchtungen nun tatsächlich bestätigt? Ich kann mir ein Armutszeugnis ausstellen lassen: „Mann verarscht Frau bis zum geht-nicht-mehr". Julia und Dominik sind ungefähr zehn Minuten nach mir gekommen. Julia hat von unterwegs bei Roland angerufen und erzählte mir gerade die Neuigkeiten: „Er ruft Dich gleich an. Sonst hat er bei mir nichts weiter gesagt. Er hat nur erzählt, dass er noch auf Arbeit ist und es deshalb mit dem Fitness-Center zeitlich nicht geklappt hat. Er meinte, es ist gut, wenn wir uns alle gleich in Drosendorf treffen. Wir müssen warten, bis er bei Dir anruft." Ich wunderte mich: „Was soll denn jetzt das geheimnisvolle Getue. Da ist doch was faul. Wisst Ihr was, mir reicht es jetzt. Julia, Du hast doch die Handynummer von der Spinatwachtel?" Julia zückte ihr Handy: „Ja, was hast Du vor?" Ich schnaufte tief durch: „Ich ruf die Spinatwachtel jetzt an und sag, sie soll meinen Mann in Ruhe lassen. An die Wohnungstüre hat sie sich ja nicht getraut. Also, werde ich sie jetzt anrufen. Her mit Ihrer Handynummer." Sagte ich und hängte noch ein „bitte" dran. Die Kinder konnten am allerwenigsten etwas dazu. Ich hatte keinen Grund, so unfreundlich zu ihnen zu sein. Sie waren stets meine größte Stütze und in allen Lebenslagen für mich da. Das ist der Nachteil für große Kinder in solch einer Ehekrise. Kleine Kinder verschont man, die großen müssen die Ohren anlegen und durch. Mit mehr nervenzermürbenden Momenten, als man von ihnen abverlangen konnte. Sie taten mir am meisten leid. Ich würde es schon überstehen! Die Kinder haben so oft für ihren Vater geflunkert. Jetzt erzählte mir Marcel, wie häufig er seinen Vater ins Gebet genommen hat und ihn vor die Frage stellte: „Hat das Mama verdient? Haben wir dies verdient?" Das machte mich noch wütender. Den Kontakt von der Schnepfe hatte ich über Nachrichten-App von Julia erhalten. Sie hat die Frau wirklich unter „SPINATWACHTEL" abgespeichert. Ich schaute ihr in die Augen und musste schmunzeln. So bescheuert diese Situation war, so skurril und komisch kam mir dieser Moment vor. Wir saßen zum zweiten Mal im Wohnzimmer und wussten nicht, wo Roland steckte. Ja, steckte. Wie oft war er vielleicht schon bei oder in ihr stecken geblieben und ich habe die letzten Tage betrogen daheim auf ihn gewartet. Wie der Arsch mit Ohren. Immer in der Hoffnung, dass alles gut wird. Zu hören, dass er wiederholt bei ihr war oder sich auf einsamen Park&Ride-Parkplätzen traf, war widerlich. Ich hatte vor Kurzem erst die karierte Decke mit der silbernen Isolierunterseite im Kofferraum von seinem Audi entdeckt. Hoffentlich haben sich die zwei Turteltauben auf der Wiese wenigstens ein paar Zecken eingehandelt. Also, wenn ihr einmal eine karierte Decke mit wärmender Iso-Unterseite im Fahrzeug Eures Partners entdeckt, dann „Hab-Acht-Stellung" einnehmen, das ist nicht normal. Ich wusste es in jeder einzelnen Sekunde. Meine Überlegung, die Decke wegzuwerfen und somit die Geschichte zwischen den beiden zu beenden, war grotesk. Es lag nicht an einer Decke, vielleicht lag es auch nicht an den Nachrichten-App-Mitteilungen von ihr. Er gab mir immer das Gefühl, dass alles überwiegend von ihr ausging. Roland wollte am Anfang nicht, dass sie ihn anruft. Er wollte die Beziehung beenden. Sie hat sich immer wieder an ihn herangemacht und nicht locker gelassen. Oder habe ich die Zeichen und Erklärungen von ihm nicht richtig gedeutet. Hat er darauf gewartet, dass ich ihn zum Teufel jage und er mit ruhigem Gewissen ein neues Leben mit der jungen Frau anfangen kann? Die verletzenden Bemerkungen, wie sehr er diese Frau liebte. Ich habe darüber hinweg gesehen. So gehofft, dass alles wieder ins Reine kommt. Zum hundertsten Mal stellte ich mir die Frage, ob an unserer Ehe noch etwas zu retten war. Der letzte Versuch sollte in direkter Konfrontation mit ihr geschehen. Jetzt war es Zeit, mit dem jungen Fräulein aufzuräumen. Geschwüre entfernen, Kofferrauminhalt ausmisten! Mir war etwas mulmig, als ich die Taste zum Anwählen des Menschen wählte, den Roland als „Glücksbringer" bezeichnete. Ich war gespannt, was mich gleich erwarten würde. Es klingelte ziemlich lange und ich dachte schon, sie kneift und hebt nicht ab. Kurz bevor bei mir die akzeptable Wartezeit herum war, meldete sich die andere Frau: „Ja", sie sagte auch ihren Namen, als ob ich nicht wüsste, wer dran war. Ich erkannte die markante, maskuline Stimme sofort und legte los: „Hier ist Alt und ich wollte Ihnen nur einmal sagen, dass Sie die Hände von meinem Mann lassen sollen. Warum kapieren Sie nicht, dass er nur mit Ihnen was angefangen hat, da er sich selbst nochmal etwas beweisen wollte? Er steckt in der Midlife-Crises und Sie haben durch den Verlust Ihres Vaters anscheinend einen Vater-Komplex. Dadurch hängen Sie sich jetzt an meinen Mann. Sie entreißen mir den Ehepartner und meinen

Kindern Ihren Vater. Schämen Sie sich! Früher hat mein Mann über solche Frauen wie Sie, alles Mögliche vom Stapel gelassen. LASSEN SIE IHN ENDLICH IN RUHE!" Zu mehr kam ich nicht, da Christine meine Schnaufpause zum Einsatz ihres Plädoyers nutzte: „Ich liebe den Roland!" Ich musste mich setzen, was bildete sich dieses Mädchen eigentlich ein? Meint sie jetzt, dass ich durch dieses Geständnis einfach aufgebe? Ich liebte ihn vielleicht auch - zumindest hänge ich sehr an diesem Kerl. Ich kam nicht zum Dagegenhalten, denn sie wollte noch etwas los werden: „Es hat nichts mit meinem Vater oder meiner Familie zu tun. Es ist einfach passiert. Sie müssen doch sehen, wie er mit sich kämpft. Roland weiß gerade nicht, was er machen soll. Geben Sie ihn frei." Ich nahm meine letzte Kraft zusammen und meinte: „Sind Sie jetzt seine Beschützerin, oder was? Das soll er mir mal selber sagen..." und etwas Unglaubliches passierte. Scheinbar telefonierte die gute Frau über die Freisprechanlage eines Autos mit mir. Ich vernahm die Stimme von meinem Mann: „Ja, Annette, ich habe alles mitgehört. Ich bin jetzt wieder bei Christine und habe entschieden, dass ich bei ihr bleibe." Ich fing zu schäumen an: „Das sagst Du Feigling jetzt. Warum machst Du dies auf die gleiche abartige Art, wie im April. Hättest Du mir nicht mal in einem persönlichen Gespräch sagen können, was Du vor hast? Verlässt mich nach vier Wochen Nervenkrieg nun wieder? Was ist mit unserer Eheberatung – Du willst alles so schnell hinwerfen? Was sind denn bitte ein paar Tage im Gegensatz zu 31 Jahren? Sie hat sich wie ein Geschwür zwischen uns gedrängt. Sie hat Dich verrückt gemacht. Sie ist nicht einmal so alt, wie die Zeit, welche wir als Paar miteinander verbracht haben." Meine Kinder konnten aus meinem Wortlaut erkennen, was ihr Vater zum zweiten Mal mit mir und ihnen veranstaltete. Julia standen die Tränen in den Augen, Dominik saß mit zusammengebissenen Zähnen am Tisch, Marcel pirschte wie ein Tiger während des gesamten Telefonates um mich herum, Luise beruhigte Marcel und bat ihn, sich zu setzen. Ich merkte Marcel an, dass er das erste Mal während der kompletten On-Off-Phase der Ehe seiner Eltern den Punkt erreicht hatte, wo er lieber seinen Vater nicht mehr hier im Haus haben wollte. Mein Sohn schaute mich mit dem Blick an: „Habe ich es Dir nicht schon am Whirlpool prophezeit, dass dies nicht die letzte Verletzung von Papa sein wird?" Marcel war es auch, der immer wieder zu mir meinte, dass wir ohne Papa besser dran sein würden, als mit Papa. Es hat das letzte Jahr gezeigt, dass er bei uns nicht mehr anwesend war. Wie umgewandelt hat er sich verhalten. Marcel hat mir dies so oft vorgebetet, dass jetzt nur noch dieser eine Blick von ihm reichte und ich es für mich genauso empfand. Und ich gab ihm durch ein Nicken zu verstehen, dass ich von diesem Mann nichts mehr wissen wollte. Mein Blick hat Marcel veranlasst, Roland zum Teufel zu jagen. Ich konnte es nicht, da ich mit meiner Sucht nach Harmonie nie in meinem Leben jemanden sagen konnte, dass es mir reichte und es hier und jetzt Schluss ist. Dazu bin ich nicht berufen. Ich bin einfach die treue Person, welche ihre Bedürfnisse auch zurückstecken kann und mit mittelmäßigen Zuständen zufrieden ist. War wohl auch meine Art, die durch die schlimmen Erfahrungen mit lieben Menschen, die zu früh verstorben sind, oder durch die Krankheitsfälle meines Vaters und meiner Nichte entstanden waren. Hauptsache wir sind gesund! Dieser Satz war die treibende Kraft in mir. Mittelmäßigkeit und wenn alles so bleibt wie es ist, war gut. Durch die enge Verbindung zu meinem Sohn, welche in der holprigen Phase meiner Ehe entstand, langte ein Blick aus und wir verstanden den anderen. Er hat bisher seinen Vater ohne

erhobenen Zeigefinger auf die Konsequenzen hingewiesen, welche sich durch eine Trennung ergeben
würden. Jetzt aber lagen seine Nerven blank. Marcel
wollte in diesem Augenblick, dass ich selbst erkannte,
dass diese Ehe gescheitert war und ich dem Ganzen
ein Ende setzen muss. Ich habe immer für die Familie
gekämpft, weniger für mich. Ich sah in die Augen meiner Kinder – allen vieren – und bekam von jeden Einzelnen still schweigend das Signal: „Lass ihn los – es
bringt nichts mehr." Mein Herz tat mir weh und mein
Selbstwertgefühl, war alleine durch die Tatsache, dass
diese jüngere Frau „gewonnen" hatte, gebrochen. Die
Enttäuschung, dass ein Mann alles niederbrannte, was
er vorher an Werten an seine Kinder weitergab, machte mich traurig. Eine innere Leere verbreitete sich von
jetzt auf gleich in meinem Kopf. Es machte sich sinnbildlich ein Deckel auf und alles woran ich so vehe-
ment festhielt entwich ins Nirwana. Gerade habe ich
noch heroisch angekündigt, dass ich es der jungen
Frau besorgen werde. Was mich jetzt aus der Bahn
warf war, dass mein Mann in dem gleichen Auto saß
und ihr den Rücken stärkte. Ich kannte es bisher nur in
dem Maß, dass er zu mir stand. Diese Erkenntnis ließ
mich verstummen. Vor meinem geistigen Auge sah ich
beide im Auto sitzen und konnte durch diese überra-
schende Wende nur noch das Handy so fest halten,
dass es mir nicht gleich aus der Hand rutschen würde.
Kraft hatte ich keine mehr! Es war so, als wäre jede
Muskelfaser meines Körpers wie ein Wollfaden in sich
zusammengefallen. Ich schaute in Marcels Augen und
er erkannte meine hilflose Situation. Mit meinem ge-
setzten Zeichen an ihm, dass ich nichts mehr mit diesem Mann zu tun haben wollte, nahm er mir das Handy ab und schrie ins Telefon: „Du bist das Letzte, was
ich mir vorstellen kann. Du verletzt hier viele Menschen. Vor allem Mama. Sie sitzt hier und kann nicht

fassen, was Du ihr antust. Ich habe sie in Situationen wegen Dir gesehen, die ich nie in meinem Leben nochmal erleben möchte! Ich erkenne Dich nicht wieder. Wie feige bist Du eigentlich? Der große Manager auf Arbeit, für uns immer die Werte des Zusammenhaltes und der Harmonie gelebt und jetzt lässt du uns einfach im Stich. Das ist das letzte Mal, dass Du uns verarscht hast. Meinst Du, wir haben nicht gesehen, wo Du Dich die letzten Tage aufgehalten hast? Ich finde es abartig, dass Du wie ein läufiger Hund zu dieser Frau rennst. Du enttäuschst mich so dermaßen, dass es keine Worte auf dieser Welt dafür gibt. Dann lass uns in Ruhe und mach uns keine Hoffnungen mehr. Julia und ich mussten sich anhören, wie sehr Du dieses junge Ding liebst. Mama war in der Küche und hat für uns gekocht und Du bist so dreist und erzählst uns von Deiner Liebe zu der neuen Frau - nur drei Meter von Mama entfernt - auf der Terrassenbank. Deine affige Qualmerei geht mir so dermaßen auf die Nüsse, dass ich nicht mehr hinschauen kann. Du bist durch und durch nur noch verlogen und betrügst alle Menschen, die Dir einmal wichtig waren. Du setzt eine Zukunft mit uns aufs Spiel, sei Dir dessen bewusst. Lass Dich hier nie mehr blicken!" Julia hielt sich mittlerweise die Ohren zu. Es machte aber trotzdem den Anschein, dass es genau die Worte waren, die sie schon oft zu ihrem Vater sagen wollte, aber nie den Mut hatte. Sie schaute ihren Bruder fast stolz an, nach der Devise „Gib-es-ihm" – gleichzeitig war sie aber so erschüttert, dass dies jetzt der Akt sein wird, der unser Familienbuch mit einem Schlussstrich versehen wird. Es ging uns allen nicht gut und so wie ich Roland kenne, wird er in diesem Moment auch Krokodilstränen geheult haben. Vielleicht hat seine neue Flamme ihn daraufhin in den Arm genommen und wie ein kleines Kind getröstet – ich kann es mir nur vorstellen, aber

Fakt war, er kam diesen Abend nicht mehr zurück. Wir saßen am Tisch. Jetzt war es Zeit uns fünf wieder aufzubauen. Standen wir genau vor acht Wochen an demselben Punkt. Sein erstes „Sturzverlassen" fand am 17.04. statt, sein zweites Verlassen am 17.06.16. Ich war irgendwie froh, dass er einen Freitag für diese Aktion gewählt hatte, so konnten wir uns bis zum Beginn der Arbeitswoche wieder fangen. Während die Kinder drunter und drüber plauderten, dachte ich daran, dass er jetzt seine Sachen bei mir abholen müsste, so wie er es vor vier Wochen in Bayreuth getan hatte. So kurz liegt die Macht in scheitern oder gelingen. Es war mir nicht gelungen, ihn wieder in meinen Bann zu ziehen und ich wusste, dass es besser so war. Mein erstes Gefühl, damals bei seiner Rückkehr vor vier Wochen, war das richtige. Die Verunsicherung, ob ich noch eine Beziehung mit ihm wollte, wurde aber auch durch diese schwierige Rückkehrphase zu 100 % beantwortet. Ich war jetzt soweit, dass ich nach vorne schauen wollte und nicht mehr mit Windmühlen kämpfen – dazu war ich zu erschöpft. Meine Lebensgeister mussten sich erholen. Ich stand auf und holte mir einen Wein aus der Küche. Als ich zurück kam, waren die Kinder verstummt und schauten mich an. Ich schenkte mir das Weinglas ziemlich bis zum Rand voll und sprach einen Trinkspruch dazu auf: „Auf unsere Zukunft! Wir machen das Beste draus."

Ich war etwas angeheitert, als wir die Runde auflösten. Lange verabschiedete ich Julia und Dominik an der Haustüre. Julia fragte mich hundert Mal: „Mama, ist wirklich alles O.K.? Sollen wir noch a weng bleiben?" „Freilich ist alles O.K. – es hat sich doch schon lange angekündigt. Es ist gut so! Glaube es mir, ich würde es Dir sagen", beruhigte ich immer wieder meine Tochter aufs Neue. Als sie mir dies endlich abnahm und durch eine lange Umarmung noch einmal Beistand bezeugte, fuhren sie heim. Ich räumte den Esstisch ab und verzog mich mit dem Rest aus der Weinflasche nach oben. Bei der Wohnungstüre von Marcel und Luise machte ich nochmal halt und flüsterte leise: „Gute Nacht, schlaft gut!", um auch hier gedanklich für diesen Abend einen Schlussstrich zu ziehen. Ich machte die Schlafzimmertüre mit dem Ellbogen auf und stieß die Türe mit dem Fuß nach hinten. Durch diese ungewöhnliche Bewegung, fiel mein Blick nur aus Zufall auf den Aschenbecher, der auf der Kommode im Schlafzimmer stand. Hier hing halb die Halskette von Roland heraus. Ich stellte den Wein ab und nahm die Halskette hoch. Wann hatte er sie abgelegt – ich überlegte sehr stark, mir fiel es nicht ein. Als ich die Kette bis zum letzten Glied hochzog, entdeckte ich am Ende Rolands Ehering. Ich starrte vielleicht fünf Minuten auf diese Kette und mir gingen wieder vergangene Szenen durch den Kopf. Schmerzlich flammte alles wieder in den Gehirnbahnen auf. Jetzt, da ich diese tiefe Enttäuschung erlebte, dass er schon beim Verlassen unseres Hauses heute Morgen den Plan nicht mehr zurückzukehren intus hatte, veranlasste mich, mit der Kette im Bad zu verschwinden. Mit letzter Kraft sank ich vor der Badewanne zusammen, hielt die Kette an mein Herz gedrückt fest und bekam einen Heulkrampf. Ich versuchte nicht so laut zu weinen, da ich nicht wollte, dass Marcel oder Luise erneut mit ansehen mussten, wie schwer es mir tatsächlich fiel, diese Situation zu meistern. Was mir zu schaffen machte war, dass er wie der größte Betrüger, bei uns ankündigte, heute Abend ins Fitness-Center zu kommen, die neue Frau aber schon davon wusste, dass er wieder zu ihr zurückkehrt. Wie kann man imstande sein, so ein Doppelleben zu führen? Schande über Roland. Verrückterweise hörte ich in dieser Situation seine

Stimme, die sich über diese Art des Fremdgehens – in diesem Fall über keinen anderen Mann, sondern über sich selbst – entrüstete. Konnte ich vorhin bei den Kindern noch alles Mögliche sachlich wiederkäuen - meist Szenen aus der Tragödie der letzten vier Wochen, die uns bestätigten, dass es so wie es ist, am besten war - saß ich jetzt wie ein begossener Pudel auf den Fliesen im Badezimmer. Ich wurde von diesem Weinkrampf heftig durchgeschüttelt. Jeder laute Schluchzer diente dazu, mir zu sagen, dass ich in Zukunft nur noch Dinge machte, die mir gut tun. Nach der Devise „Egoismus lässt grüßen". Jeder Mensch, der solch eine schmerzliche Erfahrung im Leben durchmacht, muss sich bewusst machen, dass er nach solch einer Erfahrung an erster Stelle steht. Mache nur das, was Dir Spaß macht!

Dies setzte ich zu meiner eigenen Überraschung gleich an diesem Wochenende um. Ab jetzt verbrachte ich sehr viel Zeit mit meinen Kindern. Meine Eltern oder meine Schwester und deren Familie leisteten mir Gesellschaft an Tagen, wo meine Kinder einen anderen Plan hatten. Es ist eine kräftezehrende Aufgabe, aber lösbar! Wichtig war für mich, dass ich immer abgelenkt wurde. Die Zeit, welche ich alleine auf dem Sofa verbrachte und lustlos im Fernsehprogramm herumzappte, machte mich immer depressiv, ja sogar aggressiv. Dass ich mich so von einem anderen Menschen abhängig gemacht hatte, dass ich lange überlegen musste, wie ich mich jetzt beschäftigen sollte, machte mich stinkig. Da es Sommer war, bin ich am Abend oft spontan in die Stadt gefahren, habe mich in die Eisdiele gesetzt und eine leckere Kugel Málaga mit Sahne schnabuliert. So kam ich in einen neuen Rhythmus, der anders als zu meiner Zeit als Ehefrau war. Wann waren wir am Abend unter der Woche schon einmal in die Stadt gefahren und haben uns noch ein Eis gegönnt? Dies war jetzt meine Antwort an meine zweite Lebenshälfte. Muster aufbrechen, da der Rahmen eh nicht mehr existierte! Dies war für mich die Rettung. Wenn meine Kinder erfuhren, dass ich noch in die Eisdiele ging, haben sie mich oft überrascht und sind spontan erschienen. Das waren dann immer die amüsantesten Abende, die mich aufrecht hielten und den Glauben an ein schönes Leben bei mir verinnerlichten – auch ohne Roland! Oft kommt man an den Punkt, wo man durch einen Satz oder eine Mitteilung von Roland wieder zurück geworfen wird und man sich mit dem alten Leben beschäftigen musste. Aber diese Phasen nahmen immer mehr ab.

Es war drei Tage nach dem prägnanten Telefonat, als Roland über Nachrichten-App ankündigte, dass er seine Sachen abholen möchte, da er nichts zum Anziehen eingepackt hatte. Ich schrieb ihm, dass ich nicht daheim sein wollte, wenn er zum „Radikalinski"-Akt heim kam. Wir vereinbarten, dass gleich der Montag gegen Mittag in Ordnung wäre. So stellte ich ihm am Sonntagabend so hilfsbereit – oder doof – wie ich war, drei Umzugskartons vor seine Kleiderschranktür, mit einem Zettel, wo drauf stand: „Und nimm diesmal bitte alles mit!". Ich machte noch ein Erinnerungsfoto von diesem „Stillleben", damit ich diese Aktion auch herumzeigen konnte. Tatsächlich sorgten solche Bilder mit der richtigen Untermalung bei meinen Kindern und meiner Familie immer für Belustigung. Das bestärkte mich in dem Gefühl, dass ich die Trennung von mir aus forciert hatte! Es war für mein Selbstwertgefühl von großer Wichtigkeit. Mich in dieser Form beteiligt zu haben, erleichterte mir, damit umzugehen. Es fühlte sich für mich wie ein kleiner Rausschmiss an. Am Montagmorgen verließ ich das Haus mit dem Gefühl, dass gleich ein Einbrecher hier eindringen würde. Es war mir unangenehm, dass Roland alleine agieren konnte. Ich war gespannt, was er alles mitnahm. Schon zu Jugendzeiten hatte er mir immer angekündigt, dass er seine Schallplatten auf alle Fälle mitnehmen würde, falls er mich mal verlassen würde. Im Spaß gesagt... Ob er heute daran denken würde? Oder waren ihm nur die überlebensnotwendigen Sachen wichtig. In Gedanken durchlief ich seine Einpackabfolge. Zuerst würde er das Bad leerräumen, dann wird er die neuen - zum Teil noch mit Etikett versehenen - Unterhosen aus der Kommode räumen, Socken, Sportklamotten und sich dann über den Kleiderschrank hermachen. Hier kamen ihm – so nehme ich an – die Umzugskartons sehr gelegen. Er muss sich über diese Aktion gewundert haben, denn erzählte mir Herr Plechinger in der nächsten Stunde, dass sich Roland bei ihm telefonisch gemeldet hatte. Grund war, dass er weitere Beratungsstunden absagte. Er erwähnte beim Therapeuten meine Bereitstellung der Umzugskartons und Roland fragte ihn, ob ich mit dieser Aktion unsere Ehe aufgab. Mit dieser Geste habe ich ihn vielleicht in etwa so getroffen, wie er mich mit seinem abgelegten Ehering an der Kette. Auch dieser Gedanke ließ mich stetig wachsen und Kraft schöpfen. Roland hat bei Plechinger auch geäußert, dass er es gut finden würde, wenn ich weiterhin zu den Beratungen gehen würde. Herr Plechinger sollte mich nach der Trennung begleiten. Durch diese neue Erkenntnis, brach ich mit den Beratungsstunden ab. Es war das Letzte, dass ich jetzt einen Rat von Roland annahm, zumal ich die Stunden bezahlen musste. Wenn, dann mache ich es aus freien Stücken, aber nicht, wenn es mir mein abgehalfterter Ehemann rät! Hätte er sich mal das „Sinnbild" der vor seinem Kleiderschrank abgestellten Umzugskartons genauer erklären lassen. Ich kann hierzu folgende Erklärung abgeben: „Es war sinnbildlich für ihn „der Tritt in den Arsch", den ich schon vor Wochen ausführen hätte sollen. Roland räumte die Umzugskartons bei uns ein und beim kilometerlangen Kreuzgang zu seinem neuen Wohnwürfel, brannten sich die Kanten vielleicht wie Male in seine Hände, die ihn noch etwas an seinem Scheidewege der Lebenshälften beschäftigten würden. Nachdem die Umzugskartons und Koffer mit den Klamotten von oben gefüllt waren, ist er bestimmt ins Waschhaus gegangen, um dort seine sieben Sachen zusammenpacken. Ich bin genau diese Runde abgelaufen und habe ähnlich wie der penible Detektiv aus der Fernsehserie Spuren entdeckt, die sich wie ein Puzzle in Form eines Tagtraumes vor meinem Auge zu einem Ganzen formierten. Ich scannte alle sichtbaren Schränke und Regale ab und entdeckte noch ein paar Sachen, die er übersehen hatte. So holte ich einen blauen Sack und nahm den Bierkrug mit der Gravur „Roland" aus dem Schrank, seine selbstgestrickten Socken von seiner Mutter, welche im Fach zum Stopfen lagen, seine Trainingsklamotten, welche unter Marcels Sachen lagen. Einen Schub mit Schals und Mützen für den Winter hat er übersehen. Diesen Inhalt habe ich ebenfalls in den blauen Sack gestopft. So bereinigte ich das erste Mal die Spuren von Roland. Zuletzt nahm ich eine Jacke von der Garderobe, welche unter meiner hing, stopfte diese in den fast vollen blauen Sack und überlegte, ob ich den Scheiß bei seiner Mutter abstellen sollte. Ich entschied mich aber dagegen. Warum sollte ich ihr noch mehr Schmerzen bereiten? – sie konnte nichts dafür. So zog ich den schweren Sack die Treppe hinauf und nutzte seine leere Kleiderschrankhälfte im Schlafzimmer als Depot. Da ich jeden Tag noch ein Teil fand, welches ich nicht mehr zu MEINEM Haushalt zählte, war Rolands

Schrankhälfte bald so zugestopft wie der Stauraum, den jeder in seiner Wohnung hatte. Keiner durfte diesen jemals öffnen, da man Gefahr lief, dass alles aus dem randvollen Grab ungeliebter Dinge schon beim Öffnen hinaus quoll. Seine Schallplatten, die ihm in jungen Jahren noch ach so wichtig waren, die verräumte ich nicht. Da hat sein Alter in Form von Vergesslichkeit zugeschlagen – diese stehen heute noch als Trophäe in meinem Regal! „Bäätsch!!"

Was er aber erstaunlicherweise bis zum kleinsten Teil mitnahm, waren die Utensilien für seine Freizeitaktivitäten. Obwohl er nur mit seinem Audi-Kombi die Sachen abholte, wunderte ich mich doch, dass alles Platz gefunden hat. Gut, sein Fahrrad hat er auf unserem Fahrradträger für die Anhängerkupplung verstaut – er hat während seiner Ausräumaktion bei mir über Nachrichten-App angefragt, ob die Mitnahme vom Fahrradträger in Ordnung wäre. Klar, an meinem Cabrio war keine Anhängerkupplung verbaut. Was sollte ich also mit diesem Teil. Ich sendete ihn damals nur das Emoji „Daumen hoch". So konnte ich die nun leer gewordenen Haken in der Garage für neuen Kram verwenden. Es war mir damals wichtig, dass keine Lücke blieb, die dadurch entstanden ist, weil Roland seine Sachen ausgeräumt hatte. Dies wäre einer Amputation gleich gekommen – dieses Gefühl musste zügig beseitigt werden. Kaum entdeckte ich eine leere Schublade, bestückte ich diese mit Sachen von mir oder den Kindern. Seine Ausräumaktion begleitete mich gedanklich den ganzen Tag, da konnte ich noch so viele Versuchsballons der Ablenkung starten, es gelang mir einfach nicht. Es war so ein einschneidendes Erlebnis, dass ich noch genau dieses mulmige Gefühl in der Magengegend verspüre, wenn ich noch heute daran denke. Viele Schlüsselmomente prägen uns, und sie wandern wie ein Blitz durch unsere Glieder. Oft sind es die schönen, wie die Geburt der Kinder, die nicht löschbar in unseren Gedanken wie ein Röntgenbild eingebrannt wurden. Gott sei Dank überwiegen die guten Erinnerungen. Selbst in dem Revuepassieren meiner 31 Jahre zurückliegender Beziehung mit Roland tauchen immer wieder gute Gedanken auf. Urlaube mit den Kindern, Unternehmungen mit unseren Eltern – fast so, wie die Bildershow an unserer silbernen Hochzeit. Die Bilder unserer Zweisamkeit sind verschwunden und geben jetzt wieder Platz für neue Erinnerungen preis. Die gute Vaterrolle von Roland ist der Auslöser, dass ich keine Hassgefühle gegen ihn hege. Ich hätte es mir manchmal sehr herbeigesehnt, dass es mir gelingt, ihn zu hassen. Aber dies widerstrebt meiner Lebenseinstellung. Nie konnte ich verstehen, dass sich liebende Menschen durch Missachtung jahrelang nicht treffen oder miteinander reden können. Trauriger weise entzweite dies oft auch andere Familienmitglieder von der Kernperson. Das war der Hauptgrund für mein Dagegenhalten und immer den Frohsinn sprießen zu lassen. Wenn ich Hassgefühle dauerhaft gegen Roland gelebt hätte, dann würden die Kinder dieses Verhalten übernehmen. Sie waren von Anfang an auf meiner Seite. Ich appelliere heute noch an ihr Gewissen, dass Roland als Vater nie versagt hat. Alles würde er für sie machen. Er wird nie mehr der sein, den wir innerhalb unseres Familienkreises gekannt haben. Schon alleine äußerlich hat er sich seiner jungen Frau angepasst. Dies habe ich ja schon nach vier Wochen bei seiner Rückkehr und der Entdeckung von den hippen Tretern entdeckt. Er findet die junge Frau toll, also findet er auch toll, was die junge Frau toll findet. Belustigend hörte ich von den Kindern, dass er während eines Handballturnieres im Zelt übernachtet hat. Zurück in die Vergangenheit. Was ich schon längst abgehakt habe, durchlebt er zum zweiten Mal. Ob es ihm sein Rücken dankt, weiß ich nicht. Sein Rückgrat wird er irgendwann spüren. Aber, so schließt sich für ihn der Kreis, seinem Mädchen gerecht zu werden. Ich bin gespannt, ob er den Drahtseilakt meistern kann ohne sich dabei zu verlieren. Hier spricht meine Erfahrung aus den vier Wochen der Rückkehr von Roland. Trotz eines neuen Partners oder dem Wunsch wieder mit einem Partner zusammen zu kommen, darf man sich nicht zu einem erzwungenen Charakter entwickeln. Sonst agierst Du nur noch an den Fäden, welche Du nicht mehr in den eigenen Händen hälst. Roland hat oft erwähnt, dass er das Festhalten an der Jugend von seinem Bruder und seiner Schwägerin affig findet. Sein Bruder hatte sich während der Midlife-Crises ein Motorrad und eine Lederjacke mit Fransen zugelegt. Nach dem Ausspinnen konnte er diese Sachen wieder verkaufen und ist immer noch mit seiner Frau zusammen. Ich kann mich noch gut erinnern, dass Roland seinen Bruder deshalb häufig aufgezogen hat. Jetzt passierte das umgekehrt, da sich nun die beiden über Roland und seine neue Errungenschaft amüsierten. Dies erfuhr ich aus den Erzählungen meiner Schwägerin. Es wurde viel gelästert über die neue Beziehung. Auch bei den Alts war es nicht einfach zu akzeptieren, dass anstatt mir eine Frau an Rolands Seite stand, die drei Jahre jünger war, als die Tochter von Rolands Bruder. Auch, dass Roland die Zweisamkeit mit so viel Aufwand betrieb, dass wenig Platz für die Unterstützung seiner Mutter blieb. Roland hat sich immer weiter abgekapselt und ihm war es relativ egal, wie es an der heimischen Front abging. Dies blieb zum Leidwesen seiner Schwester jetzt an ihr zu 100 % hängen. Sie wohnt zwar mit im Hause der Mutter, konnte sich aber bisher immer aus den Angelegenheiten raushalten. Als Roland noch im Haus daneben wohnte, verlagerte sich alles auf ihn. Das war meines Erachtens ein zusätzlicher Auslöser für die Flucht aus dem alten Leben. Ich bin nicht gewillt, alles nur auf das Auseinanderleben von uns zu münzen. Seine Mutter hängt sehr stark an Roland. Er fungiert als Ersatzmann nach dem frühen Tod ihres Ehemannes. Roland übernahm alle möglichen Hausmeister- und Gartenarbeiten. Er konnte sich nicht aus diesem Dunstkreis lösen, da wir direkt daneben gebaut hatten und jeder seiner anderen Geschwister kein Interesse hatte, zu springen, wenn die Mutter pfiff. Hier war er prädestiniert. Er hat es in all den Jahren in meinen Augen hochgezüchtet. Meine Eltern sind selbständig geblieben. Bis auf ein paar wenige Handlangertätigkeiten war hier nicht viel zu machen. Seine Mutter hatte auch noch einen Sohn im Haushalt. Auch wenn er durch sein unfallbedingtes Handicap nicht so konnte, hätten beide mehr machen können. Bequemer war es natürlich, wenn Roland sich um alles kümmerte. So konnten sich die anderen beiden Geschwister bequem zurücklehnen. Ein paar Wochen nachdem Roland nicht mehr nebenan wohnte, gründete seine Schwester eine Nachrichten-App-Gruppe „Hilfe für Oma". Es war interessant zu sehen, wie sich das Verständnis für Rolands neues Leben verschob, wenn es einen persönlich betraf. Ein paar Tage vorher hat uns Rolands Schwester noch erklären wollen, dass er sich noch mal neu erfinden möchte: „Ist doch gut zu wissen, dass es ihm dabei super geht. Schlimmer wäre es, wenn er krank wäre. Ich denke, es war ihm zu viel, was ihr mit Deiner Schwester und Deinen Eltern unternommen habt. Man braucht auch einmal die Zweisamkeit. Versetzt Euch doch bitte mal in seine Lage, dann kann man es leichter nachvollziehen." Mit „wir" waren Julia und ich gemeint, die ihre Worte tief verletzend fanden. Wie konnte sie sich als

Hobby-Psychologin aufspielen. Sie hatte ja wohl Probleme genug. Schon mindestens 105 Geschäftsideen in den Sand gesetzt und hält sich jetzt mit Nachhilfe-Stunden über Wasser. Aber als Roland sich von den Pflichten zurückzog und ihr mehr Arbeit aufbürdete, wurde Alarm geschlagen. So gründete seine Schwester diese Hilfegruppe. Arbeiten, die Roland früher selbstverständlich und ohne Getöse erledigte, wurden jetzt auf acht Leute verteilt. Wenn sie dies schon früher gemacht hätten, dann wäre Roland wegen den zusätzlichen Aufgaben nicht so stark belastet gewesen. Meint nicht, dass ich jetzt behaupten möchte, Roland und ich wären dann noch zusammen. Jeder sollte es sich im Leben so einfach wie möglich machen, aber leichtfertig blöde Reden schwingen kann sich jeder verkneifen, der nicht in meiner Lage steckte. Ich machte es mir jetzt auch einfacher. Mit meinem Single-Haushalt ging es auf alle Fälle relaxter zu. Meistens jedenfalls. Die ersten Tage fand ich es noch super, dass ich keine Zeit fürs Kochen aufbringen musste. Die Wäsche war viel weniger. Das bisschen, was ich dann aus dem Trockner nahm, war in ein paar Minuten zusammen gelegt. Ich stellte mich jeder Herausforderung. O.K. ich korrigiere: Ich musste mich jeder Herausforderung stellen. Ich bemerkte, dass die Waschmaschine das Wasser nicht mehr richtig abpumpte. Sofort dachte ich an das Fusselsieb. Leider brachte ich den Drehverschluss nicht auf. Etwas muss sich verkeilt haben. Es bewegte sich keinen Millimeter weiter. Ich suchte im Internet und wurde bei einem Sender im Internet fündig. Es gab doch für fast alle Lebenslagen eine Anleitung hier zu finden. Sofort stieß ich auf die Beschreibung, wie man den Abwasserschlauch von der Waschmaschine löste. Dies gelang, wenn man den Schnellverschluss zusammendrückte und den Schlauch einfach runterzog. Vorher musste man die Maschine aber umkippen. Am besten solle man die Waschmaschine auf eine Decke kippen, damit das Gehäuse nicht beschädigt wird. Gesagt, getan. Als ich anfing, die Maschine von mir weg zu kippen, bemerkte ich, was für ein Schwergewicht so eine Waschmaschine ist. Bevor das klobige Ding mir aus der Hand rutschte, ließ ich sie wieder in den festen Stand kippen. Ich musste sie zu mir hin kippen. Es artete jetzt schon in einen Kraftakt aus und ich musste mich ganz schön anstrengen, dass ich das schwere Stück noch halten konnte. Meine Rückenmuskulatur sträubte sich schon in Richtung Zerrung. Als ich keine Kraft mehr hatte, krachte die Maschine die letzten Zentimeter auf den Boden. Jetzt machte ich mir um meinen Rücken keine Sorgen mehr, hoffte, dass die Maschine danach noch funktionierte. Der Abwasserschlauch war sofort zu erkennen. Der beschriebene Schnellverschluss war aber leider nicht so schnell aufzubekommen, wie gezeigt. Dazu musste ich mir eine Zange holen. Mit bloßen Fingern war das nicht zu schaffen. Als ich mit der Zange zurückkam, setzte ich mich vor die Waschmaschine und sprach mit ihr: „Wir werden des schon schaffen, gell?!". Zuversichtlich machte ich mich an diesem Schnellverschluss zu schaffen. Beim Montieren überlegte ich, ob man hier noch was verbessern konnte, denn der Name war hier nicht Programm. Schon längst hätte ich vor ein paar Wochen Roland zu Hilfe gerufen, nun gab es keine andere Möglichkeit, als alleine damit fertig zu werden. Welche Fähigkeiten man sich nach einer Trennung aneignet, ist wirklich beachtlich. Die verlassenen Frauen müssen sich im Waschmaschinereparieren behaupten, die verlassenen Männer mit der Bedienung der Waschmaschine. Nach ungefähr vier Minuten gab der Schnellverschluss endlich nach und gab den Ablaufzapfen frei. Ich fingerte in der Öffnung herum und tatsächlich hatte sich eine

Haarspange quer gelegt. „So ein kleines doofes Ding", dachte ich mir. Ganz stolz, die Waschmaschine „repariert" zu haben, hielt ich die Haarspange wie eine Trophäe hoch. Es konnte mich keiner sehen, aber es war ein Triumphzug für mich. So jetzt wieder zusammen bauen. Ich verwünschte diesen „Schnellverschluss". Meiner Meinung nach, war der eine Zapfen zum Zusammendrücken viel zu lumpig und zu kurz. Ich rutschte mit der Zange immer wieder ab. Nach einer gefühlten Ewigkeiten und zigfachen Versuchen, erbarmte sich dieser doofe Verschluss doch noch und ich strengte mich mit schmerzenden Fingern an, damit ich seinen vergrößerten Durchmesser hielt, so dass ich den Ring samt Schlauch auf den Abwasserzapfen brachte. Stolz begutachtete ich nochmal mein Werk und überprüfte, ob wirklich alles fest montiert war. Ich hatte keine Lust, diesen Riesenoschi nochmal auf die Seite zu kippen. Mit aller Kraft und einem gequetschten Finger, bekam ich die Maschine auch wieder angehoben. Da stand sie und wartete auf den Versuchsdurchlauf. Der erste Erfolg war, dass der Verschluss vom Fusselsieb wieder aufzudrehen ging. Danach schaltete ich die Maschine auf Express-Waschgang ein und hoffte, dass der Schlauch dicht war – dies funktionierte auch. Ich war überglücklich, dass ich ohne Handwerker auskam und trommelte vor Freude auf die Oberseite der Waschmaschine. Marcel wurde durch den Lärm wohl neugierig und schaute zu mir ins Waschhaus. „Alles klar bei Dir?", fragte er. „Jetzt wieder, Marcel. Ich habe die Waschmaschine repariert. Ganz alleine", berichtete ich ganz stolz. Danach habe ich ihm jede Einzelheit geschildert und nach meiner heroischen Geschichte kam von ihm ein lahmes: „Ich hätte Dir doch geholfen." Daraufhin tätschelte ich ihm die Schulter: „Ich kann doch nicht immer alles auf Dich abwälzen, wenn es mal brennt. Ich möchte auf eigenen Füssen stehen. Sonst gibt es bald eine Nachrichten-App-Gruppe „Annette braucht Hilfe". Er grinste und hinterließ ein: „Super gemacht, Mama - aber das nächste Mal gibst mir Bescheid, nä?" An einem Haus ist ständig etwas zu reparieren. Ich wollte alles in Schuss halten. Als ich nächstes Mal eine Steckdose mit dem Staubsaugerkabel aus der Wand riss kam ich wirklich auf ihn Marcels Angebot zurück und bat ihn bei diesem Job um Hilfe. Es war gut, dass noch ein Mann im Haus war, ich wollte es nur nicht überstrapazieren. Halfen die Kinder eh, wo sie konnten. Tage verstrichen und es wurde mir bewusst, dass der Mensch ein Rudeltier ist. Ich habe zu meinem Glück auch eine treue Freundin, die mich nie im Stich gelassen hat. Stefanie meldete sich vom ersten Moment, nachdem sie von meiner Trennung erfuhr, regelmäßig bei mir. Das eine Mal waren es aufmunternde Worte oder lustige Videos über Nachrichten-App, das nächste Mal lud sie mich spontan ein, dass wir uns während der Mittagspause trafen. Dies passiert bis heute in regelmäßigen Abständen und ich bin froh, dass ich sie habe. Stefanie ist eine völlig unkomplizierte Frau, welche mit ihrem Ehemann auch so ihre Lebenserfahrungen gemacht hat und steht immer mit gutem Rat zur Seite. Ein guter Spruch kam von ihr, den ich immer noch feiere: „Na, wenn die neue Dame bisexuell ist, dann hat Roland nicht nur die Männchen dieser Welt als Konkurrenz, sondern auch die Weibchen. Mal schauen, ob sie nicht nochmal rückfällig wird und wieder in weiblichen Gewässer fischen möchte." Ja, das können wir abwarten und beobachten.

Anfang Juli gingen Julia und ich spazieren. Wir hatten endlich mal wieder Zeit unter vier Augen zu reden. Bei diesem Spaziergang war von Anfang bis zum Schluss Rolands Fauxpas ein Thema. Für Julia stand immer noch im Raum, dass sie sich nie so richtig mit ihrem Vater ausgesprochen hatte. Während seiner vierwöchigen Rückkehr, wollte sie nicht in die Tiefe gehen, da sie unserer Versöhnung nicht im Weg stehen wollte. Julia hätte ihren Vater sehr gerne direkter nach den heimlichen Treffen mit der Anderen gefragt und wäre gespannt gewesen, was er darauf geantwortet hätte. Ich gab meiner Tochter zu bedenken, dass es nicht einfacher durch mehr Wissen werden würde. Vielleicht wäre der Umgang mit Roland sogar schwieriger. Denn wenn wir noch mehr erfahren würden, dann leidet die Seele wieder ein Stück mehr und das ist nicht gut. Ich gab meiner Tochter den Rat, einfach in der Gegenwart zu leben. Warum sollen wir uns den Kopf zerbrechen, über Dinge die schon in der Vergangenheit liegen. Vieles können wir nicht mehr ändern und was würde es uns bringen, wenn wir über die Zukunft grübelten. Wer weiß schon, was uns in den nächsten fünf Minuten passieren kann. Sie meinte aber, dass es auch wichtig wäre, dass er sich persönlich zu der Sache bei seinen Kindern erklärte. Aber was gab es zu erklären? Es passiert millionenfach, dass Ehepaare eine Trennung durchmachen. Bei diesem Spaziergang betete ich Julia eine Anleitung herunter, die ich selbst nur aus dem Internet entnahm. Ich suchte stundenlang im Internet nach Begriffen: „Fremdgehen", „mein Mann ist einfach abgehauen", „mein Mann hat eine Jüngere", „Midlife-Crises", von heute auf morgen verlassen". Wie ich bei der Waschmaschine schon feststellte, es gab zu jedem Suchbegriff Erfahrungsberichte und Hilfestellung zum Umgang mit diesen Ausnahmesituationen. Die unendlichen Anleitungen aus dem WorldWideWeb. Teilweise zerbrach ich mir über das Gelesene endlos meinen Kopf, manche Geschichten haben mir wirklich geholfen. Schon alleine die Tatsache, dass es vielen Menschen nach der Trennung noch beschissener geht als mir. Ich ließ den Kopf nicht hängen, da ich dachte, der liebe Gott hat noch etwas Gutes mit mir vor. Ich gab auch die Hoffnung nie auf, dass ich wieder einen tollen Mann kennenlernen würde. Ich wünschte mir, dass Julia mit meinen Ratschlägen besser abschalten konnte. Julia bekannte sich auch zu den Gedanken, dass sie es immer noch pervers fand, wenn sie über das junge Alter der neuen Frau an Papas Seite nachdachte. Sie war nicht älter als Julias Freund. Deshalb bestärkten mich meine Kinder schon nach wenigen Tagen, dass ich mir einen attraktiven Mann anlachen sollte. So einen, der besser zu mir passt als ihr Papa. „Lass es so richtig krachen", sagten sie mir sehr häufig. Auch meine Schwester berichtete täglich von Singles in meinem Alter, mit denen sie mich verkuppeln könnte. Keine Ahnung wie sie darauf kam, dass ich so verzweifelt auf der Suche war. Dem war nicht so, dennoch zählte sie auf: „Der Gesangslehrer von Karo, der Tierarzt vom Wildgehege, der Konditor aus dem Cafe..." Unzählig viele Männer, die meiner Schwester nach, nur auf mich warteten. „Das nächste Mal gehst Du mal mit uns mit, dann gehen wir wieder in das Cafe. Den musst Du Dir unbedingt ansehen. Der wäre etwas für Dich." Es gab in meiner Umgebung viele Männer, die auf der Suche waren. Wenn sich herumspricht, dass Dich Dein Mann verlassen hat, dann bist Du wieder Freiwild für diese Männer. Du stehst auf der Abschussliste. Dass Du vielleicht noch in der Schonzeit bist und keinen Bock aufs Anbaggern hast, ist den meisten ziemlich egal. Also flirtete ich das eine oder andere Mal wieder darauf los. Wir hören immer von Frauen, die nach der Kinderpause wieder in den Job wechseln. Welche Ängste sie haben, da sich doch die Technik so gravierend verändert hat. Fragt mich mal. Die ersten Startversuche schauten aus, wie „geradegeschlüpftes-Reh-auf-wackligen-Beinen". Es war grausam! Oder war es nur grausam, weil noch nicht der richtige Mann für mich dabei war. Vielleicht denkt sich der eine oder andere jetzt beim Lesen: „Wieso erzählt sie jetzt schon davon, dass sie auf Männersuche geht." Die Antwort: Es ist eine ganz normale Regung der Menschheit, dass man wieder auf die Pirsch geht. Als 2017 unser 30jähriges Klassentreffen stattfand, war ich überrascht, dass nur noch zwei Leute von den anwesenden 18 in erster Ehe verheiratet waren. Am liebsten wären diese zwei sofort wieder zu ihren Partnern zurückgefahren, liefen sie doch Gefahr, dass ihnen ähnliches wie die gehörten Geschichten passiert. Als sie von der Trennung von Roland und mir erfuhren, waren sie sehr überrascht. Sie kannten uns beide von der Schulzeit, als wir schon zwei Jahre zusammen waren. Jeder äußerte, dass wir für den Rest unseres Lebens zusammen bleiben würden. Den Zahn habe ich ihnen dann mit meiner Schallplatte „Ja, des is a Gaudi, lasst es Euch sagen" gezogen. Da ich mit meiner Kurzform im Training war, konnte ich nach ein paar Minütchen jedem, der willig war, mein Referat „Sturzverlassen" vortragen. Als der „Mit-Trennung-Teil" von unserer Klasse jeder seine Geschichte und Ausführungen der Trennungsgründe zum Besten gaben, erzählten die ersten am Nebentisch schon von den neuen Errungenschaften. Außergewöhnlich war es, dass allesamt nur zwischen fünf Tagen und drei Wochen brauchten, bis sie wieder einen neuen Partner an der Seite hatten. Die fünfzehn Leute hatten wirklich Glück, die Beziehungen hielten, bis zu dem damaligen Klassentreffen. Einer aus der Scheidungs-Selbsthilfegruppe hat ein halbes Jahr nach dem gerichtlichen Scheidungstermin schon wieder geheiratet. Damals waren sie gerade dabei, sich eine Eigentumswohnung zusammen zu kaufen. Als ich die Geschichte erzählte, dass Roland sich schon längst eine Eigentumswohnung kaufte, noch bevor unsere Finanzen auseinander dividiert waren, hatte ich die Lacher wieder auf meiner Seite. Unsere persönlichen Geschichten toppten die Weingut-Führung. Vielleicht wurden die Zungen vor allem wegen der Führung lockerer. Die Weinprobe war nicht zu verachten. Ich kippte – der eine sagt bekömmlicher Weise, ich unbekömmlicher Weise - die doppelte Menge Probierwein in mich hinein, da die eine Klassenkameradin von uns dem Alkohol widersagte. So durfte ich als Ersatzspielerin für sie einspringen. Das brachte für mich die doppelte Weinmenge und am anderen Tag Kopfschmerzen ein. Für den Rest der Truppe wurde dadurch ein sehr unterhaltsamer Abend in der Hotellobby geboten. Wir hatten alle gut gebechert und durch einige von mir mitgebrachte Fotoalben aus unserer Schulzeit konnten wir anhand der Zeitzonen immer wieder neue Geschichten zum Besten geben und hatten an diesem Abend allen Grund zu Lachen. Ich kann Euch nur einen Rat geben: Verpasst bitte keines Eurer Klassentreffen. Wenn es noch keines von Eurer Klasse gab, dann organisiert ein Treffen. Es ist so schön zu sehen, dass nach kurzer Zeit jeder wieder seine Rolle von damals einnimmt. Es gab den Klassenkasper, den Organisator, die Schwätzer, den, der aus der Reihe tanzt, denjenigen, der immer das Schlusslicht machte, weil er so langsam lief. Wir hatten auch unseren Klassenlehrer eingeladen, das versüßte den Abend um ein Vielfaches. Es war tatsächlich wie ein gelungener Schulausflug von früher. Durch die mit Wein durchtränkten Augenlinsen fand ich auch, dass sich alle gut gehalten haben. Wir bildeten eine Nachrichten-App-Gruppe (wie soll es anders sein), um in Kontakt zu bleiben, was dann auch genau ein viertel Jahr hielt. Bis dahin kamen fast täglich Infos von den ehemaligen Klassenkameraden an, aber wie gewohnt, schläft der Kontakt nach und nach

wieder ein. Bis zum nächsten Weihnachts- oder Osterfest. Hier wurde die Gruppe dann löblicher Weise von
unserem Lehrer wieder reanimiert, um gute Wünsche
für die Feiertage zu senden. Bin gespannt, wenn in
fünf Jahren das nächste Treffen ansteht. Mal schauen,
ob die letzten zwei Verheirateten noch glücklich vereint
sind. Die Quote spricht für sie, denn es müssen ja
auch noch ein paar verheiratet bleiben. Doch die
Hauptsache ist, wir bleiben alle gesund und frohen
Mutes. Egal, ob verheiratet oder geschieden.

Wenn in den Spezial-Nachrichten-App-Gruppen immer
wieder Kontaktpausen entstanden, sind es die Familie
und Freunde, die einem stetig zur Seite stehen. Meine
Schwiegermutter – ich nenne sie seit der Scheidung
„liebe Nachbarin" – hat sich beschwert, dass sie mich
nicht mehr so oft sieht. Bei jedem Geburtstag werde
ich immer noch eingeladen. Schön zeitlich versetzt
zum Besuch von Roland & Co. Kommt er zum Kaffee,
dann schau ich gegen Abend vorbei, wenn die zwei
Süßen am Abend kommen, dann bin ich zum Kaffee
willkommen. Auch wenn ich mich dazwischen gescho-
ben fühle, bin ich glücklich, dass der Kontakt zu dem
Teil meiner Familie nicht abreißt. Es ist schon schwer
alles unter einen Hut zu bringen. Wir haben jahrelang
sorglos alles miteinander genossen. Uns alles erzählt.
Jetzt merke ich, wenn meine liebe Nachbarin von ihrem Sohn erzählt, zuckt sie unruhig zusammen, um
auf eine Art und Weise eine gekonnte Kurve für einen
Themenwechsel zu bekommen. Meistens ist es dann
Marcel, der die Situation rettet und sich mit einem
Wortwitz dazwischen schmeißt. Es war meiner lieben
Nachbarin ganz peinlich, als sie von der ersten Woh-
nungsführung in Rolands Eigentumswohnung berichtete. „Erzähl ruhig von Roland und seinem neuen Spiel-
zeug. Und ich meine nicht die Christine!" trug Marcel

zur Belustigung aller bei. „Sie haben sich in der Dusche zwei Duschköpfe einbauen lassen. So können sie nach dem anstrengenden Fitness-Programm gleichzeitig unter der Dusche stehen und weiter machen. Auch schön sind ihre beiden Spinning-Fahrräder. Und zum Fitness-Center geht es jetzt immer auf joggende Weise, denn Fitness alleine ist ja nicht genug. Bis halt des Raucherlüngerl pfeift, gell Oma." Ich wurde von den Kindern stets auf dem Laufenden gehalten. Teilweise war es für mich schwer zu ertragen, auf der anderen Seite bin ich zu neugierig, als dass ich meine Ohren nicht spitzte, wenn nach einem Treffen alles im kleinen Kreis aufgearbeitet wurde. Wir waren durch die Familie weiterhin verbandelt. Was konnte auch meine liebe Nachbarin dafür, dass sich ihr Sohn eine neue Frau suchte. Meine liebe Nachbarin betonte immer, dass ich auf ewig ihre Schwiegertochter bleiben würde: „An unserem Verhältnis ändert sich überhaupt nichts, du bleibst immer mei Annettelein." Ich fand es ziemlich süß und berührt mich heute noch, wenn sie dies so beständig betonte. Wieso sollte ich auch den Kontakt abbrechen? Einige von meinen Bekannten haben das bis heute nicht verstanden. Ich glaube, auf eine Art, macht es die Sache leichter. Meine liebe Nachbarin hat ihr Treibhaus noch auf meinem Grundstück. Wenn ich jetzt ein komisches Verhältnis - aus Gründen, die wir beide uns nicht aussuchen konnten - aufbauen würde, dann gäbe es bei jedem Zusammentreffen eine komische Situation. So grüßten wir uns freundschaftlich, meistens folgte dem Ganzen eine Umarmung und alles war gut. Im Sommer ist es ein sonderbares Gefühl, wenn ich die Stimme von Roland auf der Terrasse meiner lieben Nachbarin hören kann. Wenn du jemanden 31 Jahre beim Erzählen zugehört hast, hörst Du diese Stimme auch aus einem Gewirr heraus. Es war bisher immer ein aufgeregtes Getöse, wenn Christine und Roland bei der Nachbarschaft erschienen. Alle waren zu sehr aufgeregt und es wurde geschnattert und übertrieben gelacht. Natürlich kam hier die bekannte Skurrilität hervor. Bis vor kurzem, saß ich noch mit Roland auf der Terrasse und unterhielt die Familie. Nun begab ich mich stets außer Hörweite. Zum einen, da ich mir wie eine Stalkerin vorkam, zum anderen, weil ich es nicht ertragen konnte, wenn ich die tiefe Stimme von der neuen Frau vernahm. Ich sehnte mich immer mehr nach einem neuen Mann. Natürlich kann man nichts erzwingen. Die Hoffnung, dass sich irgendwo auf dieser Welt mein Traummann befand, machte die Sache einfacher. Es passierte ganz unerwartet, dass ich auf einen Mann aufmerksam wurde. Ich war einkaufen und stöberte durch die Regale. Es ist angenehm, nach Feierabend nicht gleich weiterhetzen zu müssen, weil daheim das Rudel auf das von mir gekochte Abendessen wartete. Wenn ich Feierabend hatte, dann ließ ich mir manchmal eine Stunde Zeit und streifte langsam durch die Regalgänge beim Einkaufen. Unter der Woche konnte ich so am besten abschalten und die Zeit verging schneller. Ich sah einen Mann, wie er einer älteren Frau behilflich war. Sie kam nicht an die Dose im oberen Regalbereich und ich hörte eine ruhige tiefe Stimme: „Warten Sie, ich kann Ihnen doch behilflich sein." Als sich dieser Mann von mir beobachtet fühlte, lachte er auf eine angenehme Art und Weise und zwinkerte mir zu. Eingeschüchtert von der Erkenntnis, dass er mein Anstarren bemerkt hatte, ging ich schnell los, damit ich dieser peinlichen Situation entweichen konnte. Ich war an diesem Tag mit hohen Schuhen unterwegs. Da ich die letzten 31 Jahre wie Romina Power immer auf flachen Latschen neben meinem kleineren Mann geduckt unterwegs war, hatte ich zu wenig Übung mit den hohen Dingern. So stolperte ich unsicher und ließ meinen Einkaufskorb fallen. Durch ziemlich viel Glück, konnte ich mich gerade noch halten und so stand ich in derselben Sekunde wieder kerzengerade zwischen den Konservenregalen, wie wenn nix geschehen wäre. Das hätte auch in die Hose gehen können! So bückte ich mich und sortierte meine paar Sachen wieder in den Korb zurück, als sich eine Hand dazwischen mischte und mir behilflich war. Diese Hand gehörte zu dem süßen Typen, der gerade noch der älteren Dame behilflich war und vielleicht der Auslöser für mein Stolpern war. Meine innere Stimme meinte zu mir: „Annette, reiß Dich zusammen." Als ich in seine Augen sah, klopfte mein Herz bis zum Hals. Welch ein hübscher Mann und welch ein Glück, dass ich ihn jetzt vor mir habe. Jetzt bloß nicht diese Situation verkacken! „Immer vorsichtig in hohen Schuhen laufen, dann passiert Ihnen nichts", sagte der tolle Typ und ich nickte mit dem Kopf, als hätte ich durch diesen Satz eine ganz neue Information erhalten. „Das stimmt, ich hätte mir auch ein Bein brechen können", meinte ich zu ihm. „Das wäre wirklich sehr schade um Sie gewesen, Gott sei Dank ist Ihnen nichts passiert. Haben Sie sich etwas getan?", fragte er besorgt. „Nein, es geht schon wieder." Er half mir noch auf, hob meinen Einkaufskorb an und hielt ihn mir entgegen: „Zukünftig nicht ablenken lassen." Zwinkerte wieder und setzte das süßeste Lächeln auf, dass mir in meinem Leben von einem Mann zugeworfen wurde. Ich brachte nur ein leises: „Danke für den Tipp." heraus und schnaufte tief durch, um mich zu fangen. Wenn ich jetzt loslaufen würde, dann könnte er mich nochmal Stolpern sehen. Vor lauter Herzklopfen würde ich „links-rechts-links-rechts" umknicken – jeder kennt das Video von dem Model aus dem Internet - und das würde bei mir vielleicht erst blöd aussehen. Um dies zu vermeiden, blieb ich noch ein paar Sekunden länger stehen. Er drehte sich nochmal zu mir um und es hatte den Anschein, als wenn er betont langsam auf dem Weg zur Kasse war. Da ich noch Milch holen musste, begab ich mich schweren Herzens in die andere Richtung. Ich drehte mich nochmal um, da sah ich, wie der smarte Kerl schon den Weg zum Ausgang nahm und sich wie der Cowboy aus der Zigarettenwerbung lässig eine Zigarette in den Mund steckte. Wieder schaute er zurück und als er im Freien war, konnte ich in der Dämmerung ein Feuerzeug aufflammen sehen und erkannte die glühende Zigarette. In der Hoffnung, dass wenn ich mich mit dem Milchholen beeilen würde, ihn draußen nochmal begegnen könnte, lief ich einen Schritt schneller. Ich riss die Türe zum Kühlregal auf und schnappte so schnell die Milchtüte, dass mich dies an die Übergabe des Stabes beim Staffellauf erinnerte. „Ja, gib Gas Annette! Du erreichst rechtzeitig das Ziel und fällst dem wartenden Typen direkt in die Arme", grinsend dachte ich meinen Tagtraum zu Ende und stand an der Kasse, wo vorher der nette Mann bezahlt hatte. Ich konnte von hier aus am Besten zum Ausgang schauen. Leider war er weg. Enttäuscht legte ich meine Artikel nacheinander auf das Kassenlaufband. Ich hatte den Gedanken, den Mann mit den schönen Augen wiederzutreffen schon verworfen, da war ich an der Reihe und die Kassiererin sprach mich an. „Hallo, ich habe hier was für Sie." Ich war in meinen Gedanken versunken, so schaute ich überrascht auf und fragte mich: „War ich der millionste Käufer seit Bestehen dieses Einkaufsmarktes oder was erwartet mich gleich." Die Kassiererin hielt mir einen Zettel hin und ich bemühte mich zu erkennen, ob es sich um den erwarteten Gewinnscheck handelte. Leider konnte ich nichts erkennen, nur dass die gute Frau eine neue Maniküre nötig hätte, denn die French-Nails waren schon ziemlich ausgefranst. Auch, wenn ich nicht wusste, was sich hinter diesem Zettel verbarg, streckte ich meine Hand aus, um ihn entgegen zu nehmen. Die Kassiererin fügte hinzu: „Der eine Mann hat mich gebeten, Ihnen diesen Zettel zu geben. Hoffentlich hat er nicht ihr Auto angefahren." Jetzt wusste ich, dass ich den Jackpot gezogen hatte, denn als ich den Zettel entgegennahm, klappte dieser auf und ich entdeckte den Satz: „Würde Sie gerne wiedersehen ;-)" und eine Handynummer. In der Hoffnung, dass ich den Mann doch noch auf dem Parkplatz treffen werde und gleich Kontakt aufnehmen kann, bezahlte ich schnell meine Rechnung und lief hinaus. Ich stand an der Stelle, wo ich im Auffangbehälter für Zigaretten noch einen qualmenden Zigarettenstummel entdecke, aber der gut aussehende Kerl war schon verschwunden. Ich hatte aber keinen Grund, mich lange zu ärgern, schließlich hatte ich ja die Handynummer. Ich begab mich nach Hause mit dem festen Vorhaben, gleich die Handynummer anzurufen. Als ich zur Türe hereinkam, traf ich auf meinen Sohn. Ich erzählte ihm aufgeregt, was mir gerade passiert ist. Da sich ein junger Mensch noch direkt in der Brunft befindet, gab er mir sofort den Rat, dass ich nicht gleich anrufen soll: „Lass ihn noch a weng zappeln, das macht Dich interessanter!", empfahl mein Sohn und ich stand ihm erstaunt gegenüber und dachte mir: „Recht hat er, wenn ich jetzt sofort anrufen würde, dann denkt der Typ, dass ich es sehr nötig hätte." Ich sagte zu Marcel: „Hey, guter Rat. Da sieht man mal, dass Deine Mutter sich jenseits der flirtenden Masse befindet." Wir mussten beide lachen. Es war ein ungewöhnliches Gespräch. Noch nie hat es sich – aus Gründen verheiratet zu sein – ergeben, dass wir so ein Gespräch geführt hatten. Fühlte sich ziemlich verrückt an. Es sollte aber in Zukunft nicht das letzte Gespräch sein, in dem ich Tipps von meinem „Date-Doctor" Marcel annahm. Auch meine Tochter konnte mir Ratschläge geben. Julia hat mir nach meiner Erzählung dieses Erlebnisses geraten, dass ich nur einen Smiley senden sollte, das macht mich interessanter. Was die Kinder alles so wussten. Wer hätte gedacht, dass die beiden ihrer Mutter einmal bei der Kontaktaufnahme zum anderen Geschlecht behilflich sein würden. Außergewöhnliche Situationen erfordern außergewöhnliche Maßnahmen. Nach zwei Tagen, konnte ich nicht mehr länger warten und sendete die alles auf den Kopf stellende Nachricht an die notierte Handynummer: „☺". An jenem Samstagmittag Ende Juli, saß ich stundenlang in „Hab-acht-Stellung" in meinem Wohnzimmer, um sofort in der Nähe meines Handys zu sein. Ungeduldig wartete ich, bis das erlösende Signal einer eingehenden Nachricht erklang. Neugierig, was er geschrieben hatte, nahm ich hastig mein Handy vom Tisch und schaute auf das Display. „Hallo. Endlich meldet sich die Frau mit dem schönen Blick", las ich mir selbst laut vor. „Voll süß!", dachte ich mir dahinschmelzend. Jawohl, er fand meine Blicke gut. Gepunktet. Ich fand ihn damals so entzückend, dass ich wahrscheinlich auch wie ein kleines Kind auf die brennenden Kerzen der Geburtstagstorte schaute. Die nächste Nachricht kam herein: „Ich habe schon sehnsüchtig darauf gewartete, dass Sie sich melden." Danach kam erst einmal minutenlang keine Regung von ihm. Jetzt lag es an mir zu antworten und den Gesprächsbogen zu spannen. Wo waren meine „Date-Berater" wenn ich sie brauchte? Ich befand mich in dem von mir gestarteten Chat in Nachrichten-App, hatte unter der Handynummer das druckaufbauende „online" stehen und versuchte eine passende, ja prickelnde Antwort zu formulieren. Was musste sich der Typ von mir denken! Sobald ich vier Wörter geschrieben hatte, löschte ich diese wieder. Ich sehnte mich nach einer Unterhaltung auf Papier. Hier war es möglich, dass Du die angefangenen Briefzeilen zusammenknüllen konntest und haufenweise kleine Papierbälle hinter dich geworfen hast, jetzt erlebt der Gesprächspartner live, dass Du um Worte ringst. Damit ich nicht weiterhin wie der Legastheniker dastand, tippte ich eine einfache Frage in mein Handy: „Wie heißen Sie? Ich möchte Ihre Handynummer gerne abspeichern." Nachdem ich diese Nachricht abgesendet hatte und sie mir nochmal durchlas, kam ich mir genauso bescheuert vor, wie das Hollywood-Filmsternchen mit den Melonen in der Hand! Besorgt, dass ihm diese Frage zu unspektakulär war, wartete ich auf eine Antwort. Leider geschah dies nicht, im Gegenteil, der Status „online" verschwand sogar und ich hatte für mich die Bestätigung, dass ich den gutaussehenden Kerl jetzt verscheucht hatte. Enttäuscht legte ich das Handy auf meinem Esstisch ab und schaute es für tot erklärt an. Über zwei Minuten starrte ich auf mein Handy und überlegte, was ich Besseres hätte schreiben können, als sich mein Handy durch die Vibration bewegte und ich die Hoffnung bekam, dass ich der Sache nicht den Todesstoß verpasst hatte. „Sorry, mein Akku war leer. Musste es ans Ladekabel anschließen. Mein Name ist Adnan. Sind Sie verheiratet?" Erfreut, dass sich der Mann ganz normal mit mir unterhalten wollte, setzte ich den Dialog über Nachrichten-App mit ihm fort. Ich gab ihm die Antwort: „Nein, kein Mann an meiner Seite. Frei wie ein Vogel." Genauso fühlte ich mich das erste Mal seit der Trennung von Roland. Frei wie ein Vogel, bereit für etwas Neues, mit einem anderen Mann an meiner Seite. Ich war mir natürlich nach diesen wenigen geschriebenen Sätzen noch nicht im Klaren, dass es dieser Mann sein würde, aber ich hatte in diesem Moment das Gefühl, dass es auf alle Fälle eine neue Türe war, durch die ich durchgehen durfte. Ich wusste, wie der Mann aussah, ich wusste, wie der

Mann hieß und als er mich fragte, ob wir telefonieren wollten, folgte dem Ganzen ein Gespräch, was über eine Stunde dauerte. Wir verabschiedeten uns mit dem Versprechen, dass wir uns in den nächsten Tagen treffen wollten. In dem Gespräch erfuhr ich schon so viel von ihm, dass ich das Gefühl hatte, ihn schon ewig zu kennen. Er ist in derselben Ortschaft wie ich geboren, ging in dieselbe Grundschule. Zog dann mit seinen Eltern, als er sechs Jahre alt war, in die nächste Großstadt, weil sich hier ein besserer Job für den Vater fand und wohnte jetzt ungefähr 30 Kilometer weit von mir entfernt. Alles hörte sich bisher gut an. Vor allem fühlte es sich sehr gut an. Diese Art, so unkompliziert mit jemandem einen Gesprächsstoff zu finden, fand ich sehr außergewöhnlich und auch entspannend. Ich fühlte mich von diesem Mann verstanden. Er hatte auch eine Ehe hinter sich. Aus dieser Ehe gab es einen Sohn, der ungefähr in dem Alter meiner Kinder war. Jeder Tag wurde jetzt mit einer kurzen Begrüßung am Morgen begonnen, weiter mit einem Telefonat in der Mittagspause und einer Sprachnachrichten-Explosion am Abend. Der letzte Gutenacht-Gruß verschob sich immer weiter nach hinten, da wir nie genug von einander bekamen. Dass man sich mit fast fünfzig nochmal so verknallen kann und daraus eine wunderschöne Beziehung entsteht, war für mich wie ein neues Leben. Ich kaufte mir durch meine Abnahme von zwanzig Kilogramm beschwingt neue Kleidungsstücke. Angefangen bei schicker Unterwäsche, über eine Garde an neuen hohen Schuhen, engen Jeanshosen und flotten Oberteile. Ich fühlte mich wie der Phönix aus der Asche und konnte auf mein altes Leben pfeifen. Ich hatte das Glück in Form dieses Mannes neu entdeckt. Bis zu unserem ersten Treffen dauerte es ca. drei Wochen. Erst hatte Adnan Urlaub und danach reiste ich mit Marcel und Luise zum Gardasee. Es war eine lange Durststrecke bis zu dem Tag, an dem es endlich mit unserem schon längst überfällig gewordenen Wiedersehen klappen sollte. Ich zählte die Tage, bis zu dem vereinbarten Treffen. Für die Garderobe nahm ich gerne den Rat meiner Tochter an: „Nicht gleich übertreiben, Du muss ja noch Luft nach oben lassen!", empfahl mir Julia und ich wunderte mich erneut, mit welch selbstsicherer Art mir meine Tochter diese Strategie ans Herz legte. In diesen Momenten wurde mir bewusst, wie lange ich in meinem Alltagstrott unterwegs war. Ich kann aber jeden beruhigen: Man kommt doch leichter in den Liebes-Flow, als man denkt. Aufgeregt machte ich mich mit meinem Cabrio auf den Weg. Da es das Wetter zuließ, öffnete ich kurz nach Abfahrt der Autobahn das Verdeck, sollte dies wegen des Fahrtwindes aber wegen der Frisur bald schon wieder verwünschen. Ich zog trotzdem das Programm durch und sah ihn schon von weitem an unserem Treffpunkt vor einem Cafe auf mich warten. Als ich ihn entdeckte und mir seiner Attraktivität wieder bewusst wurde, fingen wirklich Schmetterlinge in meinem Bauch an zu flattern. Er grinste schon von Weitem, als er mich sah. Ich hielt vor ihm an und er meinte: „Cabrio fährt meine Annette. Das hätte ich nicht erwartet. Super! Das ist ja schöner, als bei diesem Wetter im Cafe zu sitzen. Komm, wir drehen eine Runde, dann suchen wir zusammen einen Parkplatz." Wir fuhren ewig durch die Stadt und hatten die Suche nach einem Parkplatz schon längst vergessen, da meinte ich zu ihm: „Oder fahren wir zu mir, dann können wir einen Wein auf meiner Terrasse genießen." Er schaute mich überrascht an und ich hatte schon fast das Gefühl, dass ich etwas Unpassendes von mir gegeben hatte, als er erwiderte: „Gute Idee, dann können wir uns ganz in Ruhe unterhalten. Fahr los! Ich bin gespannt, wo Du wohnst." Auf der Fahrt nach Hause, machte ich mir Gedanken, was meine Kinder denken sollten. Oder noch schlimmer, meine liebe Nachbarin würde uns sofort sehen und beobachten, was ich mit einem neuen Mann an meiner Seite veranstalten würde. Vor allem, um wen es sich hierbei handelt! Es ging mir oft so, dass ich mir zu sehr Gedanken machte, was die anderen von mir denken. Ich musste dieses Gefühl endlich abschütteln. Ich hatte noch nicht mal meinen Eltern von diesem neuen Mann in meinen Leben erzählt, da ich nicht wusste, wie sie darauf reagieren. Alleine der Grund, dass es ein Türke ist, warf bei mir Zweifel auf, wie meine Mutter und mein Vater darauf regieren würden. Als ob Adnan meine Gedanken lesen konnte fragte er mich: „Was werden Deine Kinder sagen, wenn Du einen fremden Mann mit nach Hause bringst und dann noch einen Ausländer?" Ich wischte seine Frage ganz lapidar weg: „Was sollen sie sich denken. Ich bin doch eine erwachsene Frau. Ich kann doch machen, was ich will." Mit dieser Selbsterkenntnis, konnte ich entspannter bis zu meinem Haus fahren. Ich sprach mir ständig dieses Mantra im Geiste zur Stärkung vor und war einfach glücklich, dass wir gleich in Ruhe bei mir daheim reden konnten. Es war ein sehr amüsanter Abend, wir vergaßen sogar etwas zu Essen. Küssten uns leidenschaftlich und suchten immer die Nähe. Von meiner Seite hätte es ewig so weiter gehen können, musste ich ihn ja wieder zurückfahren und das bedeutete für mich eine Stunde Fahrtzeit. Was soll's, morgen könnte ich ja ausschlafen. Bis ich ihn wieder daheim ablieferte und zurück war, stand der Zeiger auf drei Uhr nachts. Wahnsinn, wie kurzweilig so ein Abend ist, wenn man sich in netter Gesellschaft befand. Ich war glücklich, endlich mal wieder einen Abend verlebt zu haben, der nicht von gelangweilten Herumgeschalte im Fernsehprogramm geprägt war. Nein, es war ein wirklich toller Abend. Diese Treffen häuften sich, bis Adnan auch über Nacht blieb. Ich besprach dies natürlich mit Marcel und Luise, denn ich wollte sie nicht mit einem neuen Mann an meiner Seite überrumpeln. Es braucht sehr viel Fingerspitzengefühl in so einer neuen Beziehung. Es ist eine Gratwanderung, wie viel man den beteiligten Personen zumuten kann. Auch von meiner Warte aus war es oft nicht einfach. Durch das zerstörte Vertrauen, welches Roland bei mir produziert hat, war Adnan oft in der Situation, dass ich mich schwer ihm gegenüber fallen lassen konnte. Ich zweifelte teilweise an der Wahrheit seiner Geschichten. Wenn er zum Beispiel erst später Zeit hatte, unterstellte ich ihm, dass er mit einer anderen Frau unterwegs war. Es dauerte sehr lange, bis ich soweit war, dass ich mein Leben mit meinem Traummann mit der ersehnten Leichtigkeit des Seins verbringen konnte. Aber ich erlebte es. Das Kennenlernen innerhalb der Familie stieß tatsächlich auf die erwarteten Anfangsschwierigkeiten. Ich bemerkte, dass ich mit einem neuen Partner außergewöhnlich intensiv beobachtet wurde. Jede Regung und die Umgangsweise von Adnan mit mir wurde genauestens unter die Lupe genommen. Aber Gott sei Dank bekam er auch bald von meinen Eltern und meiner Schwester das Prädikat „gut". Vor allem meine kleine Nichte fand Adnan von Anfang an sehr nett. Sie war auch eine Brückenbauerin in Sachen Familieneingliederung. Immer wieder fragte sie nach Adnan, auch wenn er bei weiteren Familientreffen nicht immer dabei war. Lina hatte eine türkische Freundin und freute sich, wenn sie von Adnan ein neues Wort gelernt hatte und sie dies bei der nächsten Unterhaltung mit ihrer besten Freundin in der Schule los werden konnte. Für mich wurde es immer selbstverständlicher, mich mit der Kultur meines Freundes auseinanderzusetzen. Es war ein wichtiger Teil, dass ich mir vieles von Adnan erklären ließ und unterschied sich sehr von dem deutsch-türkischen Verhältnis, welches ich aus den Medien entnahm. Ich bin froh, dass ich hier über den Tellerrand hinaus schauen kann. Wenn ich nicht so überzeugt von der Liebe dieses Mannes gewesen wäre und dieses Gottvertrauen gehabt hätte, dann wäre ich nicht bis zum heutigen Tag mit ihm zusammen geblieben. Es ist wirklich schwer, sich über die Meinungen anderer immer wieder aufs Neue hinwegzusetzen. Adnan und ich vermeiden mittlerweile nur politische Gespräche, denn hier gehen die Meinungen bei uns in der Familie stark auseinander.

Es gab Veranstaltungen, die ich mit meinen Kindern ohne Adnan besuchte. Alleine aus dem Grund, weil sie mir immer erzählten, dass es sie stört, dass es ihren Vater jetzt nur noch im Doppelpack mit der neuen Frau gäbe und sie dies sehr einschränkend empfinden. Wenn die neue Frau an Rolands Seite dabei ist, können sie viele Themen nicht so offen besprechen und das mochten Marcel und Julia beide gleich wenig. So bekam ich bei einem Konzertbesuch ganz überraschend die Mitteilung, dass Dominik Julia einen Heiratsantrag gemacht hatte. Natürlich hätte ich mich gefreut, wenn mein neuer Partner bei dieser freudigen Botschaft dabei gewesen wäre, aber meinen Kindern war es lieber, dass – so frisch, wie die neue Situation sich für die Kinder aufbaute – die Nachricht erst einmal die nahestehenden Personen erreichte. So freute es mich, dass ich die erste Person nach dem Heiratsantrag war, die davon erfuhr. Auch wenn ich nicht auf ein Ranking von Roland und mir aus war, machte es mich glücklich, zu sehen, wie die Reihenfolge der Nachrichtenkette stattfand. So erfreut wie ich war, so viele Fragen warfen sich in den nächsten Wochen auf. Sollten die neuen Partner an der Hochzeitsfeier teilnehmen?

Für die Kinder war es einfach diese Frage bei mir zu beantworten. Bei ihrem Vater sah es schwieriger aus. Denn hier hing die Frau dran, die für die getrennte Familiensituation Auslöser war. Schon alleine die Sitzordnung wurde zur schier unlösbaren Aufgabe. Es gab große Diskussionen, die den Schein des schönen Anlasses ein wenig verblassen ließen, bis ich den Kindern vorschlug, dass es vielleicht besser sei, wenn die neuen Partner noch nicht an dieser Familienfeier teilnehmen sollten. Es war Adnan, der diese einfachere Herangehensweise vorschlug. Er meinte, es wäre nicht gut, wenn er und der Vater der Braut an diesem Tag anwesend wären. „Es ist doch eine Familienfeier", bestärkte er seine Ansicht. Ich wusste nicht, was ich davon halten sollte, aber die Vorstellung, dass alle dem Sensationspaar Christine und Roland an diesem Tag zum allererersten Mal begegnen würden und sich die Aufmerksamkeit vom Hochzeitspaar auf dieses Pärchen stürzte, war wirklich nicht berauschend. Julia und Dominik empfanden genauso und die Entscheidung war getroffen, dass Polterabend wie Hochzeit in alter Konstellation bestritten werden. Roland diskutierte zwar noch stark dagegen, aber keiner hatte Bock darauf, dass jeder die Spinatwachtel an diesem besonderen Tag das erste Mal zu sehen bekommen sollte. Ich bin mir nicht sicher, ob es sich irgendwann ergeben wird. Jede Familie muss für sich einen Weg finden. Der Psychologe hat mir geraten: „Erstellen Sie eine Liste mit zukünftigen Vorgehensweisen. Was ist an Weihnachten, wie soll Ostern ablaufen? Familienfeiern wie Geburtstage müssen geklärt werden. Mit oder ohne Partner? Entscheiden können Sie, denn Sie wurden vor diese Tatsache gestellt." Ich wollte aber nicht die Rolle übernehmen. Ich war bekennende Harmoniesüchtige. Mittlerweile tat ich mir durch das selbstgefundene Glück leichter über solche Dinge nachzudenken und ich gehe davon aus, dass es nur ein bisschen Zeit bedarf, bis wir vielleicht einmal mit den neuen Partnern an einer Familienfeier teilnehmen werden. Alles, was sich zukünftig in Verbindung zu meinen Kindern abspielt, werde ich nur noch mit Adnan teilen. Er ist der vernünftigere Vater für meine Kinder und er übernimmt diese Rolle ganz selbstverständlich. So entsteht ganz automatisch eine neue Formation. Wenn meine Eltern Hilfe brauchen, dann unterstützten sie Adnan und ich. Die Pole verschieben sich wie durch magische Kräfte. Das Leben fließt wieder neu gestärkt durch unsere Adern. Wenn wir uns zu sechst treffen, herrscht eine ganz normale Atmosphäre und das beruhigt mich und gleichzeitig meine Kinder. Ich hoffe, wir werden viele gemeinsame Familientreffen erleben. Wie locker man wieder in die Zukunft schauen kann, ist eine Erfüllung. Für was wurden wir geboren? Nicht, um sich ständig die Frage zu stellen, was morgen sein kann. Wir müssen uns bewusst werden, das Hier und Jetzt zu genießen und auf Gott zu vertrauen, denn wir sind nur ein kleines Sandkörnchen in diesem Universum. Nehmen wir uns manchmal zu wichtig? Meine Anstrengung, das „Sturzverlassen" von meinem ersten Mann zu vergessen, gelingt nicht immer. Es gehört einfach zu meinem Leben dazu. Wäre es nicht geschehen, dann hätte ich diesen wunderbaren neuen Mann nicht in mein Leben gelassen. Ich hätte mich bei ihm fürs Aufheben meiner aus dem Einkaufskorb gefallenen Sachen bedankt, mich herumgedreht und ihn nie mehr wiedergesehen. Wann stellt uns das Leben vor diese Entscheidung etwas zu tun, was dem normalen Ablauf eine vollkommen andere Richtung erteilt? Wird uns diese Entwicklung vielleicht sogar schon in die Wiege gelegt? Moslems glauben daran, dass jeder Mensch durch die Fingerspitze von Gott einen Stempel auf die Stirn gedrückt bekommt, der das ganze Leben vorgibt. Als mir Adnan von dieser Lehre erzählte, dass im Islam diese Vorherbestimmung aller Dinge tief verankert ist, hörte ich ihm genau zu. Viele Muslime glauben, dass ihnen und das Schicksal jedes Menschen vor dessen Geburt bereits besiegelt wurde und er daran nichts ändern kann. Durch diesen Glauben wird natürlich vieles einfacher. Wenn Du einmal den Zug verpasst hast, war es schon für Dich bestimmt. Vielleicht wäre Dir etwas Komisches passiert, wenn Du in den verpassten Zug gestiegen wärst. Ich muss immer schmunzeln, wenn mein Tagesablauf mit Adnan ganz anders verläuft als wir morgens noch geplant hatten. Früher hätte ich mich sehr geärgert, weil ich doch unbedingt an diesem strikten Plan festhalten wollte. Jetzt, mit dem schönen Gefühl, dass es so geschehen sollte, wird vieles einfacher. Es war die Bestimmung, sich genau an diesem Tag, zu dieser Uhrzeit, in genau dieser Situation zu bewegen. Genau diese Bestimmung war der Auslöser für unsere Begegnung. Wiederum war es dann auch die Bestimmung, dass Roland Christine begegnen würde. Aber klappt diese Auslegung hier wirklich, denn Roland ist ja kein Moslem! Grundlegend ist es egal. Wir müssen zukünftig abwarten, wie es mit uns weitergeht. Adnan und ich sind uns sicher, dass wir zusammen sein werden bis wir grau werden. Meine Kinder überlegen oft, ob ihr Vater nochmal Nachwuchs mit seiner neuen jungen Partnerin bekommt, denn mittlerweile sind Roland und Christine verheiratet. Genauso wie Julia und Dominiks Hochzeit, war auch dieser Tag für alle eingeladenen Gäste und das Brautpaar mit vielen Fragen behaftet. Ach ja, der Hochzeit von Roland und Christine ging natürlich unsere Scheidung voraus. Die haben wir achtzehn Tage vor der Hochzeit von Julia und Dominik gefeiert. Hier kann ich wirklich feiern sagen. Für mich war es ein Abnabeln, eine

Neugeburt! Roland hat sich sehr fair bei der Aufteilung der Finanzen verhalten. Es war eine schnelle und reibungslose Besprechung, die zügig von der Notarin abgesegnet werden konnte. Wir nahmen zwar an, dass der Termin für die Scheidung erst nach der Hochzeit unserer Tochter stattfindet, aber die Bestimmung sah es für uns vor, dass wir noch vor der Hochzeit geschieden wurden. So ein Scheidungstermin ist kurz und ratzifatzi vorbei. Eine standesamtliche Trauung dauert nicht länger. Das einzig Befremdliche war an diesem Scheidungstermin, dass man vor Betreten des Gerichtszimmers wie ein Schwerverbrecher gefilzt wurde. Ich musste durch die Kontrolle und durch eine Schleuse wie am Flughafen gehen. Roland musste in dieser Zeit vor der Türe warten. Da dies eine Glastür war, konnten wir beide Sichtkontakt halten. Ich habe noch seinen Gesichtsausdruck genau im Kopf. Er zog eine Grimasse des Bedauerns, dass ich mich dieser Prozedere aufgrund seiner Affäre und der daraus resultierenden Scheidung über mich ergehen lassen musste. Ich nahm es aber belustigend hin. War es wie der Aufbruch in ein neues Leben. Als ich durch das Sicherheitstor musste, hörte im Geiste die Durchsage: „Achtung, Achtung, wir befinden uns gerade im Landeanflug. Kurz nachdem wir die Wolkendecke durchbrechen, sehen Sie neues Land. Bitte bleiben Sie ruhig, wenn es in den nächsten Minuten zu Turbulenzen kommt, dies sind nur die ganz normalen Meilensteine des Lebens über die Sie noch kurz drüber holpern müssen und dann rollen Sie auf der Landebahn ruhig aus. Nehmen Sie dann den Ausgang in die Freiheit." Das Einzige was ausblieb, war der Applaus nach verlesen der Scheidungserklärung für die Familienrichterin. Jeder Pilot wäre beleidigt gewesen. Roland und ich verließen das Amtsgericht und konnten unseren Sohn, meine Schwester und meinen Schwager mit einer

Flasche Sekt und Gläsern vor der Türe stehen sehen. Sie haben uns mit wirklich lautem Getöse empfangen. Ich und meine Schwester mussten dreimal Schluchzen, wobei sich keiner sicher war, ob es Tränen der Trauer oder der Erleichterung waren. Roland stand sehr im Abseits, aber mein einziger Gedanke war, dass ich Adnan anrufen wollte. Dies war jetzt der Mann, dem ich meine Aufmerksamkeit voll und ganz schenkte und als er mir sagte: „Jetzt habe ich das gute Gefühl der Erleichterung, da Du nicht mehr unter Vertrag mit Roland stehst!", ich nickte beipflichtend und beendete dieses Telefonat beflügelt. Ich war ebenfalls erleichtert! Erleichtert von einem Mann, der mir so viel Schmerzen bereitet hatte. Ich verlor zu meinen eigenen abgenommenen Kilos noch sein belastendes Gewicht in Höhe von 63 Kilogramm. Ich drehte mich zu der mit Sektgläsern bewaffneten Gruppe um. Meine Schwester hielt mir grinsend ein Glas entgegen und wir sprachen jeder einen Herzenswunsch in Form eines Trinkspruchs aus. Meine Schwester prostete uns mit den Worten zu: „Einem betrübten Anlass folgt ein glücklicher. Denn in nicht einmal drei Wochen stehen wir wieder hier und feiern die Hochzeit von Julia und Dominik. Da werde ich den Sektempfang für die beiden ausrichten und lassen weiße Tauben aufsteigen. Heute müssen die schwarzen Raben aber nicht fliegen, die bleiben lieber im Verborgenen." Mein Schwager erhob sein Glas und sprach: „Frau, auf dass wir von einer Scheidung verschont bleiben." Besiegelte dies mit einem dicken Schmatzer für meine Schwester. Marcel zeigte mit dem Glas in Richtung Hauptstraße und meinte: „Schau, da hinten kommt noch die Julia, damit wir vollständig sind. Ich trinke auf die Familie, die immer da ist, wenn man sie braucht.", und wir warteten dann erst einmal, bis Julia bei uns ankam. Sie lächelte uns zu und wir waren froh, dass wir die Trinksprüche, die uns doch deutlich bewegten, erst einmal sacken lassen konnten. Julia schnappte sich ein Glas und gab mir und ihrem Papa einen Kuss auf die Wange: „Auf Euch, ihr macht das schon." Dieser Spruch kam sehr oft von ihr und traf immer auf den Punkt. So lag es an mir, etwas Monumentales loszuwerden und ich wählte die Worte: „Alles ist Bestimmung und die wurde jedem von uns als Stempel bei der Geburt auf die Stirn gedrückt." Roland war durch diesen Zusammenhalt und die herrschende Zuversicht so verdattert, dass es bei ihm gerade Mal zu einem „Prost" reichte. Wir verbrachten noch einige Minuten vor dem Amtsgericht. Ich sah die Richterin am Fenster zu uns herunter schauen und ich legte ihr die Gedanken in den Kopf: „Wieder ein Paar glücklich geschieden!", setzte mich auf die Steinbank, benutzte die Scheidungsunterlage als Kissen, mit den Worten: „Zu was das alles gut ist!" und genoss im Herzen die Befreiung von der überflüssig gewordenen Last meines alten Lebens und entschied für mein neues Leben: Niemals den Humor verlieren!

****

DAS EINZIGE WAS IM LEBEN ZÄHLT:

GLAUBE ***** LIEBE ***** HOFFNUNG

Vielen Dank an CANIM BENIM,
SEVIYORUM SENI

****

****

Vielen Dank an meine tollen Kinder,
ohne Euch hätte das Leben keinen Sinn!

Vielen Dank an meine
Schwester (mein Fels in der Brandung)
und ihrer Familie (ich habe die zahlreichen Familienessen
mit Euch genossen)

Vielen Dank an meine Eltern
(ohne Euch wäre ich nicht die, welche ich jetzt bin)

Vielen Dank an meine Freunde, Freundinnen und Bekannte
(Überraschungsbesuche sind auch weiterhin willkommen)

****

IHR LIEBEN, ich trag
EUCH IMMER in meinem HERZEN!

****

****

„Die Personen und die Handlung dieses Buches sind frei erfunden. Etwaige Ähnlichkeiten mit tatsächlichen Begebenheiten oder lebenden oder verstorbenen Personen wären rein zufällig."